製造之家

THE HOUSE OF MAKING THINGS

東西文化角度下工業
科學成果的羅曼史

前言

這是一個關於科技製造產業和製造背後支持策略及謀畫的
故事,進一步來說,是一個關於東西方在科技產業領域領
導權爭奪戰的描述,而其背景是我所熟悉的領域——電腦
晶片製造行業。但我相信,類似的狀況也會發生在電視、
電動車和太陽能電池板的製造,核電廠的建造以及其他
產業。

晶片製業界的東西方競賽並不是新鮮事。關於這場爭奪戰
的報導,每天都在媒體上出現。而這場競賽延伸到基礎科
學和創新的事實雖較鮮為人知,但這也不是什麼大新聞。

關於這場爭奪戰的對話,今日看來存在著一些落差,特別
是在西方,這個差異在於缺乏全面前瞻性觀點。簡單來
說,這場對話在西方只侷限於一個觀點——就是西方的觀
點。而且,現在可以說是一種可能更為狹隘的觀點,尤其
是隨著科技產業競爭的激烈,產生了些許問題,在西方的
沙文主義中,西方人帶著優越感的非理性信念,導致一些
誤解,然而最壞的情況下,將會使西方企業對面臨的全球
化經濟挑戰,產生自滿。

在這本書中，我以個人想法提供一個不同的觀點，並展現出西方沙文主義所滋生的單極理解，但我的目的並不是要定義一種獲勝策略，勝利與否應由競爭者自己來決定。相反地，我的目標是讓讀者理解這場競賽的本質，至少需要理解這個過程，這場東西方的明爭暗鬥，是如何從那時走到現在的。

為什麼晶片製造的工作是串連本書的核心重點？為什麼製造如此重要？事實上，就製造業而言，有很多相反的論點。特別在一個緊密互聯、以顧客需求為營銷策略的全球市場驅動的世界中，我們的經濟已經不再是製造業。在這個新的觀點下，個體應該專注於自己的專業領域；供應鏈可以管理其餘的工作；軟體比硬體更重要；創新和開發知識產權創造的價值比製造創造的價值更多……等等，當然還有其他。

我在此提出兩個主要的反駁，首先，並不是所有的製造業都是相同的，有些類型是相當專業化的製造工作－－比如晶片製造，而認為它們應該被轉移到其他地方，除了市場考量之外，更表現出西方人對製造產業的一種態度。其次，我們以前並不是這樣思考的。我們對製造業在經濟中扮演的角色的現代理解，是我們集體強加給自己的新智慧，這象徵了我們可能聰明過了頭。因此，我們該擔心的是：為何東方的朋友們對西方的論點都不買單？

相較於東方的經商模式，西方的傳統主義，往往傾向於使用「強調市場原則」或「公平競爭環境」，相信自由民主制度，就是每個人站在同一個起跑線上。現代思想

家將其視為文化沙文主義，但他們沒有提出簡單的下一步，讓我們去了解其他人，而是提出像包容和多樣性，這樣的普遍基礎概念，目的在超越文化和傳統的限制。西方的經商模式，相信新的基礎概念即是獲勝的策略，當在工業和科學的全球領導爭奪戰中展開競爭時，無需向外張望及尋求新視角。

但如果傳統主義者是對的呢？如果文化果實是我們所參與的競爭的基礎呢？

我寫這本書的目標想展示，在東方的朋友們解決問題的方法中，文化和傳統是堅實基礎的同時；我們西方人卻透過排除文化優勢，包括自己的西方文化，徹底削弱了理解橫在面前挑戰的能力。結果造成了西方在工業能力上變得軟弱，而且在科學上也將走上同樣的道路。

如何實現我寫書的目的？如何證明將文化與工業和科學的領導地位聯繫在一起，這樣的論點？我選擇使用一個故事。不是虛構的故事，而是基於我個人真實經驗的敘述，這是我在東西方三十年職業生涯中的經驗，包括我在大學中的學習、進入企業研發、製造和電腦晶片行業中的工作。我努力將我的經歷以文字顯示，說明東西方在工業和科學領導爭奪戰中，思維方式的基本差異而導致的結果。

這個故事從製造業開始，製造東西的產業。要理解製造業的勝利者，尤其是高科技製造業，最好的方式是將製造業視為一個戰場。一方是組織、資本和專業知識的高度同步舞蹈，來生產現代生活所需的商品。另一方是來想要破壞

這場舞蹈的所有人為和自然的混亂力量，包含競爭壓力。在晶片製造的世界中，這方程式的兩方力量都是相當巨大的，或許比其他任何製造業企業更具有影響力。然而，晶片製造是一個很好的例子，這項高科技的製造，很大程度的從西方的海岸漂走了。為什麼西方製造業者認為這是可以接受的想法呢？在書中，我會以闡述這場競賽的角力開始，然後開展後面的故事，說明這二股力量是如何在競爭中滙聚在一起，來產生今天這個結果。

第二部分是科學——工業建立的基礎。從西方的觀點來看，自身是居科學的領導地位，以及其伙伴創新，才構成了打下來的江山和不容置疑的堡壘。而我提出相反的觀點，在整個歷史的長河中，科學的領導地位不斷變化，現在又再度的變動。透過將自我設限在自己的思維流中，不去看看圍牆以外的世界，在西方圍牆內的我們正四面楚歌，終將地位不保。我們西方人或許曾覺得「東方企業和大學比西方的更有創造力」這件事是天方夜譚。現在，撇開文化差異，此等想法已無足輕重。

科學也是一個戰場，但比工業更加微妙。在第二部分中，我選擇透過一系列的小插曲，再次梳理了東西方對重要事物優先順序上的差異，綜觀這一系列的小插曲，描繪出的不僅是對科學不同的觀點，還有不同的領導動力，西方科學傳統的領導權是具爭議性的。

最後一部分，書中隱含著儒家和亞里士多德的傳統思維方式，它們分別構成了東方和西方思想的基礎。第三部分很簡短，使用對比論點，再次闡述了我的觀點，即西方高估了自己的地位，低估了競爭，並在面對挑戰時陷入了一個自我毀滅過程。以文化角度為結尾，我想強調西方人面臨的是一個根本性的問題，而此問題根深蒂固。

我很幸運曾在東方和西方生活過，這些經驗給了我足夠的視野。將我的故事寫下來，是因為我認為它是有價值的。在這越來越公開且充滿敵意的大環境中，我希望推動交流，向前邁進。東西方如何碰撞？我期待能透過此書挑明這個現況並促進對話。

最後，我在各地都有朋友，我對所有人都深表尊敬。這些在書中的批評，只針對我自家人，這是我被允許的，無意冒犯。如果不知何故，您誤解了我的意思，請接受我的道歉，因為這不是我的本意。

Scott Meikle
2017.08

致中文譯本讀者

三十五年前，八〇年代我在日本攻讀博士學位的時候，當時就開始考慮寫一本書。為何我選擇在日本學習？因為當時日本在半導體領域上領先全球。對西方人的我而言，日本似乎是一個合乎邏輯的選擇。我記得當時作為一個西方人前往神秘的遠東時，我感到相當興奮，但直到我待了幾年後，才開始理解當時所做的選擇的重要性，當時的我置身於東方與西方的夾層中。

讓我深思我的處境的二個因素。第一，我是孤獨的。儘管日本在半導體領域處於領先地位，但幾乎沒有修習本科的西方學生，為何如此？第二是學習環境，科學教育基礎完全不同。

我完成博士學位後，就職於一家美國的半導體公司，並搬到了美國。接下來發生的事情，繼續了我的東西方探索之旅。在日本和台灣工作了十一年的幫助下，我將自己在東西方的經驗擴展到了製造工業。然而同時，我花時間研究科學的歷史，得出了結論：我所觀察到差異的根源，是深層次的文化差異。這些差異可以追溯到西方的希臘傳統邏輯和東方古老中國擅長觀察智慧。

製造之家——東西文化角度下工業和科學成果的羅曼史

《製造之家》一書試圖從文化的角度解釋工業和科學成果的差異，先從製造工業方面入手，然後轉向科學，儘管我的個人經歷剛好相反，先進入科學領域後應用到製造工業。其次，本書試圖在現代背景下解釋這些差異。世界不會靜止不變，特別是在半導體領域，東西方的對比會被現代文化的潮流所放大。

《製造之家》從西方人的角度，也就是我的角度，撰寫而成。我接受西方教育，其根源可以追溯到希臘的傳統思維。在書中，「我們」指的是那些接受過西方教育，背景類似我的人。「他們」指的是那些接受過東方教育，其共同根源在於儒家傳統思維的人。

最後，《製造之家》包含了許多西方參考文獻，是我刻意對西方讀者強調的文化元素。在翻譯和註腳方面，我和譯者盡最大的努力使中文版本易於理解。

譯者序

作者Scott Meikle的寫書計畫，在譯者認識作者十多年以前就早已形成；然而書的完成是在他離開半導體製造業之後才出版，可見作者對於本書的看重與認真。在高科技製造產業進步速度一日千里的時代下，商業運營策略也不斷的在改變，那隻看不見的市場運作之手，似乎將價值做了合理的分配；然而在跨國企業的合作事業上，文化矛盾及衝擊一直都是存在的，文化價值的認定同時也在經濟市場中悄然的影響一切。在本書中，作者展現相當有創意的寫作風格，以約翰・施密特的視角出發，而伊恩・史密茨及肖恩・德斯米特也是不同版本的約翰；作者嵌入東方求學的伊恩生活，東方同儕共事研發工作的肖恩經驗，來深化約翰視角的觀點，我會說沒有伊恩和肖恩的經歷，約翰就不會成為約翰。

憑藉作者優秀的文學素養，早年在日本留學多年，合併在台灣合資企業的管理經驗，作者以個人的西方教育背景，以及深入東方文化的學習生活與工作，使其能進一步點出東西方在教育理念及思維方式的不同。在當前就業市場相當重視「人設」的情形下，年輕人面對未來的大學教育，以及引領未來科學發展的道路上，都可以在

閱讀本書之後，獲取不同的觀點。這本書並不是全為了解半導體產業的運作而生，而是以更開放融合的角度，看待以人為本的組織及利益導向的產業，在不同文化下共榮共展的未來。

最後，作者特意寫入影響西方文學參考內容，是為強調東西方的差異是在深層文化上，因此提升翻譯工作的困難度，譯者盡最大努力來縮小語言隔閡，然而中文譯本可能無法盡善盡美地表達出一致的效果，若讀者對原文作品抱有興趣，期望一窺作者在原文中詞彙運用的巧思，可閱讀英文版本（*THE HOUSE OF MAKING THINGS*）。

譯者　周鈺家
2024.02

目次

PART 1 我們的產業

製造之家 —— 東西文化角度下工業和科學成果的羅曼史

1 PART

我們的產業

積體電路 Integrated Circuit, IC

什麼是電腦晶片，它的製造過程涉及哪些內容？

電腦晶片，也被稱為積體電路（IC），是數位時代的基本組成結構，你可以想像一個電腦晶片就像一座城市。但是，不同於以龐大的道路及建築結構相互接聯的城市；晶片是一個以同樣龐大的極細微電線和電子開關組成的網路系統載體。想像將物質世界的汽車和卡車往來的交通活動，替換為數位世界中看不見的電子傳輸活動。一個電腦晶片是一個電子高速公路、十字路口和存儲空間的城市，管理著數位時代的業務傳遞。

一個電腦晶片的複雜世界，存在由一種神奇材料稱為「矽」做成的小而平的片子上。一個電腦晶片可能小於一平方英寸。如何製造一個電腦晶片？與以平方英里算的城市相比，晶片實在太小了，用錘子和釘子無法建造。極細微電線無法像道路一樣一段一段鋪設，電子開關也無法像房屋一樣，一次蓋一棟。相當大不同的是，一個電腦晶片是以同時進行的方式，是一次性建造的，會從一開始就設想了所有的結構。建造一個城市，建築物首先打地基和灌水泥，做好房子的地基，做好地面，然後往上蓋二樓，再加上鋪設道路，以此類推。但與城市不同的是，所有這些都是在微觀層面上製作的，其中一根人類頭髮相當於十二條十個車道的高速公路。一個電腦晶片是像是一個微觀城市，由現代積體電路製造的發明，一層一層地疊加起來。

現代電子設備需要數千億個電腦晶片，來符合日新月異快速汰舊換新眾多的電子產品。如何滿足對電腦晶片功率無窮盡的需求？解決方案是首先學習如何建造一個工廠，來生產數十億個晶片，然後建造數百個工廠以供應數千億個晶片。因此，世界對現代電子產品的需求，催生了一艘電腦晶片工廠艦隊。

而今天的工廠艦隊確實非比尋常，這是人類歷史上無與倫比的複雜表現。一個具有令人難以置信的規模、專注力和決心的企業，致力於支撐起新世界的經濟，為七十億人口的地球帶來現代電子產品的便利。

在十八、十九世紀那個時代中，擁有遠洋商船，等於掌握經濟命脈並與世界接軌；在英國傲視全球的海軍的背後，有著強大的經濟後盾——英國遠洋商船。英國擁有了一支遠洋商船隊，在為他們的世界服務；而現在科技時代則推出了積體電路工廠。

工廠

 ## 晶片製造（IC）工廠的世界像什麼樣子？

一個IC工廠充斥著令人瞠目結舌的製造設備。想像一下麵包工廠的烤箱和攪拌機－－它們的管道、風扇和供應線，然後將其乘以一百萬倍。IC工廠的設備包括了一系列的反應腔、無塵烤箱、化學桶槽和研磨平臺，配備有機器人手臂、電子設備、泵、化學管線、氣體管路和電腦控制系統，對著材料不斷的進行逐層的光阻塗布、蝕刻、拋光、

3

快速回火處理或清潔，堆砌出一層一層的微電路。這個基本材料就是一個直徑為十二英寸的矽晶圓。

精心設計的電源線將兆瓦穩定的電力輸送到工廠，以保持廠內和機器人的運作。特殊的鋼和塑料的管線排布在工廠地板下方，傳送數十種超純化學品和氣體，加上一個供水系統產生數百萬加侖的純淨水進行清洗和冷卻。巨大的真空泵用於清洗反應腔和烤箱。大型風扇通過工廠中的濾網循環空氣，保持超潔淨環境。數英里的軌道懸掛在機器上方，供機器人載運晶圓從一個機器運送到下一個機器。大量的電腦被安置在適當的位置，協同進行製造的一個大型舞蹈表演。

僅僅是IC工廠的規模和複雜性，就使其成為無窮刺激的來源和人類對未來最大膽進軍的展現。

人

 ## 是什麼樣的船員來保持著 IC 製造的這艘大船運轉？

再次想像一下古時候的英國遠洋商船的工作團隊，想像一下船員使用的工具－－布和繩索；他們的素質－－耐力和堅韌。透過彎曲、綁結、修理、連接的工作，他們起老繭的手腳訓練有素，能夠在任何天氣下握住繩索和固定甲板。每天努力配合調動風向，推動船隻不斷向前航行。對於可能出現的任何亂象，始終保持警覺，隨時準備在大風浪中穩定船隻並拉回原來的航線。船員們的工作是有水準

的交響曲，推動經濟的齒輪，一個無名的群體，懷揣著驕傲，以艱難代價掙來的技能來面對獨特的環境和世界。

IC工廠的靈魂－－工作人員，同樣是帆布和繩索的控制者，是工廠中的電子、化學品、機械、軟體和硬體的專家，他們隨時待命。一方面，IC工廠的工作人員隨時要監控、在廣闊的工廠車間來回奔走，進行維護和修理，逐步推動製造之船向前行進。另一方面，他們要隨時保持警惕，因為混亂總是起源於一個小故障，準備隨時穩定工廠運作，並適時將其從進入混亂深淵前拽回來。IC工廠的工作人員是集中才華與技能的交響樂團成員，致力於向世界呈現製造能力的傑作。

這些無名的工作人員，他們的社交媒體貼文中沒有讚，然而憑著他們的努力，而為人所知的，就是現代科技生活中各種各樣的電子便利品。

在哪裡可以給企業找到這樣的工作人員？需要某種特定的IC工廠學校嗎？

通常正規的工程、電子或數學知識是必要的。但是IC工廠的勞動力，需要的更多是加入一個特定的生態系統的渴望，將一個不起眼的開端，培養成支持一個巨大機器的能量，而不僅僅是簡單或高級、技術或非技術的特定狹隘定義的技能。在很多方面，工人愈是單純、缺乏經驗，不拘泥愈好。所需要的主要技能是一種可以適應當下的所需，將自我融入一個組織中，並樂於接受突發情境，讓情況來定義職業生涯的特質。這就是IC工廠所需要的原材料。

領導者和使命

一個IC工廠需要一個領導者，就像一艘船需要一個船長一樣，領導者有其特定使命。

IC工廠是一臺為優化生活而建造的機器，就像任何高性能機器一樣，當超出其極限運行時就會故障。而它期待達到極限。領導者的工作就是要將這臺機器推向生產績效的絕對高峰，同時避免此運作陷入混亂。一個先進的IC工廠的領導者需要能應對即時和真實生活中的無處不在的風險。

歷史上描繪了勇敢面對海洋風暴，或經受被困汪洋中的商船，那些船長們的豐功偉績。歷史記住了他們的努力，而非他們的名字，船長是他們時代中面對困難挑戰的先鋒。IC工廠的領導者正在現代科技的商業巨輪上，衝鋒陷陣的戰鬥。

那麼，IC船長的使命是什麼？

IC工廠的基本任務是在正確的時間、以正確的質量和成本製造出正確的晶片。然而，由於投入了如此多的機器和人力成本，IC工廠渴望和期待的更多。這個「更多」可能是一些直接了當的目標，比如說：更高的產量、更低的成本、更快的交貨速度或更高的技術水準，最好都超過當初的預期。而「更多」將再進一步發展，利用積累的經驗和改進的能力來獲取擴展此生態系統的組成部分，以逐漸擴張領土。

遠洋商船在過去是一個充滿能力、帶著驚人的執行力、紀律及勇氣十足的先進宇宙。那些做出投資的資本家計畫著，一旦把船造好，這艘大船會迎著帶有使命的風起航，且渴望超越期待。IC工廠便是現代版遠洋商船，由無畏風暴的領導者站在船頭，成為引領科技時代的商業巨輪。

工廠之外

IC製造的神奇之處，是透過IC製造所延伸出來的相關產業，而使IC產業變得更加非比尋常。

首先考慮工廠及其周圍環境，支持、供應和圍繞IC工廠的基礎設施與IC製造本身一樣複雜。這樣的複雜性始於工廠建設。一間IC工廠在建造前，需要準確控制所有材料、工人和設備的交付時間，是一場基礎設施相互配合的舞蹈，確保正確運用技能來將工廠建造組裝起來的是編舞，因此製造IC的藝術始於建造工廠的藝術。

那麼，那些數公里的先進鋼管道、高純度氣體和化學品怎麼來呢？必須有企業來提供，必須要由配備有先進的設備及有能力的企業來製造、運送和組裝所有的設備零組件。當材料或設備出現工廠人員無法修復的問題時，周圍的企業必須要能提供解決方案。這艘科技巨輪上的水手們不進行大修，而是由一群在岸上的專業維修工人們，隨時準備更換桅杆或修理船體。

IC工廠運作方式相同，工廠周邊需要有著一群待命的工作人員。受過培訓，擁有自己的專業工具箱的技師，可以維修設備、修理電路，更換化學管道或維修機器人。附近的倉庫存放著必要材料，包括閥門、開關和管路，分門別類包裝，隨時備用。而當然配合人一日作息的餐廳、旅館、咖啡廳和休閒場所，會為眾多來來往往的人們提供服務；道路、橋樑和鐵路線的交通網路，漸形成一個不斷增長的殖民地。一個小型經濟體就這樣建立起來。

再者，IC工廠生態系統如同一個有生命的有機體，不是靜態的，會隨著時間的推移發展產生多樣變化。高純度鋼及IC工廠的化學品最初可能來自遠方。但隨著時間的推移，附近將產生新的供應來源。一開始，修復一臺複雜機器的技術及能力可能需要從國外引進。但是，漸漸地當地的學校會培訓新的勞動力。原本專注於在工廠搬運晶圓任務的工程師，拓展出將產品運送給客戶的技能。IC工廠不可避免地會引發多元化的生態趨勢，走向新的產業和機遇發展。

還有，工廠本身不是只處理一次性的事件。推動第一筆投資的願景和決心，是著眼未來播下的種子。工廠內部與周圍的基礎設施開始自行運轉，工廠生產出更多的工廠，不久之後會長出一個龐大的工廠艦隊。

這樣的艦隊相當不同，在它的目標下，艦隊有了更大的規模和權力，遠超過那謙卑的開端。現在，資本的擁有者和分配者擁有了更多新的操縱工具。

IC工廠艦隊，特別是它如果是最大的，會對其所控制地區的發展方向，有強勢的發言權。一旦足夠強大，自然會開始控制流入其中的材料、機器、設計和技術（並逐步控制流出的產品、服務和電子裝置）。

一旦有了IC工廠艦隊、基礎設施和新商業的生態系統，工廠最終的成果就會出現：一種精神。這種精神最初是一種不言而喻的共識，然後逐漸發展成一種公開的宣言：「我來自製造之家。」一個製造積體電路的公司－－建造數位時代的磚塊和水泥是引領下一步進軍科技時代的基石。

Chapter

01

資金的鏈接

「這是個快速的世界。」

印在前面慢跑者的汗衫背面。毫無疑問，汗衫的正面完成整個故事，或許是對企業團隊建設研討會的啟發。分心一下下之後，約翰‧施密特（John Schmidt）加快了腳步，眼睛重新聚焦在前方的人行道上。

然而，幾秒後，「這是個快速的世界」又出現了，這位慢跑伙伴顯然已經接受了挑戰。這是我今日的隱喻，約翰心想，是的，這裡的世界確實很快，相信我的亞洲同伴不會全讓我來決定節奏。

「這裡」指的是約翰‧施密特所在的夏湖（Xiahu），一個現代亞洲工業化的心臟地帶，是個充滿活力三百萬人口的都市。對於約翰和他的家人來說，夏湖是他們的家，已經在這裡生活了四年。這裡也是鈦矽科技（TeraSil）的所在地，一家夏湖華基工業（Hua Ji）與艾斯頓

（Iaston）優科技術公司（Nutech Company）的合資企業，它可以說是一個東西方的合作企業。

約翰是優科技術公司派駐海外的負責人，支援艾斯頓在夏湖的這個合資企業。

眾所周知，鈦矽科技是一家成功的企業，一座巨大的工廠每年生產數億顆電腦晶片，年收入數十億美元。

這是一個合作夥伴關係。華基提供資金、基礎設施和人力資源，艾斯頓優科提供專業知識和技術，雙方共同分享管理職責。作為共同運營管理者，約翰大部分時間都在處理公司運營事務，而讓華基方面的合作夥伴處理與資金往來銀行、當地政府和股東的關係。

慢跑接近尾聲，約翰的心思轉向了今天的工作，他決定，今天來個正常的日程，處理有問題的管理階層工作人員、表現不佳的工廠指標，還有去電總部討論關於新技術投資……哦！還有訪問夏湖學院。

一個尖銳的煞車聲，驚斷了約翰的思考，一輛車從一個地下車庫裡飛速開出，他現在得專心的慢跑，他告誡自己，成為夏湖街頭上的一個意外統計數字毫無意義。

夏湖一直是現代生活的脈搏，在他四年的駐留期間，這個脈搏只是更加頻繁地跳動著。曾經是寧靜的街，現在變成了繁忙的二線道路；簡單的大道現在變成了分層的快速道路。曾經是一個簡單的火車站，現在是一個被地鐵、火

車、高速鐵路三鐵共構的大型轉運站。四周都是新建成的基礎設施或正在建設中的基礎設施，這是亞洲心臟地帶的典型的亂中有序的一部分。

● ─ ─ ─ ─ ─ ─ ●

文斯・葉（Vince Yueh），約翰在電梯上升到行政樓層時向他打招呼。「你看到早上報上的新聞了嗎？」文斯的問題使得約翰停下腳步。

和約翰一樣，文斯也是被派駐到鈦矽科技的管理人，但與約翰不同，夏湖是他真正的家。文斯任職於華基集團很長時間了，在期間，文斯支持了多個企業的業務發展，尤其專注於電子和積體電路相關的製造業。

以文斯的背景，被派到鈦矽科技是合乎情理的，也是一個極大的榮譽。考慮到該企業的規模，鈦矽科技的晶片製造業務和相關技術，處於華基進軍電子製造業的頂峰。幾年前開始，從關注電子電阻器等簡單元件，轉變為容納電阻器和其他元件的電路板，然後複雜的電路板設計系統，例如電腦內部電路板系統，現在最終轉向製造晶片或積體電路，這是所有電子產品的高科技核心。文斯作為華基集團策略的核心貢獻者，一直伴隨著這路程的每一步。

「南歐主權債務違約的可能性一天天在提升，這對整體市場相當不利。」文斯抱怨道。鈦矽科技是一個大企業，需要大量的投資。下一輪的技術升級將尤其昂貴，鈦矽科技需要向當地金融市場尋求資金。「我不喜歡，我們的銀行

不會開心看到這樣的發展趨勢。下一次的投資已經太昂貴了，再加上現在市場的不確定性。」

「我知道，我知道。」約翰打斷道。「我今晚要和艾斯頓通話，會再提成本問題的。」約翰再度邁開步伐向前走去。

當他到達自己的辦公室，約翰心想，文斯是對的。即將到來的工廠升級費用太昂貴了，即便如此，約翰仍然對當地資本投資的大胃口感到驚訝。坦白說，他懷疑文斯所說，銀行對主權債務問題的疑慮。亞洲花錢機器就像一個張開的大嘴，吞噬著它所經過的一切。無窮盡的可用資本為現代工業化的荒野提供了動力。

他想，這不一定是件好事。隨著資本飛速流動，許多產業都過度建設，供給多過於需求。況且對新道路、橋樑、火車和機場的需求也有一定的限度。

不過，如果在夏湖升級是昂貴的，那麼在其他地方也是昂貴的。而且夏湖有的是錢。在自家國內投資者不喜歡為成本高昂的工廠提供資金，這不是好的回報方式，約翰苦笑著想，自己離開總部四年後，幾乎已經成為公司層級制度中，遠離決策核心的一員；但現在因為接近資金，而重新得回公司的關注，這是負責執行亞洲資本與製造配對的偉大企業策略而來的意外好處。

此時約翰的電話響了起來。

「你好，約翰。」是他的秘書喬伊斯（Joyce）。「您與凱文（Kevin）的第一次會議已經遲到了，會議延到今天下午。你太太留言請您回她電話，現在能給她打電話嗎？」

「謝謝你，喬伊斯。」約翰打電話回家。

「親愛的，抱歉在工作時間打擾你，但有個要緊事件麻煩你。」約翰的妻子貝絲（Beth）說。「梅根（Megan）星期五要提交她的大學申請論文，她需要你幫她看看，你有時間嗎？」梅根是約翰的長女，正在讀高中的最後一年，準備明年大學的申請。

「當然，今天下午，或最遲明天。」

「天啊！」他掛電話後嘆道，不是申請的問題，而是接下來的大學費用。約翰和貝絲剛買了一所新房子，並準備在一年內回國，一幢夢想中的房子伴隨著一些不太適合作夢的債務。

銀行毫不猶豫地對該企業進行資本化，約翰想。現在超級貴的大學賬單的負擔即將到來，還有更多的貸款；好奇華爾街的大師們是否已經找到了將大學債務證券化的方法，約翰半認真地笑了笑。也許有一種賺回錢的方法，資本需要找到出路。

這是一段難得的工作中的輕鬆午餐時光。

約翰離開公司，前往當地的夏湖藝術與科技學院。約翰是當地企業家和政治家中受邀參加學院的社區感恩活動會的賓客之一。作為本日議程的一部分，鈦矽科技計畫宣布為學院三年級和四年級工程學生提供獎學金計畫，在眾多當地的大學中，夏湖學院以其卓越的技術聞名，並與華基保持著長期的關係，約翰的許多經理都是該校的畢業生，這促成了社區中的鈦矽科技所擁有的關係網絡。

與夏湖的任何一個活動都一樣，鑑於他是鈦矽科技的高層管理人且為外國人士，約翰受到熱情款待，他一到就得到熱烈歡迎。

約翰微笑著，這就是工作帶來的福利。

今天，兩位身材高挑、穿著短裙的長腿年輕女學生迎接他，並為他的衣領上別上了一個鮮紅色的絲帶，然後陪同他進入場地。學院的院長立即迎向他，並將他引介給其他賓客，從等級輩分最高的政治家到其他人。當然，以約翰的身分，得到了最前排的座位，文斯也是，只是他的位置更高，約翰心理知道這種款待還是有高低身分條件的。

在活動開場演講期間，大家給鈦矽科技和約翰本人熱烈讚揚，約翰在致敬之後發表演講，他確信無論自己說什麼，不管是英語、糟糕的中文、流利的中文，還是其他語言，都會被視為有趣、有深度且令人十分印象深刻。

當長腿美女護送他走上講臺發表演講時，約翰靜靜地笑了。一段時間後，這種感覺會沖昏腦袋。

他決定今天的演講是流利的中文。「只喝一杯酒」，就在霍華德飽合點（Howard's Peak）的正確面。霍華德飽合點是約翰所創造出來的，以一位駐外朋友的名字命名，這位先驅人物證明了酒精和外語之間的相關性。當講外語時，一杯酒可以透過減輕緊張和增加信心來提高表現。第二杯酒可能會有相同的效果。然而，達到一個臨界點後，儘管信心不斷增加，但會開始口不擇言，然而當信心繼續上升時，語言能力就會急劇下降，這是一個大災難。剩下的只有一個自以為是、大聲說著難以理解的混雜語言，而聽眾們只會禮貌地微笑，希望一切盡快結束。超過霍華德飽合點真的是件不幸的事情，正如霍華德自證的那樣。

約翰在飽合點的安全界線內，成功地完成了他的簡短演講，獲得熱烈的掌聲。學院院長贈予鈦矽科技一份禮物，以示對獎學金計畫的感謝，並一同在臺上拍攝了團體照片，然後約翰被簇擁著回到座位。約翰對於派駐海外生活帶來的任何小福利都感到愉悅，因為這些為已經多彩而豐富的生活增添了更多色彩。

今天的演講和午餐之後還有與學生和教職員的非正式交流。約翰認識一些與會者，包括夏湖學院的研究生史蒂夫·葉（Steve Yueh），他是文斯的侄子，約翰以前在文斯家中見過他。

「你好，施密特先生。很高興見到你！」史蒂夫一口流利的英語和他迷人又安心的自然的舉止，相較於夏湖的其他學生，在長者面前始終保持他們傳統的角色及面對約翰時的謙遜和安靜，讓人很難不對史蒂夫刮目相看。「施密特先生，今天有美女同行，開心吧！」史蒂夫總是帶著友善快活的語氣。「順便問一下，你見過伊恩‧史密茨（Ian Smeets）嗎？他是我實驗室的同事。」

「很高興見到你，施密特先生。」伊恩儘管表現出友好，卻無法完全匹配史蒂夫的活力；他開始向約翰介紹自己背景。

「你是研究生？很難得見到我國來夏湖做研究的學生，不太多吧！」

約翰與伊恩展開了一場熱切的對話，其中涵蓋了許多議題，有工作、有家庭⋯⋯等。他們甚至有一些共同點，伊恩在艾斯頓附近有親戚，與優科有關。此外，他在夏湖學院的實驗室與優科的合作伙伴——西北科技大學（NorthWest Technical University）的凡克特山（Venkatesan）教授進行了海外合作，伊恩處於一個學術及產業的三角鏈結之中：優科、教授和夏湖學院。

伊恩引起了約翰的興趣，這位踏上了獨特領域的勇敢學生，當然他考慮過決定在夏湖學習時，將面臨的外語和文化挑戰。約翰心想，伊恩的能力可能可以協助優科。

「記得你快畢業時，跟我們聯絡一下。」約翰說。說完這句話，約翰離開了關係網絡、那些長腿美女和這場有趣的活動，回到了工廠。這次慶祝活動是為了表彰資本投入到製造業的世界，而此時約翰需要回到自己的工作崗位上。

● — — — — — — ●

凱文‧趙（Kevin Zhao）耐心地坐著，在鈦矽科技和華基工作了十五年後，他漸漸的習慣了與外國老闆開會，尤其是自己進入高階經理團隊後，這種頻率更高了，通常他更願意在約翰的辦公室外等候，但秘書喬伊斯堅持讓他先進去並為他準備好了熱茶。

凱文審視著四周，這些熟悉的設置都是僑居生活的象徵，通常是在異國他鄉必備的家人照片，一些小裝飾品和禮物，有時還有一張家鄉房子的照片。

不同的生活，凱文感慨地想。

這是一個午餐時老生常談的笑話：西方在亞洲的背上過著高檔的生活。也許是這樣，他想著，但並沒有真正深思過。

儘管如此，同事們經常在休息時間半開玩笑地抱怨，說西方的富裕生活其實是建立在亞洲的債務之上。

凱文在加拿大的一所學校獲得了博士學位，熟悉西方的生活。當然，相較於他現在的情況，那裡肯定更加好些，目前他和太太、兩個孩子以及太太的父母住在一個小公寓裡。

有時，他想可能可以過得更好一點，但人總是迫切的需要為未知的未來進行儲蓄。在亞洲的生活就像是一場巨大的隨著音樂轉圈圈來搶椅子的遊戲，只是參與者更多，椅子更少，一旦失去位置就沒有第二次機會。你需要一個位置、一個地位、一個身分。因此，大家都在儲蓄，對當地的金融機構的金庫灌注資金，以因應不可預測的風險。

這些錢用來幫助推動西方的債務。凱文沉思著。

約翰終於出現了。「你好，凱文，」約翰問候，「對不起，我遲到了幾分鐘。」約翰坐下來，「感謝你今天下午可以過來，你是否可以幫個忙，我想了解一下你的部門的情況。相信我們都同意透過效率指標來衡量績效，大家都做得很好。但我看到你的部門有一些落後的地方，是否我們可以考量處理方案，來使情況變得更好？」

凱文被這突然直擊的問題搞得手足無措，頃刻間便做出了回答。凱文完全沒有反駁約翰，他知道他的一名下屬經理已經落後了一段時間。凱文有經驗，完全知道外國老闆期望什麼，那名績效不佳的經理將被撤換，凱文已經為這個決定苦苦思索了一段時間。

「我明白。」他回答道，然後進一步澄清後補充說：「我知道問題的根源，我會制定一個解決方案並向您報告。」凱文不想再多談。

約翰對此感到滿意，轉而談起了別的事情，相信凱文會採取必要的措施。

另一方面，凱文並不滿意，他欽佩約翰的目標明確，但如何在不驚擾員工們的情況下做出改變呢？穩定員工的心是最重要的，沒有好臺詞來解僱一名經理，會傳遞出一個站不住腳的訊息。在外國主管的眼中，未達績效即不勝任，理應資遣，如果凱文這位本地經理允許這樣公開地失去職位，還有誰會信任他？

*我會把他調到集團成員公司。*他得出了這個結論。這是一個利用集團內部關係的計畫，凱文想走這步棋有一段時間了，現在是時候來要人情了。*雖然職位有所下降，但這個改變是可以接受的。*凱文對這個能夠避免一場人事意外，並能維持軍心穩定的具體化計畫，充滿信心。看來這又是一輪搶椅子遊戲的回合，音樂一停，沒搶到椅子的人就淘汰。

「既然有空，我們來談談最近的工廠績效表現。」約翰的聲音把凱文從思緒中拉回現實，「我們需要再提高效率，這是大家一致關注的問題。」

「同意。」凱文重新聚焦回來，*這麼多資金都投入到工廠裡。*

約翰和凱文的討論朝向工廠生產力，這個主題包羅萬象，是對決定鈦矽科技製造機器性能的所有要素。

鈦矽科技畢竟不是一般的工廠，鈦矽科技生產積體電路，也就是電腦晶片。作為一家積體電路工廠，鈦矽科技擁有超過一千臺機器人操作化學液體噴塗、氣體抽送、機電、

高科技的神奇機械。在這些機器上，幾萬片矽晶圓（直徑一英尺、銀色圓盤）在流動。每臺機器都會根據其設計來處理這些晶圓，進行塗布、曝光、顯影、蝕刻、清潔，直到最終得到完全成型的電腦晶片。一家積體電路工廠對於製造業來說就像一級方程式對於賽車一樣，把技術推向極限。凱文和約翰每天的任務，就是讓機器發揮到極致，想方設法找出哪些旋鈕，勉強再提高一點速度，總是有東西值得探討及改進。

簡短討論了一些機械細節之後，會議結束，凱文離開約翰的辦公室。

● — — — — — — ●

看著眼前的數據，約翰需要做出一個決定。約翰回到了思考凱文領導的兩難問題，本應該是一個簡單而理性的決定，只需撤換一個績效不彰的經理，但整個事件卻因牽涉到人的問題，變得複雜起來。然而，四年來，約翰已經開始理解，當地的「穩定」口號，取代了他在外國培養出來的精英模式。凱文需要有空間按照自己的方式做事。

現在有了些安靜的時間，約翰看著辦公室的窗外，透過濛濛的雨霧，他看到了夏湖工業園區東區的廣闊景象，鈦矽科技的所在地，混合著其他企業公司、引擎製造商等。這個工業園是一個工廠的花園，有航空航天元件、平板顯示器、特殊化學品。各種各樣的東西可以為現代便利的電子世界提供服務。

或許其中一座建築物的人也正在注視著我，約翰幻想著，思考著他們在生態系統中扮演的角色，在工廠裡的生活。

工廠的確是一個了不起的東西。

他一直這麼認為，但今天橫放在眼前的多樣性，使他更加敬畏。

確實，工廠是一個了不起的東西，它就像一個巨大的機器。人、機器和材料的偉大聯盟，每天充滿熱情的努力，不斷磨練和精進，奮鬥著逐步前行。

約翰常常在想著他選擇這個職業生涯的原因，與他在家鄉的學校同學們相比起來，在這個行業中，沒有快速的回報。同學們中的有些人選擇新創軟體企業、服務企業，甚至還有人是為像他的工廠提供機械設計的公司工作，都過得非常好。一些幸運的人在金融機構工作，在夢想著創造新的「金融工具」，比如證券化房地產債務。所有人看來，無一例外，都將約翰的製造業生活視為一種煉獄，他自己也心知肚明。

我猜最近的《海佛商業評論》(Heyward Business Review) 證明了這一點。他想。

海佛商業學院（Heyward Business School）的信條很簡單，價值和資本支出的成果來自創新，而不是製造。製造業在價值鏈中處於「下游」。穩定而謹慎的工作當然會有回報，但在激烈競爭中無法賺大錢，為了加強生產力，競爭對手會永無止境的改進機器，每個製造企業都能做到，任何製造企業也都能花錢去做。製造業根本不是作為增加價值的一種手段。

市場的智慧將製造業帶到了這裡，正確地配置他們和我們的資本。約翰加了些諷刺的語氣，回聲般重複了這句熟悉的說法，這就是待在煉獄中的日常。

然而，約翰在四年來觀察了來來去去的事物後，發現現實並不完全符合海佛教授們的描述。一家IC工廠，這是電子產業食物鏈的頂端，而且更重要的是，這是一個遠離海佛校園的世界。每天都有一些事件讓約翰理解到，資本的優先事項和製造業的角色，這與學術界所分析預期的，完全不同。

Chapter

02

大船啟航

第二天夏湖早上九點開始的電話仍在進行中。此時，對於艾斯頓來說，時間是晚上，已經過了三十分鐘，討論仍在激烈的持續中。

「費用就是費用」，對方那頭的聲音咆哮道，他是優科研發部門的負責人泰勒‧韋斯特伍德（Taylor Westwood）。泰勒剛剛概述了在談判中轉讓給鈦矽科技的新技術。

泰勒也是業界的老將，是個執著的人。他的員工們對他又愛又恨，員工們愛他對工作的絕對熱情；但是一旦有任何事防礙他時，他就會毫不留情面地板起臉來發脾氣，又真的讓人難以忍受。約翰回憶起多年前他在艾斯頓從事製造工作時，*我曾經親眼目睹他憤怒的風暴。*他自言自語的說道。

「我知道這是一筆巨款，」泰勒說，「但你必須讓那些銀行相信，

這是一個偉大技術的投資。況且他們有自己的金融專家，他們會算得出來的。」

「銀行有錢」，約翰表示同意，「但他們也會考慮到整體市場的狀況，對資金的投入很謹慎。」

約翰帶著些許激動，期待著利用自己目前位置的影響力，努力去平衡這位古板的優科同事，盡量以中立立場看待此事。對於他自己這個偏遠地區的僕人來說，和總部管理層通話是一個罕見的時刻，是一個顯示自己重要性的機會。

「如果我們推進這個技術升級的投資計畫，」約翰停頓片刻後繼續說道，「我預計會有一些額外的約束條款，我指的不是高利率，是否我們考慮給些甜頭，也許是對技術的有限權利，也許是額外的股權。」

「知識產權權利絕無可能，」泰勒吼道「那不在討論範圍內。」

約翰幾乎可以看到泰勒吹鬍子瞪眼睛那種生氣的臉。約翰已經在討論的舞臺上跳太多步了。對於泰勒來說，任何關於技術權利的討論都沒有好結果。技術也就是所謂的知識產權（IP：Intellectual Property），是價值的來源，這是眾所周知的，而且優科絕對要緊握在手。知識產權是一個重要問題，擁有知識產權就像擁有私人財產一樣，沒有別人的許可，是不能碰觸使用的。知識產權意味著專利，獨特的專業技術，一份獨有秘方，在關著門上著鎖的地方，

遠離競爭對手窺視的眼睛，研發出來的東西。像優科這樣的公司，花費巨資開發其他人所沒有的想法和能力。

我知道知識產權很重要，約翰心煩想著，但必須將一些合理的東西提上臺面。

那什麼是合理的呢？優科承擔了所有開發的風險，華基憑藉其資金網絡承擔了建廠的風險，二個企業共享利潤。一旦共同承擔風險，也共享利益，這種關係是有道理的。然而，隨著時間的推移，優先順序發生了變化，對風險的認知也發生了變化。

約翰在會議中竭力向前敦促著，「我認為這一次我們面臨著一些新的現實，事實就是我們需要愈來愈多的資本，我們將必須考慮加些東西讓華基及它的銀行接受這個風險。」

約翰給出最後一句話後，在沒有結論之下結束了這次的電話會議，市場、資本、技術的權謀策略計畫暫時打住，劃上未完待續。

●━━━━━━●

「電話會議如何？」文斯問道，他和約翰一起搭上電梯前往停車場。

「優科那邊還有一些工作，」約翰回答，「我預計下次會議會面對面進行，大約在一兩個星期內。」

「嗯,持續再推一下,我們需要在大家關注的時候取得進展,否則,人們的決心就會動搖。」

電梯到達地下室,他們各自分開離去。

投資一個IC工廠需要數十億美元。IC工廠對於製造業來說,就像航空母艦對於海軍一樣,宏偉大廈的最頂端,承載最大、最昂貴的東西,這需要無比堅定的決心。無論是對海軍還是華基來說,他們的專案計畫要求一個承諾,遠超出了市場智慧能解釋的範疇,也超出了電子試算表所能定義的數字。

但優科並不是海軍。

優科和華基之間的協商存在著隱藏的分歧。一方將資本支出視為市場問題,僅此而已,僅是將資源部署到製造業中,簡單且容易毋須多想。另一方則將這看作是一個關鍵的選擇,只有那些能聚精會神來集資的人,才能夠獲得重要能力的機會,華基認為這是一個需要他們堅定決心的點。

我們也應該用香檳來為我們的工廠舉行個受洗禮,來慶祝新生命的到來!約翰以個人的小玩笑作為結束,對資本的考慮先放一邊,直到下週的後續會議。在此期間,這個工廠將帶來更多的冒險。

Chapter

03

價值分歧的裁定

「太好了，謝謝你的介紹。」約翰回答道，終於結束和芬達姆學院（Fyndahm College）行銷長的談話。芬達姆學院是約翰女兒梅根選校的口袋名單，學院的行銷長找到約翰，希望進行一次有關梅根入學的討論，梅根的優秀成績和豐富的學習歷程，再加上活躍的課外活動，使她成為了學校的目標對象。

這是他和艾斯頓優科總部通話的次日，約翰正在審查梅根的大學申請。不知何故，在錄取過程的最後階段，芬達姆學院與他取得了聯繫。

「我們就是梅根需要的，」行銷長以特有的行銷模式回答說道，「我們學校的名氣是數一數二的，想像一下，當你的女兒說出她的就讀學校時，會引起他人什麼樣的反應。」

「是的，那真的會讓人蠻印象深刻的。」約翰同意的說，認知到這是梅根對未來投資的某種回報。

與芬達姆學院的通話在融洽的氛圍中結束了。

約翰又一次埋頭於一堆大學申請表中。這麼多大學的選擇，各有各的不同。而且，就像芬達姆學院行銷長說的一樣，每個學校都有自己的賣點。

什麼時候選大學變得這麼困難了？他想。在教育方面，「選擇」似乎成了當今的口號。

這裡有一個選項。新城大學的「前進」計畫。在大學前兩年沒有測驗或固定課程，這個探索期定義為「刻意地消除機械式死記硬背的學習、武斷紀律和傳統束縛」。在探索之旅之後，學生為他們最後兩年設定一個方向，正如學校宣傳的那樣，這有助於「培養創新並使學生做好自我定義和管理人設 **1**，這對在現代世界中取得成功至關重要」。一個為現代世界創造的新典範……這是一種構想。

我應該學會管理自己的人設，約翰難以置信地想著這樣的概念。

正當他專注於大學的世界時，辦公室的燈光閃爍讓約翰回到現實中。

糟糕！電壓不穩。

---

1 人設（persona）：是人們在他人眼中表現出的形象，通常是社會和公眾期許的形象。

供電系統的瞬間不穩，對於IC工廠來說，超極穩定的電力的條件是不可或缺的，即使是短暫也像是永恆；因為隨之而來的工廠混亂情況，相當於城市經歷數小時的斷電。就是零點一秒的不穩定，也足以使大部分工廠工作停擺，有時需要幾天時間才能恢復正常運轉。

約翰的手機響了起來。「我相信你已經察覺到了電壓不穩定的情況？」凱文半問句的聲音中帶著一絲恐慌。然後，確認了最壞的情況：「大約斷電了三分之一秒。我們不知道原因，但可能跟當地在南部的強烈颱風有關。現場經理正在評估影響，三十分鐘後將有報告。」

約翰掛斷電話，呻吟起來，這大量的產出損失不會被就這樣算了。斷電讓工廠凍結在原地，就像一臺巨大的電腦藍屏死機一樣。通常該正常發貨的產品會被卡在生產線的某個地方，困惑不解地等待著下一步指令到來。

除了產出損失，還需要耗費時間和精力來恢復所有設備的運轉。修復機器人、清洗化學管道、重新設置電腦，林林總總的各種各樣任務需要完成，才能使製造工作重新上線，此時工程團隊將全力以赴，休假的人也需要趕回來。然而，他反思，這正是我們在這裡擅長的，成千上萬的行動，都有著開始與結束，大部分工作是有結構、有節奏、有規定的，充滿了遵守程序的紀律；還有些是受到當下需要而產生無意識的自發行動。所有的工作都是無名的，由不為人所見的工程紀律支持著，整個工廠獻身於迷失在一片任務的海洋中。

凱文再次打來電話。「大約需要十二個小時才能恢復90%的運作。我們還需要損失大約半天的產量。這還蠻傷的，但我們將敦促團隊在未來幾週內彌補損失。」

「感謝你的最新訊息，」約翰回答道，「告訴團隊我非常感激他們額外工作的辛勞，讓我們能夠重新上線。三十分鐘後，我們來安排一次狀態回顧會議。」

「我立即安排。」凱文回答，然後結束了通話。

凱文回到繁忙中，留下約翰繼續著他的思考。

一片任務的海洋，約翰想。沒錯，工廠車間將非常忙碌。

約翰讓思緒稍稍游離了一會兒，在即將到來的檢傷（triage）**2**工作之前喘息一下。

機械式工作與增值工作之間的區別，如何描述我們的工作呢？本地媒體上公開談論關於增值工作的話題，值得多多思考，是否和我家鄉討論的相同？

---

2 檢傷（triage）：醫療工作根據病人受傷情形決定治療和處理優先等級的一套程序，目的是以確定哪些問題最為嚴重須優先處理。

就在上週的報紙上，有一篇關於夏湖一個倡導組織舉辦的一個名為「提升創造力」的座談會的文章，他們的政策目標是提供更多的教育選擇，來助長「鬆綁僵化的結構，提升創造力和創新」的概念。

約翰贊同這個倡導組織，*就像海佛學院的學者們一樣*，座談會上的專家和海佛學院的學者都認為，在工廠一片任務的海洋之外，還有更多的增值工作。這個座談會將幫助當地勞工向價值鏈的「上游」移動，以獲得更多注重創造力和創新的工作。

這不是約翰第一次在當地的討論中看到這個主題。的確，強化創新似乎是由於東西方對教育機構缺失部分的不安全感而產生的一種固著。討論創造力的座談會，只是梅根的大學申請中東方版的「培養創新」口號。

約翰贊同的想法到此為止，*然而有些矛盾……*

不像約翰家鄉的學者們，當地的座談會的專家學者們，並沒有建議拋棄製造業，特別是IC製造業，認為它是有價值的工作。怎麼可能不是呢？本地投資者提供資本的決心，是建立在IC製造作為有價值的勞動力，和穩定性的支柱，這個座談會只是簡單地說明，更多的創新工作是前進的下一步。

我的夏湖朋友們會用他們的鐵拳緊緊抓住IC工廠。

沒有上游－下游（upstream-downstream）[3]的詭辯能重新定義分離製造業的價值的工作，工作人員也不會接受那種讓他們支持分離有價值工作的詭辯。本地的團隊，從基層工作人員到領導層，都基於一個不同的共識下進行工作：高額資本提供了職位的安全和至關重要的穩定性。工廠將作為一場搶椅子遊戲中的關鍵角色而繼續存在。

「回到工作中」，約翰大聲地告訴自己。無論是上游還是下游，無論是煉獄還是不是，他都有一份工作要做，就是要恢復工廠的運作。

---

[3] 上游－下游（upstream-downstream）：是指現代西方將工作流程劃分為如何增加經濟價值的做法。這樣的觀點認為，人的價值是由工作的價值所決定的。因此，鼓勵工人專注於增值部分，因為這定義了他們的價值。在東方，人的價值與工作是分開的。

Chapter

04

生活當中顯現價值

梅・特納（May Turner）坐在桌前，凝視著電腦螢幕上一條令人不安的數據線。剛剛傳來的鈦矽科技電力干擾的消息已經在她的圖表中顯示出來：原本應該是平滑的線條現在看起來呈現出一個塊狀凸起。

從電力中斷可見，鈦矽科技的生產明顯出現了問題。就像汽車在交叉路口阻塞一樣，部分加工的晶圓（十二英寸矽晶圓——厚度是三十分之一英寸）被卡在各種無法運作的製造設備後面。

「到處都是一疊疊的晶圓！」梅嚷道。

這些晶圓在梅的螢幕上出現，就像心跳監測器上發出的病危訊號，代表著工廠中某個地方塞住的產品。

好吧！不要完全看做是一疊疊的晶圓，梅心想。

鈦矽科技的交通阻塞是一排排耐心等待的晶圓盒，從梅從事製造業工作以來，這些晶圓盒在很多年前可是工廠的新玩意呢！

現代化工廠中的晶圓是放在叫做晶圓傳送盒的塑膠罐中，每個罐裝容器可容納二十五片十二英寸晶圓，晶圓水平放置在槽位中。一個典型的塑膠罐尺寸稍大於一立方英尺，重約三十磅，這些塑膠罐由機器人小車裝載沿著高於工廠地面十五英尺的軌道在工廠內運行。

梅曾多次參觀國外工廠，覺得這個景象相當奇妙。「非常專注的小傢伙們。」看著上方的車輛，她記得曾笑著說過。人們走在下面，可以看到數百輛機器人小車在彎彎曲曲中忙碌著，禮貌地停下來避免碰撞，然後帶著的機械般呆板的決心，繼續前往目的地。

問題是這些小車卡住了，因為它們的目的地是「黑暗」，就是無法運作的設備。梅的電腦螢幕上顯示著在工廠內各個裝配點上，排列著阻塞的狀態。電力干擾使機器小人失去了領導、指揮而感到無所適從。

她緊張地笑了笑，心想，*當然最好是平滑的直線*。再次指的是螢幕上堆積的晶圓盒所代表的「心跳」。直線狀並不意味著死亡，意味著平滑、可預測的產出，沒有擠成一團的車輛；而一堆不動的IC產品意味著不均勻且不可預測的產出。然而，解決這些問題是梅的工作，她勇敢地迎向了這個挑戰。

梅是工作場所中所稱的內容專家 **4**。她是供應鏈團隊的一員，她的專業領域是IC製造工作。梅的職稱和同事們在公司媒體網站上發布的貼文，都承認她是IC工廠大師。

梅對IC工廠的專業知識來自於早年在優科的IC工廠的經驗。帶著一絲懷舊的心情，她知道，*我可以幫助修復那些機器，讓這些晶圓繼續運行。*

梅的工作經歷是一個熟悉的故事。起初，她在工廠車間修理工具。她嗆工程師們：「你們這些可憐的傢伙需要一個技師嗎？」當工程師們圍繞著損壞的硬體時，勇敢的梅會推動這些工程師們解決問題。她的先生羅傑就是其中一位工程師，夫妻倆都是優科家族的一員。

工程師們也會笑著回懟說：「好哦！拜託幫幫忙吧！」當然，梅並不是穿著油膩的工作服，拿著工具箱出現，而是穿著無塵衣，帶著各種精密工具儀器，來修復一臺複雜的半導體設備。

隨著時間，梅修理設備機器的工作和羅傑的操作工作都不再存在了。羅傑離開了優科，而梅則一直留在那裡，轉換著不同的職位，直到現在的供應鏈中的位子。這是一個價值鏈的提升，完全符合當時的企業策略，當時可能會有一

---

4 內容專家（content expert）：在特定學科領域或學習主題方面具有特殊知識或技能的人，在研究和開發過程中，為內容和決策提供資訊。

些心痛，但梅只能隨著時代的變遷而前行，看著她最專長的製造工作轉移到其他國家。

現在，梅為優科在全球製造機器中，實踐了管理供應鏈的藝術。帶著的工廠專業知識，意味著她要時時關注著來自優科工廠的IC供應。鈦矽科技的電力干擾，伴隨著所有那些不動的晶圓盒，可能會在IC供應鏈中造成重大問題，進而影響下游的客戶。梅的工作就是找出應對的方法。

到底出了什麼問題？

鈦矽科技生產各種不同的晶片，根據最終用途，透過不同的供應鏈，被運往不同的地方。離開鈦矽科技後的下一步，是一個精細加工過程，將晶片塗上保護性樹脂並按照用途進行產品標記，最終包裝成矩形黑色產品。用於手機的晶片將運往提供精細封裝的地方，因為隨身攜帶的手機需要精巧，手機晶片以奈米（nm）計算；相對於用於汽車的晶片，則需要結實的樹脂封裝，因為汽車需要嚴格耐用的。鈦矽科技的包裝設施分布在多個地點，包括馬來西亞、菲律賓和越南。

在包裝完成後，下一步可能是在另一個地點進行部件組裝，將兩個晶片黏在一起形成一個更大的晶片。最後的階段是一個用於儲存包裝產品的集中點，它有著「輻射狀」的運輸路線規畫，以實現準時供應的工作，把這些高科技產品，交給負責組裝手機和電腦的人。

由於優科在世界各地擁有由各種不同的晶片、不同的封裝類型、不同的倉庫位置、不同的客戶和不同的應用，所形成的一個資源集合。優科稱這個資源集合為他們的供應鏈（supply chain）[5]。

還有更多供應鏈，手機和電腦製造商也有他們自己的供應鏈，其中包括優科的晶片和其他數百種相關零組件，這些組件組合在一起成為手機、電視和電腦，這是一個供應鏈的世界。

供應鏈是透過全球通訊和運輸網絡實現製造業效率的神奇創造。供應鏈創造了製造集體活動的新典範，在甲地製造這個零件，在乙地儲存那個零件，以更低的成本和更高的效率，達成本效益原則。

成功的供應鏈，其中一個重要的部分是創新的軟體和控制系統，用於管理全球製造的複雜性。在優科，憑藉梅和其他人的幫助，開發了能夠「看見」全球庫存、預測產品在全球各地流動的虛擬地圖的電腦程式。就像航空交通管制員指揮飛機的航線一樣，優科的專家們監控著他們的IC製造全景，做出最佳的產品移動決策，還可以進一步提高效率。

---

[5] 供應鏈（supply chain）：指組織與其供應商之間的網路，用於製造特定產品並將其配送給購買者。

最重要的，他們還能幫著解決問題。

像鈦矽科技電力干擾這樣的事件對系統來說是一個打擊，一個由相互連接的齒輪組成的巨大機器有可能停擺。在這樣的時刻，梅和一大群同事，根據自動警報的提示，將展開一場緊張的電話交流和訊息傳遞，這些訊息傳遞遍及全球。「電力下降對產能造成了什麼影響？」「產出損失了多少？」「預計什麼時候恢復？」供應鏈團隊需要弄清楚這一切，及需要做出什麼應對措施。

● ─ ─ ─ ─ ─ ─ ●

梅和兩位同事在一間小型會議室裡，他們暫時停下各自的手邊工作，以便一起商討彼此的分析結果。這個會議室也是他們的辦公室，位於優科的艾斯頓園區，正是梅的製造業日子開始的地方。

「幾種僅限於鈦矽科技的產品將會嚴重落後，而我們的備用庫存有限，」梅宣布道。「已經啟動第三級應對措施，並發送了相關訊息。」鈦矽科技是擁有許多專用IC唯一生產的地方，因為在高科技世界中，有些東西需要特定的高科技技術及設施，所以只能在一個地方製造。

當產線恢復，下一個環節需要做好準備。

「一旦產品離開鈦矽科技，我們有哪些加速選項呢？」梅問道。

「我已經啟動了兩個包裝廠的快速通道，一個位於馬來西亞，一個位於菲律賓。」專門負責管理包裝廠的喬安·蘭道夫（Joan Randolph）回應了梅。

「我們可以直接空運，但需要選擇早班飛機，以確保能快速通過海關。」負責運輸選項的拉里·威爾斯（Larry Wiles）繼續補充。

這個討論持續朝著結論，一個個計畫進行著，梅對結果感到滿意。形成這種遠程控制的共協調模式，每每在這種時候通常會讓她感到一種熟悉的懷舊感受，懷念舊日的活力，感到莫名的隱痛。某種模糊的感受，讓她回想起早期製造工廠的混亂狀態的那股能量，和過去隨時隨地備戰狀態的生活。

現在似乎是完全不同了。

確實是不同了。梅、喬安和拉里在新的工作生態系統中都有明確的位置，他們按照被賦最高價值的工作流程中，謀得合適的職位來執行任務。儘管新工作可能帶來興奮、激動，比如在電力干擾後面臨供應鏈流程被阻礙而延誤的挑戰，但這種興奮有侷限，在這個位置也只能在圍牆之內，煙火的範圍是有限的。

不像在製造現場工作時那種對未知的探險，梅的回憶浮現，儘管如此，我需要找到我的位置。在梅的新環境面前，信心有時也會踢到石板。

確實，梅需要找到自己的位置。這就是新時代的運算法則，帶給她的挑戰，改變了艾斯頓的角色，也改變了梅的角色。首先，市場的智慧明確了資本的正確配置及上下游的工作方式，對艾斯頓而言，製造業已經不再重要。然後，這樣的智慧帶來了好消息，是製造業可能已經消失，但市場創造了更重要和增值的工作，像梅這樣的工蜂只需要理解並做好準備。

但這樣還是帶來隱痛。將工作場所透過工作配置來界定個人價值是有侷限性的，如果背後另有隱情或者更高的呼召，上下游的工作便無法容納這些。例如，想像製造業是一個戰場，其中的動機和結果可能超越了個人價值，這在新時代的運算法則中根本無法解釋。因此，新時代工作建構的論點是，將那些無增值的製造業工作送走，不僅沒有風險，反而有價值。這是新時代工作的簡單指令。

對於工作者來說，這意味著迎合就業市場的需求，工作安全感來自於確立一個個人的專業領域，這個專業定義得愈明確愈好，以使自己脫穎而出，然後由就業市場驗證這種專業。「找到你的位置。展示你的價值。」「這是酷愛（Kool-Aid）[6] 成功的新獨門秘訣」，像梅這樣的工作者別無選擇，只能接受，像喝下一口酷愛，說不上這滋味，因為它是這裡唯一賣的東西。

---

[6] 酷愛（Kool-Aid）：是一種以內容成分不明的化學色素調合而成的含糖飲料；「喝酷愛飲料」（Drink the Kool-Aid）在美國文化中，指人無條件接受任何事物。

我擅長這個，梅想著，帶著堅定決心大口喝下這飲料。帶著這份新鮮刺激感的提振，她結束了會議。

「在第三級的情況下，鈦矽需要進行手動操作來處理受影響的產品，」她說。「讓我們再次確認離開鈦矽後的通路已經準備就緒。」她有目的地站了起來。還有更多的事情需要處理。「我要跟鈦矽通電話。」

於是，梅、喬安和拉里都回到了自己的工作崗位。

●　—　—　—　—　—　—　●

坐在桌前，等待鈦矽科技回電，梅思考著接下來的工作。

第三級意味著整個通常運行工廠的自動化系統，不再由機器人車輛運送晶圓盒，而是由人類快遞員來進行。在接下來的幾天裡，他們將使用手推車在工廠內運送大量的產品。這就是過去工廠的老式運作模式。

鈦矽科技非常大，約有十個足球場那麼大。數英里的軌道彎曲在天花板上，充當著機器人車輛運送晶圓盒的高速公路，從A機器到B機器，然後到C機器，按照製造流程進行運輸。從開始到結束，一個晶圓盒的旅程可能需要幾個月的時間內，靠一輛機器人車輛從一個機器運送到下一個機器一千次以上。

儘管機器人車輛系統很好，但在有限的時間和有限的晶圓盒數量上，將晶圓盒放在手推車上由人員運送反而更快。

就像市區一樣，那些勤勞的快遞送員在運輸郵寄包裹時來回穿梭。

壞處是工廠車間走道上額外的交通。原本應該在15英尺高處進行的移動，現在與技術人員和工程師們的來來回回交織在一起。電力干擾後，工廠車間就像處於紅色警戒狀態的星際飛船企業號，而手推車更是增加了混亂程度。

「在這種混亂中的管理可能會很困難。」梅大聲說道。她曾經經歷過一次電力干擾，但由於工廠技術自那時以來已有大幅提升，她無法確切了解當前的情況，停滯的晶圓盒造成更混亂的情形。儘管如此，決策矩陣是清晰的，需要按照第三級規定的手動操作，對產品進行優先排序。

現在，梅少了一些懷舊情緒。她已經離開製造業很久了，她知道接下來的日子將是什麼樣子。

鈦矽科技的車間將充滿活動的喧囂聲，團隊的大部分成員都可能需要通宵工作，她了解，製造業做的是一份艱難的勞動工作。

除了使事情重新運行的即時問題外，還需要幾天的工作來評估產品品質，並將一些卡住的設備恢復正常運作。對於鈦矽科技團隊來說，這感覺將是一個漫長而辛苦的集體行軍，唯一的獎勵是工廠恢復到中斷前的狀態。順著新時代的要求，需要在生態系統中展示個人增值，這可能做到嗎？而且，電力干擾只是讓數千人的團隊應接不暇的許多常規因素之一。

在那樣的人群中很難脫穎而出，梅思忖。

梅日復一日地喝下愈來愈多的酷愛飲料，它開始發揮作用。她還有什麼選擇呢？她需要在生態系統中發揮自己的專業領域並展示價值。隨著時間的發酵，她對於高資本所伴隨的高勞動的記憶將會淡去。誰會想要那種工作呢？當市場並不認為它有價值時，為什麼要忍受這種痛苦呢？

像新福音傳教般的衝力在梅辦公空間的其他地方重複上演，如海洋般一望無際的辦公小隔間，由營運持續管理（Business Continuity Management, BCM）、資訊管理（Information Management, IM）和其他部門的專家們在其中進行熱烈的討論。他們也有自己的工作職責，坐在自己的辦公桌前，審查自己的數據，滿足於展示他們在解決遠程問題方面的能力。

● — — — — — — ●

「我預計很快會收到來自艾斯頓的消息。」約翰宣布。電力干擾發生後已經過去一個小時，其全面影響正逐漸顯現，他和一群經理以及三、四十名工程師聚集在一個大型會議室中，評估生產線的狀態。

到目前為止，數據顯示有70%的設備將在一小時內重新上線。其餘30%的大部分設備則需要更換一些內部零部件，需花費長達二十四小時才能恢復正常，再來就是一些暫時無法恢復的設備，這些設備可能出現了一些尚未釐清的潛在故障，例如燒毀的電路板或阻塞的氣體管道，這些問題目前比較難以診斷。

至於晶片本身，積體電路產品不喜歡定格在未完成的中途，可能汙染或品質下降，影響性能。鈦矽科技的工程師們將不得不檢查一長列的晶片，確定哪些需要報廢。而那些卡在中途關機設備中的晶片將毫無價值，就像半熟的蛋糕一樣，也需要報廢。正如凱文之前估計的那樣，無法使用的產品的數量將非常大。

會議室充滿了討論聲，不時被簡短的報告所打斷，有關電力和水供應、設備情況和預期報廢情況的更新。約翰對來自供應鏈團隊的回饋的預期，成為了會議的結束發言。從頭到尾，所有相關的問題在二十分鐘內得到了全面討論，隨即經理們和工程師們一哄而散，每個人都走向巨大的工廠，去解決他們的問題。

約翰留在安靜的會議室中稍事休息，等待著艾斯頓的電話。他想像著家裡的辦公空間，與他目前所面對的混亂形成了鮮明的對比。辦公室將是一片半黑暗的迷宮，裡面布滿了辦公桌，每個人都在安靜地工作，有節奏地說話，鍵盤的卡嗒聲此起彼落，井然有序的工作分配，就是一件再理性不過的事情了，就像約翰此刻遠遠地觀察著梅和她的同事在會議室裡進行討論一樣。

與約翰那些匿名而疲憊的眾多員工相比，取而代之的是一群像梅這樣的專家，他們每個人都有自己明確的定位，每個人都專注於電腦螢幕，沉浸在數據中並進行自己的一套分析。

艾斯頓的人對複雜的製造業巨獸進行遠程管理，完成了令人印象深刻的工作，包括監控、反應、解讀，就像精確控制遠方的戰場一樣，這的確是個增值工作。

當然，約翰和他的戰友們經歷的是一個截然不同的現實，畢竟他們是在第一線。由於眼前問題，工廠車間的工程師們認為的唯一引導是來自他們自己。在事後報告中，約翰肯定會聽到關於西蒙・洪（Simon Hong）如何為了千分之一的pH值變化而擔憂他的研磨液供應管線的事情。麗莎・古（Lisa Ku）會展示晶片上缺陷的電子顯微鏡圖像，然後，她匆忙開發一些特殊的清潔劑後，圖像上的缺陷就消失了。俊立・劉（Chunli Liu）會解釋他編寫的計算機代碼來重定向錯誤的晶圓盒，然後，按他的預計，他會繼續解釋如何以全新的軟體思路可以完全避免未來的問題。

工廠車間中的情況就是這樣，工程師們進行著匿名且自發性的戰鬥，每一場戰鬥都是技術魔法的縮影。結合在一起，他們是一股不可阻擋的力量，將恢復工廠的運轉。

我想在這裡所做的是艱難的勞動苦工。

他以前聽過這種說法來形容製造工作。但實際上，這真的是勞動苦工嗎？供應鏈管理是值得投身其中的地方嗎？那種觀念是真實的嗎？製造業消失後，人們是否有機會以更重要的方式來定義自己？

看著今天的忙亂，這種說法簡直是可笑的錯誤。

製造之家——東西文化角度下工業和科學成果的羅曼史

46

當然，他的人員有時會在平凡的工作中迷失。但更多時候，他們從事的是令人欽佩且負責任的技術工作。這種矛盾讓約翰感到惱火，這邊的觀點已經得出了結論，他心中咆哮著，這根本不是什麼勞動苦工。

約翰從經驗中知道，他團隊的人全身心地投入到製造業中，如果遠方對鈦矽科技員工的職業價值進行判斷，約翰的人感受不到，甚至可能感到困惑，被評判的是什麼？他們的工程能力？還有什麼要評估？

但是，約翰的工程師們並沒有喝酷愛飲料，因為這裡不賣。我的工作有增值嗎？他們甚至不理解這個問題，他們價值的裁判來自其他地方，他們不浪費精力在塑造人設（persona-building）**7**，用現代人工作繁忙的一部分來展示價值。相反，約翰團隊的人對於工廠生活的價值共識充滿信心，在那裡，他們需要證明的唯一事情就是優秀的工程能力。而且，那是有趣的。

約翰的鈦矽科技團隊是一個自信的機器，是一支專注於目標的強大組織，他們逐漸創造出自己的積體電路世界，一場戰鬥接著一場戰鬥。

---

7 塑造人設（persona-building）：西方的現代教育非常強調學生必須塑造自己的定位人設，因為這決定了他們的價值。角色塑造意味著做一些讓一個人看起來特別或重要的事情。社群媒體是西方的發明，旨在幫助塑造個人形象。

47

Chapter

05

二條在遠處正相交的直線

讓所有人達成共識並非易事。

約翰回到辦公室，沉思著他的兩個世界，要讓不同背景文化的人達成完成任務的共識，是他不間斷的外派工作生活的冒險。他想起了上個週末的一件事，他去了一家居家用品店，尋找一些東西來恢復露臺上受風侵蝕的木地板的光澤。

在夏湖，自己動手修繕居家建物並不常見，但約翰決定試試看。經過多次語言溝通後，「找點東西讓它們閃亮」成了他最後的努力來傳達他的目標。店員盡力理解他的中文，並諮詢一位同事，經過一番溝通協調後，匆匆忙忙地拿來一卷塑料包裝膜，當成給約翰的最終解決方案。想當然若妥善的平鋪貼上這個膜，確實可以使地板閃亮起來。

這個經驗真好笑。

正在他思緒飄忽之際，一部嗡嗡作響的手機打斷了他的思緒，梅打來了。不出所料，遠程管理的力量正在實施，掌控著遠在夏湖的突發情況。

「嗨，約翰，」梅說，不等待回答，又繼續說，「對於工廠目前遭遇的困難我感到抱歉，根據預測，我們正處於營運持續計畫應變矩陣（Business Continuity Response Matrix）[8] 第三級。這造成相當嚴重的一些供應缺口，我們必須透過手動來優先處理某些特定產品。」

約翰在之前與梅有過接觸，在艾斯頓的製造部門一起工作過。梅是一位相當有才華的設備工程師，但有些A型人格 [9]。

「我明白了，」約翰說。「我們這裡正處在忙亂模式中，我想你已經通知了團隊。」

「是的，我跟丹尼爾說過了。」丹尼爾・王（Daniel Wang）是鈦矽科技的生產經理。「對於這些特定的產品，我們已經在產品離開鈦矽科技後啟動了快速出貨通

---

[8] 營運持續計畫應變矩陣（Business Continuity Response Matrix）：是指組織為因應突發災難事件而預先規畫的應變與復原作業流程，以確保組織在可接受的最低營運水準下可持續提供關鍵服務項目予重要客戶。計畫內容包含營運衝擊分析、最低資源需求、測試演練等。

[9] A型人格（type A）：性格特徵為有高度進取心，急躁、爭強好勝，有衝勁、求好心切，對自己要求相當高並凡事追求成功。

道。我需要丹尼爾取消自動化運送模式，透過工廠人工化運輸這些特定的產品。」

作為產品經理，丹尼爾負責積體電路晶圓的產出。丹尼爾的工作是確保工廠中的產品總是準時送到正確的地方，並確保正確的數量在正確的時間出貨。丹尼爾通常是一個快樂的傢伙，但現在他發現自己陷入了一個大混亂之中。對於產品經理來說，斷電就像是一記重拳打進肚子。

「第三級應對措施已經明確並獲得認可，」梅繼續說。「我已經確認丹尼爾收到了緊急通知，甚至也打了電話給他，並解釋了我的分析。但他似乎猶豫不決，還說他需要先核實一下；我搞不懂他需要核實什麼？規定流程寫得清清楚楚，而且留給我們的時間不多。可以請你介入一下，看看究竟發生了什麼？」

「當然可以，謝謝你提醒。」約翰回答。

約翰掛斷了電話，並答應梅盡快回覆。約翰聽出梅聲音中明顯的挫敗感，她習慣了發生事情後迅速到位。這是一個典型的外地辦事處和總部之間的衝突嗎？彷彿在說：「搞清楚到底誰在負責！」

不，那不可能。鈦矽科技對優科辦公室和他們的專業知識非常尊重，丹尼爾定會對梅表現出極大的尊重認同，在公司結構下，這是不可能發生的應對方式。當前的問題涉及一個更基本的點，一個不同的認知的層次，梅和丹尼爾只是不遵循同一套運作規則。「丹尼爾，人工化運輸操作是

出了什麼問題？」不出約翰所料，丹尼爾正暫停下來和他的下屬管理者們商討。

工廠恢復戰爭的緊迫性顯示出了一個現實，在混亂面前，梅選擇遵循價值鏈確定的界線，但丹尼爾不會這麼做。面對混亂，價值鏈被降級，而他轉向社會契約（social contract）[10]，一種將人黏合在一起以執行各種任務的方式。在正常的日子裡，丹尼爾和他的員工們的黏合工作方式，在梅看來是隱形的，每個人似乎都在工作流程中占有一席之地。然而，今天不是正常的日子，正常的工作流程已被顛覆。

不管是透過呵斥命令還是協商計畫，兩者都行，丹尼爾需要提供這種黏合力。今天，丹尼爾選擇了協商。丹尼爾的團隊只需要知道手動調度是計畫的一部分，工廠的混亂不可避免地給人和產品帶來風險，這種混亂應該要被全員認知，而且大家要同舟共濟。丹尼爾的認可就是這種黏合力，在他們心中牢記使命，他的團隊將奮起向目標前進。當梅被困在工作流程中時，丹尼爾的團隊只是將自己投入到問題中，與此同時，他們向擴展IC宇宙的目標努力。

●　—　—　—　—　—　●

---

[10] 社會契約（social contract）：是一種概念，用作解釋個人和組織之間的適當關係。社會契約主張個人融入組織中是透過一個相互同意的過程，當中，個人同意遵守共同的規則，並接受相應的義務，以保護自己和組織中的其他人不受傷害。

「丹尼爾只需要跟他的經理協商。」約翰對梅解釋道。

「我明白了。」梅回答，但她沒料到是這個答案。

也許我們需要更多的培訓，她心想。

「約翰，這應該像鐘擺一樣運作。我們其他的供應鏈環節都已安排好，依序等待中。還有沒有什麼我可以做的，來使業務流程更清晰？我們真的不能等。」A型人格的梅需要事情有所進展。

這真是令人沮喪，的確讓人沮喪，但也令人懷念，想著過去他們在工廠車間裡閒聊打屁顯然有趣的多。

梅知道一些陌生的東西正在取代她過去的製造日子，只是她無法確定是什麼。

「我理解，」約翰說。「我會促使丹尼爾趕緊執行人工化操作，再給他幾分鐘。」

● — — — — — — ●

約翰結束了和梅的通話，不想試圖讓她在廣泛認知的問題上提供建議。無論如何，他確信丹尼爾很快就會執行人工化的手動運作。

同時，其他幾個不同版本的兩個世界的碰撞也正在上演。其中之一是凱文正在處理與艾斯頓總部的溝通，全

球設施負責人馬丁・瓊斯（Martin Jones）正在向他詢問斷電事件。在艾斯頓，馬丁被稱為「冒險家」，他是一個尋求刺激的人。他的個人主頁上，展示了許多自製的驚險刺激影片，獨木舟從瀑布上往下划、穿著滑翔衣跳下高崖等等。馬丁與許多優科的老將一樣，他之前在製造業也有過經驗，隨著時間的推移，他轉入到了協調角色。他專門負責優科IC工廠的設施管理，包含電力、水、供暖、廢棄物等等。

「我們這裡的數據顯示，在斷電期間你們的電壓降低了90%，持續了兩三秒鐘，」馬丁在追問凱文。「我很驚訝UPS系統沒有即時供電。」UPS系統是備用電源，能夠瞬間提供電力，當未能正常供電時，UPS的設計是能瞬間輸出電力來應對。

現在對斷電事件給出任何假設都為時過早，但馬丁知道對外地團隊施壓是個好策略。用力推進，這就是我的作風，馬丁對自己在新的增值制度系統中，展現個人的專業如魚得水。

「我們正在調查，」凱文回答。「整個電力網絡因夏湖南部的大風暴而不穩定，除此之外，我們還不太了解細節。」

● — — — — — ●

實際上，很多調查工作已經完成，凱文在那時實在沒有時間向馬丁解釋。

在凱文的團隊內部，首席工程師弗蘭克・林（Frank Lin）正在與品質保證團隊的杰夫・馬歇爾（Jeff Marshall）溝通中。杰夫在克萊爾蒙特（Clairmont）距離艾斯頓約三十英里的一個衛星辦公室。

杰夫是一個謹慎的人，非常適合做品質判斷的工作，在確保客戶獲得優質產品方面，他不會冒險。

早期杰夫是一名優秀的產線工程師，但隨著他熱愛的工作的轉變，他也跟著改變了，傑夫的新的優先事項在其他地方了。他喜歡按時下班，這樣他就可以騎自行車或去當地的池塘釣魚。在不知不覺中，他角色的轉變，讓他對IC行業產生了一種更加田園般的、不那麼緊迫的理解。

「杰夫，我們這裡已經有了六個月試用設備的數據，」弗蘭克解釋著。「我想啟用這個新的硬體設備來減輕工廠的擁塞的情況，我認為會有所幫助。」

定期地，IC工廠的工程團隊會評估可能帶來更高生產力和更好控制的最新設備。不過，團隊必須對其進行評估，以確認它不會影響產品品質。這就是杰夫的職責所在。

「我明白，」杰夫謹慎的回答。「目前很多產品已經因斷電事件，處於品質的風險之中，現在我們不應該冒其他的風險。」傑夫的謹慎是適當的。風險堆疊在風險之上從來都不是一個好主意，所以答案是否定的。

「我理解，謝謝你。」弗蘭克回答。

事實上，弗蘭克已經在與他的經理商議後，放行了優先級較低、可以失去的產品。新機器很酷，弗蘭克感到興奮，想要更多，不管「更多」是什麼。在今天的情況下，「更多」意味著推動工廠把更多的產品推出門。

這樣的情況在總部和工廠之間的各個連接的對口上都有發生。約翰對其中的許多人及情況都有所了解，包括弗蘭克和杰夫的討論。最終，整個過程是，在總部辦公室理性冷靜的內容專家和在工廠車間的混亂和無名靈魂組成的戰鬥大軍的碰撞。

沒有人在同樣的認知層面上，約翰再次想到。雙方都有快樂的無知：優科團隊在他們明確的角色和「遠程控制」的工作中感到安全，現代工作結構模式完全發揮作用，除了像梅這樣的例外情況；而鈦矽科技團隊則興奮地處於另一場戰爭的中心。一方在上下游設定的範圍內工作，定義他們在市場上的價值；另一方則一致的關注領土及奪取領土。

如果長期目標是在工業宇宙中擁有力量，對約翰來說，上下游的設定模式看起來似乎正在失去領地。

下午晚些時候，約翰終於有時間完成檢視對梅根的大學申請和一大堆目的在證明她符合條件的文章。他一一仔

細閱讀，再一些編輯工作，梅根可以在週末之前提交所有申請。

「你很聰明真是太棒了，」一所大學的文章提示寫道，「告訴我們讓你感到好奇的學科或想法。」

你聰明真是太棒了？如果你認為你很聰明但實際上不是呢？約翰笑了。還有更多像「找一個來自你生活的經歷，解釋它如何影響了你的發展」和「有些學生認為他們自己有些獨特之處，必須寫在申請表中，如果你有符合任何一項描述，請分享你的故事。」

你有什麼獨特之處？如果它確實是獨特的但沒人需要知道呢？約翰的鈦矽科技的員工們隱藏的獨特之處使他驚訝。誰知道在收到這個要求後的兩週內，他的高階員工們可以組成一支樂隊「在一名離職經理的歡送派對上表演」？低音手、鼓手、喇叭手，他們表演得很好。誰需要知道呢？沒有人在任何地方張貼訊息，但那有什麼關係？

每所大學都有各自的版本讓學生自我陳述，透過文章提示幫助學生架構自己的版本，並在「自我定義和塑造人設」的方向上導引，就像大學申請和行銷長的支持角色所承諾的那樣。

外籍人士的生活，一切都更加沉重，約翰感到困惑。

論文提示本來可能很有趣，現在只是強化了和他那個時代的對比，並且滋生了憤世嫉俗的情緒。

《海佛商業評論》不是在這一點上是相當有說服力的嗎？

學校正在為學生符合現代工作建構模式做準備，這是一個「我需要展示我的價值項目」的工程。因此，學校很多工作要做，學生們需要知道自己很重要，還要讓自己變得重要，並展示自己的重要性。大學已制度化的將為未來的工作者和領導者們建立一個「人設市場」的機制。

正是這種對比使約翰感到困擾。丹尼爾的世界中那種黏合力在哪裡？那種集體黏合力幫助丹尼爾的團隊穿越工廠混亂的無政府狀態，日覆一日的存活下來。更確切的說，約翰認為從文章提示到內容專家的目的，與黏合力相反，這目的看起來像是創造一大堆「個人泡泡」（everyone bubble）**11**。

泡泡不會黏在一起。

約翰正站在對比的兩個世界之間；店員那荒謬的塑膠膜解決方案並不適合處理約翰地板的問題，他需要的是漆。但當涉及管理IC工廠的複雜性時，優科的人知道如何做到。

● — — — — — ●

---

11 個人泡泡（everyone bubble）：也就是個人自我中心，每個人都生活在一個界定其價值的泡泡中。

最後一個工作，這真是漫長的一天，約翰期待著早些休息。他和人力資源主管瑪麗・黃（Mary Huang）在他的辦公室裡等待凱文參加他們每週的會議。自從斷電事件後，工廠已經恢復了平靜，凱文正在完成一些恢復計畫的最後檢查。他的晚到給他們一些時間進行閒聊。

瑪麗因運動傷害而微微的跛著進入辦公室。

「妳的腿怎麼樣了？」

「我告訴你。」瑪麗說。她知道約翰會感興趣的，她詳細描述了一種結合物理治療、東方醫學和飲食調整來治療傷病的方法。

約翰對這些中式飲食療法一無所知。他笑著問，「我真不明白香蕉怎麼是『涼』的能量，芒果卻是『熱』的，也不明白所有那些神奇的中藥是如何起作用的。」

「你需要學習更多來理解人體能量流的概念，約翰。」這個說法是多麼正確，世界有太多知識，這是一門不同的科學。

凱文來了，加入了會議，分散注意力的時刻過去了。

回到工作中，約翰開始了他們的會議。

「培訓和人員配置，」他開始說。「考慮到今天工廠內部的所有動作，這主題相當值得討論。我們新來的外國技術人員的情況如何？對他們的能力有信心嗎？」

「他們都有兩年的技術學位，」凱文說，「他們看起來還不錯。我們從一些較簡單的維護工作開始，然後逐漸讓他們進行較複雜的任務。」

由於人口結構變化和興趣轉移，從當地勞動力市場獲得所需的勞工變得困難。當地政府提供了特殊的實習簽證，允許來自鄰國的一些技術人員進入該國增加勞動力。而且還有一個好處，就是外國勞工的工資較低，福利也少，招募沒有問題。來自外國的許多人渴望在複雜的製造業世界中賺錢並提高他們的技能，這是他們在母國找不到的工作。他們希望在未來經濟中，憑藉IC產業的延伸應用，得到些有價值的技能。對於這些外國訪客來說，在鈦矽科技工作是他們自己的搶椅子遊戲中的一種手段。

三人繼續討論相關問題，有關外籍勞工的住宿問題、簽證申請、適應各種文化節日的時間表和其他類似考慮因素。

「還有一件事，」在會議即將結束時，凱文說。「我需要休下週的每天下午。」

「聽起來是個私人的事情，」約翰回答。「有什麼我能幫忙的嗎？」

「不，就是我女兒的學業的事情。」

「沒問題。」約翰說，不想深入詢問細節。這是學期中的假期，也是補習班的時間，對於凱文高中三年級的女兒來說，特別需要額外的學習時間。距離大學入學考試只有剩幾個月的時間，已經在緊鑼密鼓的準備。在補習班裡有老

師負責早上的學習，但在下午則由家長們接手，負責監督學生集體複習。如果約翰深入追問，凱文會解釋說，這次他輪到擔任監督。那沒什麼特別，只是父母參與培養年輕人成為社會秩序貢獻者的一部分努力而已。

事實上，約翰會覺得凱文的規畫有些奇怪，像某種授權的監工，默默地走在一群埋首苦讀的高中學生的桌子中間，負責當他們做一些練習題時給予協助。當然另一方面，凱文的監督工作是一種肯定，在凱文的世界裡，對勞動的準備，確實有根本的不同。社會監督（social supervision）[12] 完全是關於搶椅子遊戲的下一步，與塑造人設毫無關聯。虎媽們正在與學校行銷長們談論的是業務問題，而不是行銷問題。在一個以社會企業為價值的世界裡，行銷長傳遞的管理人設的資訊是無關緊要的，就像是工廠一樣，重要的是企業。

---

[12] 社會監督（social supervision）：是指國家律法以外，社會組織或公民對活動合法性，進行不具有法律效力的監督。

Chapter
06

領導的角色

哇，這些人有夠屬害！

在最近一次文斯、約翰與艾斯頓經常性的電話會議中，文斯欽佩地想道。「這些人」是通話另一端的一組經理。

今天還是領導工作的一天。

在電力波動之後的早晨，處理其後續的事情仍然遠未結束。儘管如此，工廠中的生活依然在繼續。畢竟，文斯和約翰有一個合作事業得經營。

文斯傾向於觀察和評估的管理方式，特別是對於優科這合作夥伴。他像約翰一樣欣賞他們的機械式的管理機制，就像約翰欣賞當地勞工一樣，他們各自的關注點都有道理。在鈦矽科技這家合作企業中，文斯和華基依賴優科的管理方式，就像約翰和優科依賴華基的勞動力一樣。

然而，在優科的眼中，約翰並不像華基眼中的文斯那樣重要。在鈦矽科技，文斯領導著一支注定要實現華基IC宇宙的工作人員。文斯是一名推動者。另一方面，約翰是從遠方派遣來的領導者，只有地方性的責任。約翰可能是當地團隊的英雄，但在各自公司掌權人的眼中，文斯是前線的將領，而約翰則是後衛部隊。文斯是戰略制定者。約翰是戰略執行者。

正是由於他們在領導中的不同角色，他們聽著這次會議通話並應對相關挑戰。

這通電話是為了討論如何將新技術推向製造階段，資助這項技術的商業交易仍然需要一個結論，但如果要到有人說「開始！」才做那可不行，一些平行的準備工作都是必要的。

假設鈦矽科技能夠確保融資，接下來最大的問題將是準備在鈦矽科技的工廠內進行大規模生產，這意味著需要新的、複雜的設備。但何時？以及如何進行？由誰安裝？一些高度有毒的新化學品需要許可證。如何獲取許可證？由誰獲取？獲取許可證需要的時間？新的廢棄物管理系統是必要的，那是什麼樣的系統？是否有足夠的空間？是否有足夠的專業知識人員來維護它們？是否有足夠的電力和水源？問題不勝枚舉。

此外，將會有三十到四十名外派專業工作人員搬到夏湖來，並至少在夏湖生活一年。應該準備好大型的西式住所，還需要安排外派人員家人，學校和他們個人的交通方式。除此之外，進行各種培訓是必要的，升級資訊科技

（IT）系統，以及從當地勞工中進行額外的招聘，林林總總也是一個巨大的後勤業務挑戰。

文斯在華基工作了二十年，海外的合作夥伴有一長串的合資創業項目，參與了各種不同項目的製造企業，從相對低端技術的裝配開始，逐漸轉向更多的複雜性技術及新科技項目。現在是IC製造，是電子產品製造食物鏈的頂端。

多年來，文斯一直對來自「另一方」合作夥伴對價值鏈的專注感到印象深刻，西方領導者具有分析產品創造開頭到結尾的過程的天賦能力，能將其分解為一系列組合工作，然後應用軟體，細細分析各種工作所需的腦力強度，產生最佳化計算方式，每份工作都有一個合理的價值。每件事情都有一個合理的可執行方案，這個工作放在這裡，那個工作放在那裡，這是市場智慧驅動的必然數學計算。規模擴大計畫就是價值鏈分析的一個完美範例，複雜的全球物流將被精心設計好，以便在正確的時間針對正確的問題部署正確的資源。

華爾街的股民們讚揚那些能夠正確掌握價值鏈的執行長，這些是典型的商業領袖，他們在提供企業價值方面設立了標杆。

我們也可以做到同樣的事情，文斯經常對自己說。他啟動了各種內部管理發展工作，使這樣的管理機制到位，能在他的經理中複製他在海外合作夥伴身上看到的東西，他時斷時續的有些進展，但不知怎麼的，總是有更重要的事情要做。文斯對自己的進展從未感到滿意。

文斯作為軍隊的將軍，隨著情勢不可避免地要強化更重要的地方，而他會專注於更迫切的事項。當然，規模擴大的計畫很重要，但實現合理的可執行性並不能成為衡量他的領導力的標準。相反，文斯的成功取決於能夠「掌控一切」的微妙技能。他的領導中有一種人性黏合元素，文斯專注於觀察這種黏合物的分配，因為在大規模風險投資中，有很多因素可能造成支解散架。首先，他的融資商們很不安。優科是否是一個對的合作夥伴？技術真的那麼好嗎？這是製造技術複雜性的一個巨大提升，需要對於向前推進的價值有集體共識。畢竟，這是華基的領導人和他們的金融支持者如何將公司和社會引向未來的一個光輝範例，同時也提供了一個經濟靠山。

但是，如果該項目失敗了呢？當資助本計畫的企業口袋夠深時，可以吸收衝擊；但當整個體系依賴穩定和穩定的光環時，失敗就會將那些參與其中的人推入「不穩定造成者」的行列——那些動搖社會秩序的人，那會很糟糕，常常會導致顏面盡失且無法挽回，並被從可以「維持一切」的名單中除名。為項目背書的領導者在為自己的「搶椅子遊戲」冒險。確實，這項事業無疑是一種勇敢的行為。

那誰處於風險中呢？歸根結抵，基於某種理性技術分析達成的協議，不會讓人們簽下同意書，也不會讓人們成功的去執行。相反，在組織圖中的位置也無法決定誰能夠擺脫這個困境，這項計畫確實會將那些文斯為完成融資帶來的商業網絡夥伴陷入困境，而他們是根據對文斯的信任，所做出的個人承諾。

個人網絡、互相有交情的人，他們所做的互相承諾，是任何項目支撐的基本結構。大型資本項目就是這樣建立的。有了個人網絡，項目可以前進；沒有這些，就無法提出項目。文斯和他的網絡就是建築物的鷹架，商業計畫腳下的踏板和固定投資的釘子。

在文斯要做的事情層次中，固定鷹架這件事是最重要的任務，確認他的網絡夥伴們是否達成共識。複雜的規模擴大計畫和供應鏈運作當然是優雅的，並且提供了很多價值，但在文斯的世界裡，它們只是拼圖的一部分，他知道它們將會被處理好。畢竟，有了今天的電話會議，還有更大的風險在他跟前。

巨額的資本支出即將到來，誰知道之後會遇到什麼挑戰？唯一可以肯定的是，事情在某個時候會變得困難，而且任何場域分析都無法說服任何人，突發性和不可預測性問題產生的頭痛是不可避免的。

文斯需要與那些願意與他一同渡過難關，並且堅定決心的人攜手合作。

我需要讓我的朋友們稍微發洩一下，文斯想著，再多給些時間，讓每個人再多些表達他們對項目的關心與擔憂。

重點是要投下資本，而領導者們需要承擔責任。文斯的優先事項不僅僅止於那些融資對象，他還需要讓工廠重點人員參與其中。

在鈦矽科技內部，各級領導者都擔心個人穩定性和工作保障。規模擴大將帶來一波新的外派員工，這定會導致職權爭奪現象，這是一個對管理體系的衝擊。「我會失去我的工作我的職位嗎？」將成為部分員工的主要關注點；精明的領導者會擔心技術的品質，投資是否會使公司負擔過重？是否會使公司的未來面臨風險？

在穩定性和風險兩方面，員工們都會感受到來自自身和家人的壓力。是否有更穩定、更堅固的未來？與融資商一樣，追求新技術和先進製造的價值是毋庸置疑的，只是擔心參與遊戲時，是否有自己的一把椅子。

因此，在與文斯的融資商、經理和工廠員工的戰鬥前夕，整個部隊都感到緊張。做為將領的最高指揮官，他必須提供一股勇氣，為全部隊注入活力，鼓勵他們將戰鬥帶到戰場上，需要擴張領土，文斯的工作就是確保他的部隊得到它，使新項目計畫進行。理性的可執行方案不得不等待另一天。計算和流程圖無法完成這項工作，大家對文斯作為領導者的期望在他處，他必須傳遞源於人性黏合的勇氣。

● —— —— —— —— —— ●

約翰同樣對優科的規模擴張體系印象深刻，但卻留下了截然不同的印象。在文斯看到了機會的同時，約翰再次感到自己被拋棄了，他守護著一個遠離主戰場的前哨。

規模擴張計畫是母艦所稱的「業務流程」。業務流程是控制人員和資源流動以完成工作的一種方式，並且是實現價

值鏈業務領域的基本要素。開發所需的業務流程是艾斯頓分析師隊伍的核心能力。

真是一項不得了的工作藝術！ 約翰不情願地對自己承認。在不同的時區和跨洲之間精心安排資訊、人員和供應的流動並不容易。但當他聽到他們的對話時，約翰的內心再次被一種當成局外人的感覺充滿，他是那個外部的人，遠離優科進行重要工作的地方。

正如學界和自家國內商業領袖所說，製造並不是真正創造價值的所在，業務流程才是價值，技術才是價值，這是領導需要集中精力的地方，因為這是市場智慧制定的結果。

那不是我。 約翰自言自語地抱怨。

確實，約翰是一位領導者，但在優科的商業宇宙中，他是一位遠離前線的領導者。優科業務策略的中心不在鈦矽科技，領導力的能量集中在其他地方：進一步分解價值鏈，去找到額外的槓桿，這是領導要做出艱難決策所需的地方。鈦矽科技在公司價值鏈中的位置已經確定，約翰的角色是在後方執行，遠離真正優科全球布局的行動。

加上一件，今天我們還要進行客戶稽核。

約翰知道他開始嘀咕抱怨了，對約翰來說，今天的稽核只是又一個侷限施展能力的例子，他的業務範圍被遠方的商管大師，進一步的限制到一個小小範圍內。更令他不爽的是，為什麼文斯不會受到類似的限制？難道他們不都是在同一個企業中的領導者嗎？

這次稽核已經計畫了幾個月。只是不巧的是，它正好在約翰心情煩躁的那一天。

約翰非常理解稽核在生態系統中的地位。稽核給客戶參觀查核供應商的機會，以確保一切都符合客戶的滿意度。

像手機或汽車這樣的產品是由成千上萬個複雜零件組成的，這些零件本身的數量達到數十億，並且來自像優科這樣遍布全球的供應鏈中心。所有零件都需要聚集在一起並完美地運作，消費者要求高品質，而產品安全標準也要求高品質。

面對高品質的要求，這些數十億個零件供應鏈的領導者制定了品質標準，這些是製造執行的基本規則，應該切實遵循。「這臺機器的儀表是否設置正確？」「這個零件是否符合正確的尺寸？」「原材料是否純度適當？」這些稽核制度規則都應該完美達標，這是一個國際的稽核基礎，稽核人員確保一切都按照標準進行。

約翰並不介意審核。他理解稽核的必要性，多虧了稽核標準，世界各地的消費者可以期望即使買到最複雜的產品，也不用擔心產品內部零件的品質問題。

但今天的稽核聚焦於一種不同類型的品質，這加深了約翰的不滿，現代商業理論的唯一結果就是將他，這個優科在鈦矽科技的人，置於他現在位置。

什麼是他現在的位置？

在稽核制度下，約翰的領導者們只是在延伸相同的概念，企業就是一道計算題。在價值鏈的世界中，自發主動性是不受歡迎的。價值鏈體系依賴於一切都按計畫運作，尤其是製造業，在價值層級順序中遠遠落後，而好好的審核可確保遠離者保持良好的表現。領導的信譽取決於可預測的安全性，稽核提供了書面記錄證明確實如此。

●　—　—　—　—　—　●

美國的數碼企業（Numeric Industries），旗下擁有通訊軟體、網路、人工智能及生醫科技……等，一系列子公司的控股公司，是鈦矽科技產品的主要使用者。今天正在進行年度社會責任稽核。社會責任包括勞工、環境、健康和安全政策，近年來已經成為一個重點關注的領域。市場已經決定，製造工作應該遷移到更合適的地點，但這並不意味著勞工、環境和社區應該受到不同的對待。

不幸的是，隨著離岸外包的出現和投資的急速增加，一些控制較少的地區有營私妄用的例子。出現罔顧勞工權益和環境資源濫用，這是不能接受的。但它也會變成了一場公共關係的噩夢，消費者不想要黑心廠商的產品。

因此，像數碼這樣的產品設計公司的領導者，已經就社會責任要素制定了一套標準。所謂的適當行為聯盟

（Coalition for Appropriate Behavior; CAB）[13] 確保了將製造任務分配給亞洲的制度，也帶著開明的智慧，CAB為國際商業帶來了額外的控制和合宜的舉措。

很早以前，約翰就確定他不喜歡這整個流程設定，他認為適當行為聯盟的稽核令人心生厭煩，而今天他感覺更加偏激。在某種程度上，他只是累了，他的團隊也是。從恢復工廠開始，大家都感到疲憊之下，還得確保像數碼這樣的公司能按時拿到他們的產品。

這使約翰的不滿雪上加霜。這裡是鈦矽科技的世界，一種原始能量和激情的表現。約翰感受到這些存在，彷彿某種難以形容的力量被釋放出來捕捉IC宇宙。鈦矽科技蘊藏的能量存在於它的骨骼中，但總部和他們的價值鏈分析對此毫不看重。優科的領導者沒有天線接收到鈦矽科技的能量訊號，相反，而是透過執行業務流程和派出規則檢查員，來確保一切按照他們的計算到位。約翰和他的團隊成了表格上要勾選的一個方框。如果他的領導者對此感到快樂，那麼這種快樂就是在勾起來的方框中，累積起來那可預測性的美。

我應該像我這裡的同事一樣多思考，約翰沉思。約翰常常感覺文斯比任何人都更了解這個領域，文斯歡迎稽核，

---

[13] 適當行為聯盟（Coalition for Appropriate Behavior; CAB）：這是一個編造的標準，旨在模仿西方公司為審查其在東方的供應鏈而制定的許多標準。

以CAB標準、品質程序稽核，不管是什麼，對於文斯來說，逾矩的問題不太可能發生，總是有很多東西可以了解。即使在稽核中顯示出令人惱人的事，也只會引起輕微的波瀾，而文斯將盡最大努力確保他的團隊，出現任何可見的波動都能迅速平息，不需要緊張激動，只需要全力以赴。稽核不會對文斯的計畫造成風險；相反，會更加強化他的計畫。

我應該像1983年《保送入學》青春喜劇電影中的湯姆・克魯斯那樣思考，約翰想，當校監關切的前來敲門時，湯姆否認根本沒有任何好玩的聚會，因為校監完全低估了湯姆。文斯也喜歡西方訪客們低估東方人安靜守規矩之下的活力，因為根本不是那麼一回事。

無論如何，這些矛盾都使約翰感到疲憊。一方面，對於文斯和他的團隊，約翰看到了一個狂野的聚會；另一方面，對於優科的代表團隊，約翰看到了一個「關切」。一方面看到的是領土；另一方面看到的是流程圖。一方面提供的是勇氣的黏合劑，為無拘束的旅程做好準備；另一方面，提供的是業務流程，確保價值按計畫產生。約翰處在中間，試圖協調，他在建立自己的觀點的道路上走得太遠，無法簡單地接受這些矛盾。

●　—　—　—　—　—　●

除了有工廠擴大規模的會議和稽核這二件事，還有更多需要從電力干擾中恢復大大小小的工作要處理。不幸的是，電力供應在晚上顯示出反覆的不穩定性，影響和必

要的恢復工作成倍增加。約翰完全依賴凱文，他在整個晚上和會議期間保持通報。凱文幾乎沒有睡覺，千千萬萬的決策讓他保持完全清醒，需要判斷風險及充分利用局勢來設計恢復計畫。在這情況下，幾乎是站在工廠裡監看著轉動的扳手。

約翰感謝凱文提供最新工廠中的訊息，這是在他們中互相關係信任的表示方式。但約翰對真正的事實並不天真，約翰與凱文之間溝通資訊就像一條涓涓細流，相比於凱文、他的經理和工廠人員之間的溝通的亞馬遜河，他們這是純粹的人類能量輸出，未受管理和毫不修飾，完全接受著來自任何方向的一切。

這部分的操作不受衡量，不受規則控管。

在工廠裡，從領導者到下屬，都是自發性將自己完全無私地奉獻給情況，像是極限運動的一種版本，具有同樣的激情，都是完全無私地將自己奉獻給情況的自發性，也無法在網路上發文有關的這種冒險證據。

在缺乏管理流程和缺乏讚譽的情況下，領導需要勇氣。約翰知道凱文的勇氣來自哪裡，約翰也知道對於凱文的同儕領導者來說，他就像長槍上的矛尖，槍尖的重要性毫無疑問。他不是後排的位置。凱文站在他的工作價值的內在共識中，這給了他領導的決心。所以，即使他與危險的敵人搏鬥，他有信心能夠引導他的團隊克服挑戰。

Chapter

07

領導的優先事項

稽核即將開始。

剛從電力中斷折磨深淵回來的凱文注意到了，這一次的一些不同之處。

首先，這一次的稽核員並不是直接來自數碼公司，而是來自新加坡的一家外包該任務的公司，過去通常由五到六名企業代表組成的吵吵鬧鬧小隊伍，被一支有紀律的小組所取代。數碼公司確實派來了一名環保政策專家律師作為代表，她坐在小組的領導位置，目前正在與約翰進行討論。五名新加坡小組成員安靜而有秩序地坐在她的左側，整個小組就在凱文的對面。

我之前見過這位資深人士。

李國勝坐在代表數碼公司的律師之後，這符合他的資深地位。適當行為聯盟（CAB）可能是某種遠方制定的開明政策，但畢竟這還是亞洲。這裡有地方規則。

流程優化的另一步。

新加坡小組只是使用更多當地資源、避免從北美派人員來的需求，進而降低成本的另外一個例子。凱文對新加坡的參與並不感到驚訝。有利的稅收政策、卓越的商業眼光，以及讓外國合作夥伴感到舒適的天賦能力，使得新加坡成為了西方公司在亞洲的商業管理樞紐。新加坡知道如何介入事務之中，管理適當行為聯盟的稽核是天作之合。撇開開明不談，適當行為聯盟的稽核是一個商業過程，而新加坡的紀律可以應對這一點。

稽核的另一個不同之處在於其範圍，現在擴大到包括外國勞工的工作條件。近來有幾家公司的外國工人虐待事件曝光。數碼公司等很多公司的領導人作出反應，制定了新的適當商業行為標準，以確保適當的保護措施。

「我們首要討論的話題是環境廢物監測，」審核團隊的領導者李國勝宣布。「而我們將以外國勞工僱用條件這一新類別作為結束。」

●━━━━━━●

IC工廠排出大量廢水，並使用大量的電力、水和化學品。過去的政府可能為了工業發展而忽視了環境影響，但無處不在的嚴重汙染讓公眾變得不太願意妥協。政府無法逃避惡劣的空氣和水質。因此，像夏湖這樣的地方，以及其他地區一樣，公眾的壓力迫使政府建立起環境保護的法律，而這也隨著人民環保意識提升，而慢慢變得更加嚴格。

「請向我展示廢水許可證和監測系統。」當寒暄結束後，李國勝開始說道。一個足夠簡單的請求。是否有適當的許可證，並且是否檢查了廢水，以確保其符合要求？但是不知何故，情況從來不是那麼黑白分明，約翰心裡想，看著稽核過程。

確實，當地的廢棄物管理標準在理論上是世界一流的，至少在白紙黑字的檔面上規則是如此。

但是這些標準在執行時似乎總是有些迴旋餘地，這種餘地在稽核這種場合中造成了誤解，誤解是來自一方期望精確，而另一方在本質上容許不精確的情況。

當地的監管架構是能夠在「合理性」和「靈活性」之間找到平衡點，為某種無明確定義的判斷來源提供靈活性，以確保決策基於整體利益。靈活性是為了保護面子，也可以說，靈活性開了一扇濫用的窗戶，而正是這些濫用的例子，促使了適當行為標準的制定。

最終，在對工廠文件進行一些審查後，數碼公司的環境政策律師得出結論：「根據這個，你們的廢水許可證的部分內容與工廠運作方式不符。」

確實，該許可證並未準確描述當前的廢水處理方式。

「情況並非如此。」伍德・梁（Wooder Liang）在審核中代表鈦矽公司的環境工程部門。「我們的新許可證，正確地記錄了所有廢棄物，正在申請過程中，而且當地的標準允許在許可證發放過程中有一個緩衝期。」

要驗證這一點，數碼公司需要深入研究當地法規，並仔細查閱，毫無疑問也要接受漢文文件的解釋，而文件的解釋也將取決於誰坐在地方政府的位置上。約翰早就放棄試圖管理這些複雜性，並在很大程度上依賴文斯和他的合規專員來跟當地政府機構打交道。

數碼公司的律師想要更多的細節。「有人可以解釋一下當地的規定嗎？」

「當然可以。」伍德回答，不久後，鈦矽科技的合規專員出現了。合規專員的工作是直接與當地政府機構進行協商。

「我們一直在與當地政府機構進行討論，」合規專員說，「他們同意目前的情況是可以接受的。」

「這不是重點，」數碼公司的律師質疑道。「我不在乎當地政府機構是否同意。法規是怎麼說？是否允許有一個緩衝期？」

「請不用擔心，」合規專員回答道。「一旦我們的新許可證發放，我們就會合規。」

「我需要證據！」數碼的律師大聲說道。

情況變得激烈起來，合規專員的說法並不夠充分說服審核人員。

鈦矽科技的律師桑迪・劉（Sandy Liu）加入了爭論。與文斯一樣，她能夠流利地使用英語，並且是與外國合作夥伴進行互動的老手。她可以適時的填補理解上的差距。「我們尊重您的關注，當地法規規定，在某些條件下，許可證過期的時期是可以接受的，我們將為您提供適當的文件。」桑迪的話成功地稍稍使數碼的律師平息下來。至少，硝煙味少了些。

接下來是更多的討論，更多對許可程序細節的稽核。最終，稽核員對鈦矽科技發出了所謂的糾正行動。許可程序需要更完整的文件紀錄以回答有關程序的問題。

不合規是否真的可以？

數碼的律師和審核員都感到滿意。鈦矽科技對數碼公司的稽核工作也感到滿意。雙方的領導人都會感到滿意，系統實現了期望的結果。

稽核工作繼續進行。

「我們進行了一些比較，我們的做法是合理的。」人力資源部的瑪麗・黃回答道。她正在回答一個有關下一個議題的問題，即外國勞工的薪酬和居住條件。

稽核員確實提出了一些很好的觀點。額外的標示和明確的逃生路線將使員工居住的宿舍更加安全。

「所有的意見都很好。」約翰靜靜地聽著，低聲說。稽核員的質疑使他無法克制自己憤世嫉俗的情緒。為什麼外國勞工的薪酬方式不同？為什麼居住的宿舍不同？

新加坡人提這些問題，真是太諷刺了！

在新加坡，外國勞工像在隔離艙中一樣被卡車運送，從宿舍到工廠，工廠再到宿舍，中間沒有停留，不太可能與數碼公司的想法保持一致。

不管怎樣，新加坡人是來維護一個適當商業行為過程，以及他們對它的解釋。如果有共識，那就是不太圍繞適當商業行為標準的核心目標，而更圍繞著有序的運營方式。

約翰想起看到過，關於新加坡對於外國工人住所的爭議。當地媒體就是否兩平方米就足夠作為外國工人的最低居住空間，展開積極討論。新加坡也需要外國工人，已經設立了適當的控制措施，所謂「情人眼裡出西施」，在每個人眼中的足夠，往往取決於看的人。在新加坡，兩平方米足夠讓外國工人享受工作的好處，但他們仍然被安排住在卡車的貨車車廂。

太矛盾了。

這些矛盾在當地邏輯下變得合理。的確，在新加坡和夏湖一樣，外國工人勞動力需求是一個不爭的現實，他們是製

造過程中的必需品。此外，這些外國勞工自願參與，尋求工作、尋求金錢、尋求技能。

在多數支持下，國家與外國勞工之間達成了一種互惠協議，雖然在許多情況下是單向的。這種協議可能有所偏頗，但約翰開始覺得合理，也許對所有參與者來說，這種結果都是一個好交易。當然，整個經濟體系建立在不同的現實基礎上，大家都有不同的價值解讀。

我是不是開始了解得太多了？我在這裡待得太久了嗎？

約翰想著他是否正在患上一種外交官的病，變得過於同理當地的規範，代價就是犧牲自己的文化傳承。

然而，約翰驚訝於總部的領導人如何對如此呆板的方法抱有毫無疑問的信心，透過一些行為標準和隨機稽核，來遠程控制工作方式，彷彿遠程控制能夠傳達工人和環保標準背後的真實意圖。

實際上更糟糕。

更糟的原因是因為這種天真不僅僅是單純的天真。「只要我們將適當行為稽核基礎模式，作為一個商業程序，並進行妥善管理，它就能夠運作。」優科的領導層會這樣說。不，這是一種更嚴重的天真，好像稽核方對明顯的不一致

毫不知情。以某種外國引入的適當商業行為開明版本，以某種外國引入的開明理念定位，亞洲的領導者會永遠接受他們在世界上的位置，這想法實在太天真了。

他們張貼標誌，他們管理廠內人員工作時間，改進廢物排放許可證……等等等，多虧了適當行為聯盟，他們的工廠管理會變得更好，他們會按部就班。

因為在所有商業行為之下，存在著對目標的廣泛共識。在利益相關者之間存在一種潛在的信任，相信這些智慧將他們帶到了這個位置。像文斯這樣的領導人歡迎審核，因為這是對策略的重新確認。他們說船正朝著正確的方向前進。對於亞洲的領導人以及當地工作者來說，這關乎一個專業領域，以及這個專業領域所帶來的穩定和權力。這是一種絕對的信念，以穩定、漸進地掌握製造的各個組成部分，就是穩定、漸進地占領這個專業製造領域。這個領域從中獲得了權力和穩定，下一步的策略可以建立在這個基礎上。

這與價值鏈分析無關。

約翰感到生氣。這裡有一種不同的智慧，與一種不同的倫理觀念結合在一起的東西。

當地領導層正在推動一個源於集體智慧的政策，由儲蓄國家的資金池提供後盾，儲蓄金錢以對抗不確定性及花費資金以創造確定性的一個非正式的迴圈。與此同時，約翰的

領導層和數碼公司的領導層使他必須回答新加坡稽核員的問題,確保理性也有一個封閉的迴圈。

市場的智慧。約翰耳中回響著那句耳熟能詳的領導格言。

當然,理性和邏輯的成果導致了資金的正確配置,各有所長的做好增值的工作,以及從價值鏈中產生卓越的槓桿效應。當然,稽核制度有助於在建築物周圍搭建籬笆,使所有人都在範圍內按照計畫行事,盡量消除不可預測的因素。但是當約翰看著他周圍的人,專注而興奮地進行IC宇宙的占領模式時,約翰想問他的領導層們:是啊!這是市場的智慧。但這是明智的嗎?

約翰的思考使他成為一名不再中立的領導者,而且更重要的是,他正在遠離以西方文化思考方式的家園。

如果商業模式的走向並未能真正按照市場計算所定義的那樣,而是按照一種完全不同的方式運作,那該怎麼辦?如果市場決定一切的觀點和基於工作流程來判斷角色價值的體制過於狹隘,且無法看到這領域的全部範圍,如何確保這個產業有足夠的競爭性呢?可能有很多事情正在前進,價值鏈分析師不知道。當然,像文斯這樣的人可能會有更長遠的願景。

我的老闆們是否能看到更廣大的策略?

優先順序決定結果

約翰的工廠生活還在繼續前進中。

今天又是新的一天，約翰正期待著下午的到來。幾天前的電力中斷所帶來工廠的傷害，現在陣痛已過，大家也逐漸淡忘那種痛。

「第五代（Gen5）計畫項目——要以資金來換取有關第五代（Gen5）上市所有的一切。」第五代（Gen5）是優科對他們下一代IC技術的稱呼。

又是一個將我限制在框框內的方案。約翰正在試著保持冷靜，但卻無法奏效。

約翰的情緒開始升高，因為即將到來的討論引起了他的不滿，帶著上週有關技術轉移話題的電話會議中殘留的不滿，兩位優科的訪客將在下午以面對面的方式為該通話的後續進行談判。

了解到目前的情緒來源也不能幫助約翰，因為他的腎上腺素已經因為早晨通

勤時，與平常無異的爭道駕駛而大量分泌在身體中。他自認在夏湖街道駕駛已經訓練有素，但今天他再次發現，他仍然遠不及其他駕駛者，看著一名同路的開車的戰士在四線道上進行大回轉，而該駕駛者對著被他擋住的車輛輕輕擺擺手，像極了是對競賽對手的挑釁，而不是向被耽誤行程的人道歉。約翰已經不再為路上的花招生氣，而是漸漸融入了這種運動氛圍，日常的F1房車賽。

每天早上起床，從第一刻開始奔跑，直到跑不動。這就是這裡的生活。

此刻，工廠又將約翰拉回了他的沉思，又是一個新的一天，又是一個新的問題。

*或者是一個新的機會。*他朝著牆壁笑了笑，緊張的情緒立刻消散了。在商業運行的世界中，沒有什麼比面對面的問題更能轉移注意力，而且鈦矽科技正面臨著一個重大的產品問題。

約翰的早晨始於聽取凱文團隊的西蒙・洪的報告，關於其中一項鈦矽科技的晶片出現了故障。這是在「實際使用中」，即在人們手中出現的故障，這是最糟糕的一種情況。與任何公司一樣，鈦矽科技竭盡所能地避免這樣的故障。在晶片離開工廠之前，透過一系列測試確保其正常運行，工程師們不斷地檢查並測試來進行優化和改進。但是，良善的意圖和再好的工程能力，歸根結柢也是由人來測試的。消費者總是能夠找到各種各樣創意的方式來濫用他們的手機、電視和電腦。

現代品質控管制度所設定的期望，就是按照廣告中的方式進行操作，產品不允許出現任何問題。對於有問題的產品，消費者透過產品回收、補償和免費更換確保自己的權益，這些使得在消費者使用中問題發生的故障變得昂貴，製造者要面臨各種各樣的賠償。

因此，西蒙今天的報告引起了約翰的高度關注。

可靠性失效，一點都不好玩。

這個故障並沒有不同，工程團隊已經開始深入研究，手機是否會在特定條件下（尤其是在手機發熱時）下載影片時出現螢幕凍結，確實能追溯到鈦矽科技所製造晶片中的一個小缺陷。

那麼我們該如何找出是什麼原因導致一個電晶體出現故障？

單一個電晶體！

鈦矽科技的每個晶片都有十億多個電晶體。每片晶圓上有一千個左右的晶片，而每個月鈦矽科技都會運送出十萬片晶圓。

這意味著每個月有一億億個電晶體。除了特定的幾個之外，其他都能夠正常運行。如何確定這種極其罕見的故障原因？將其比作大海撈針的難度，似乎不足以形容如何解決這個問題。儘管如此，能夠使這種技術運行得如此順利，對優科來說是一個值得驕傲的事情，對我的工程師們也是如此。

約翰的工程師現在必須翻閱大量的詳細技術數據，試圖弄清楚一億億個電晶體中的一個是否真的存在問題。這就像是試圖從幾萬英里的高空中，用雙筒望遠鏡找到一個被堵塞的十字路口。

這就是創造工程能力的原材料。在鈦矽科技的四年裡，約翰曾經見過類似今天品質異常的問題，這些問題推動著工程師不斷前進，不斷磨練技能，像一塊一塊的磚頭堆積起來一樣的增加能力，如同一堵不斷壯大的城牆。

他的工程師像當地開計程車司機一樣，急切地追逐著在道路上的位置。而且，他們的能力不僅僅侷限於工廠內，他們開始了解晶片設計的複雜性以及成品的功能。他們就像從整理食材到做出一道菜肴，到最後可創造新食譜的助手廚師，他們的能力不斷增長，就像是領域疆土的擴張，仍然需要「每天早上起床，為更多而奮鬥」。

西蒙就是一個這樣的例子，是一顆冉冉升起的新星。他作為一名受過培訓的工程師，西蒙曾經在清洗和研磨晶圓的方法上接受過培訓，如今他已經成為了大廚之一，他正在講解產品的品質。

再者，西蒙專注而有進取心，他的陳述清晰、禮貌，而且低調，但在這些背後蘊含著強而有力的東西。約翰可以感覺到，人們很容易低估西蒙。

這就像任何在上位的主管一樣，約翰感到激動，因為看到他的下屬們，包括西蒙在內，一個個成長並變得更加強大。但隨著他想到下午的來訪者，他的血壓再次上升。來自優科總部的馬可斯・哥德曼（Marcus Goldman）和休・斯特森

（Hugh Stetson），他們將繼續推動技術轉移談判。約翰知道，他和他的工程師不斷增長的能力，不是任何考量因素。

馬可斯和休為著他們反覆推演計算多次的談判清單上的項目而來，這份經市場驗證的帳本列出了方程式的兩邊的價值。簡單來說，就是將資金交換成為第五代（Gen5）製造，而企業業務流程和最適商業行為準則稽核將管理其餘的事宜。隨著不斷增長的能力，鈦矽科技成為了流程圖中的一個功能區塊，是根據分析後，一個提供價值的商品。

第五代（Gen5）技術及其未來的命運是一個嚴肅的議題，談判的雙方都同意這一點。如何處理第五代（Gen5）的重要性是建立在商業策略上。領導層重視什麼？什麼是重要的？馬可斯和休帶著最新版本的自家必勝指南來到鈦矽科技，計算已完成且方向已篤定。約翰或許會堅持計算不正確，但有什麼用呢？他是一名遠離核心的領導者。

在一次前往總部的出差，約翰決定向他的企業高管提出建言，挑戰高層管理的傳統智慧，其中也包括馬可斯和休，他告訴他們，「我們需要找出如何利用鈦矽科技的能力，這家公司的能力每天都在進步，且鈦矽科技的基礎能力很棒，我們必須留下心眼。」約翰在骨子裡知道，如果妥善考慮西蒙這樣的人，他們可以讓優科變得更加強大。如果他們的能力被低估，可能會產生相反的效果。

約翰殷切的懇求只獲得了微笑和淡淡的點頭。他的提議就像是丟在牆上的海綿，黏不住。鈦矽科技只是一個工廠。市場的數據清楚地顯示了價值是如何創造的，約翰、鈦矽科技，和相關基礎設施只是處在需要的位置上。

根據優科每一代晶片技術的命名慣例，第五代（Gen5）暗指了晶片的設計規則。實際上，設計規則界定了在矽晶圓表面上可以建造的最小尺寸。晶片技術的區別在於能夠將更多的內容放入晶片中，這是透過縮小電子通道和元件的尺寸來實現的，從而將更多的功能放入更小的空間中。更多的軟體、更多的設備、更多的通信，無所不有。在優科使用第五代（Gen5）技術建造的晶片中，可以比使用第四代（Gen4）技術建造的晶片存放更多的內容，而第四代（Gen4）又比使用第三代（Gen3）技術製造的晶片存放著更多內容，依此類推。

「不亞於房地產的經濟」是一種常見的行業語調。因為在土地愈來愈少的情況下，為了增加辦公室、增加住宅，就是在有一幢房子的土地上，用原來的土地的面積建一棟樓。在IC行業中，土地是矽晶圓的表面，分配尺寸以奈米計算，相當於人類頭髮寬度的十萬分之一。

更高的建築需要更好的鋼材、更堅固的混凝土，以及更先進的電力系統、空調供應及下水道管路系統。抬起鋼材、建造牆壁，以及鋪設電線和管路是現代建築技術所必需的。對於晶片製造來說也是如此，為將更多內容放入相同的空間需要新的材料、新的設備，以及在以奈米尺度衡量的材料上，進行的現代製造技術。

創造優科的第五代（Gen5）晶片技術，需要一支由高度訓練有素的科學家組成的團隊，他們不斷地推進技術的極限，使材料和設備做到以前從未做到過的事情。所有這些

的目的，都是在創造一個製造過程，就是製造的一系列步驟，當準確執行時，能夠產生一個第五代（Gen5）晶片。在每個方面，第五代（Gen5）晶片的製造過程代表了晶片技術專業知識的巔峰。

這就是為何它重要，約翰想。

約翰理解優科的計畫，一個相對簡單方程式的計算，優科希望擁有（Gen5）的製造能力。馬可斯和休的目標是說服華基認為製造第五代（Gen5）晶片將是有利可圖的，並且能夠提供可觀的利潤來對投下的資金做回報。華基和他們的銀行將根據該論點做出決定，判斷第五代（Gen5）技術是否是一個好的投資項目。

但實際的談判從來都不是那麼簡單。

是的，事實上是，當地的資本市場喜歡投資於製造業和技術，華基將能夠籌集到足夠的資金，他們以前已經這樣做過，鈦矽科技正是過去類似協議的結果。

但是從雙方的角度來看，各自都有更多的要求，這些要求是市場格局變化的驅使。優科希望持續改進成本、提高品質和提高可預測性。同時希望進行「即時生產式」製造，就是在他們現成的供應鏈中提供可靠的零件，根據需求提供服務。然而華基不僅僅想要製造，他們想要參與晶片行業，華基希望擁有一項晶片產品。

多年來，立場發生了變化，協議也發生了變化。在過去的談判中，華基獲得了在華基品牌下銷售一些鈦矽科技產品

的權利，在當地市場可以找到包裝上印有華基（Hua Ji）字樣的晶片，作為品牌提升的證據。作為交換，優科獲得了對不斷改進成本性能、更高品質和整體更好價值的承諾，這是供應鏈中的一個關鍵部分。

事情會再次發生，雙方也都會有所讓步。

但在內心深處，約翰希望能有一些火花，他站在山的最高點連接成的「稜線」上，搖搖欲墜的站在兩面懸崖之間。有主隊，他希望成為主隊中的一員，他應該支持優科的立場。但他對客隊也有些同情，這是他自我診斷的外交官病的產物。一部分原因是他對艾斯頓不明智的對鈦矽科技實力不充分理解而感到憤怒；另部分原因是對鈦矽科技團隊的尊敬不斷增加，鈦矽科技只為實現他們的IC宇宙而專注努力，他們保持沉默無視一切且勇往直前。

衝兵交接的時刻，第五代（Gen5）能否成為一個轉折點？

當投資金額這個資本支出變得足夠大，會使得槓桿發生變化。華基從組成IC生態系統中多項部分，賺取豐厚的利潤。他們的策略集體成果，可以使他們有資格要求更多。

無論如何，優科的來訪者正在前來的路上。

● — — — — — — — ●

馬可斯是艾斯頓的技術開發主管，擁有物理學博士學位的馬可斯在優科工作了二十年，他的整個職業生涯都在技術開發領域。馬可斯參與了許多代晶片技術的開發，逐步晉

升，現在負責整個晶片技術領域，包括管理三百名研究人員，第五代（Gen5）是他的心血結晶，他參與了技術轉移談判，並成為談判小組的中心人物。

這是我第一百次去亞洲了？馬可斯在機場休息室找了個座位。無論如何數不清，太多次了。對現代高科技世界的任何人來說，這都是定期的朝聖之旅。在過去亞洲的商務旅行起初只是小眾，但現在已經成為來回旅程的洪流。

這也有一個額外的好處。在優科領導人眼中，成為對亞洲所有事務專家的需求不斷增長。馬可斯正在成為公認的專家，他摘要了一百次亞洲旅行的重點，馬可斯將幫助確認每個人對遠方世界的觀點是否正確。

馬可斯帶著管理層的指示進入談判，這些指示基本上與過去一致，都是專注於手頭上的技術；專注於以低價獲得高品質的製造；不會授予任何技術權利。堅持談判的基本規則，就是在盡量少付出的情況下獲得所需要的。

儘管有著跟過去一樣尋常的訊息，但隨著時間，馬可斯感覺到了微妙的變化。製造的資本密集度向著研發延伸，支持技術開發需要大量資金。因此，管理層和股東悄悄地提出了問題，這真的是運用資本的正確方式嗎？

更廣大的資本市場已經投下了他們的票，大筆資金流向了新的方向。房地產債務證券化提供了比工業化更好的回報，知識產權貨幣化也是如此。至於企業支出，毫無疑問，低投資和高回報使軟體和社交媒體成為寵兒。

就連私募股權投資者也在撤離。馬可斯記起兒子參加一次大學的企業家工作坊的事件，該工作坊給孩子們教授的基本知識是如何開始自己的業務，工作坊的焦點是手機應用程式，現在應用程式已成為企業家心知肚明的發展場域，還有誰會認為生產東西有價值呢？

優科也正在逐步將更多的研發資金投入軟體和產品設計中，這兩者相比於蓋製造工廠的巨大的基礎設施都要求較少的投資，並提供更大的股東回報。與硬體相比，軟體和產品領域的創新都更加豐富，並有更多機會創造競爭優勢，創造價值。這是簡單的資產負債表的數學計算。

在商業和資本的現代方法中，並沒有什麼特別的新東西，市場會一直負責決定最有效的方法。然而，當投資時間表很長時，其他優先事項、其他判斷也會納入計算，計算精確的數學不能說明一切。儘管如此，在馬可斯的世界裡，部分原因是他對艾斯頓的憤怒，艾斯頓不明智，不充分理解鈦矽科技的實力，在現代版本的資本配置中，那是每個人都能同意的唯一共識。

新構築的問題在於它建立在一個假設的基礎上，就是每個人都站在同一個平臺上，每個人都在同一個市場上參與，不存在其他觀點可以確定資本配置的優先事項。然而這是真的嗎？每個人都以相同的方式投入資本嗎？

擁有一百次亞洲快閃的馬可斯願意承認計畫可能存在差距，投資動機可能不會完全一致。

然而，有些事情是不變的。就基礎技術和市場的控制權而言，優科還是保持主導地位。

然而，隨著時間，像鈦矽科技和華基這樣的公司掌握了製造技術，逐步承擔了更高層次的任務，熟練地降低成本和提高生產率，解決品質問題，並成為製造的專家。他們也變得足夠優秀，可以逐步地開發和實施一些自己的創新，從而繪製出自己的價值鏈升級後的版本。

這不見得是預先設計好的，馬可斯想道，他們就應以這樣的方式改進他們的技能。

但正如市場經濟的智者們所報告的那樣，知識和產業的遷移是一個可證實價值創造的產物。不斷增長的產品專業知識和從製造轉向服務，將創新者推向軟體和產品設計的世界，這一過渡在《海佛商業評論》等學術界人士中得到了堅定的肯定。像馬可斯團隊中的純粹的硬體專家，正在被推到價值鏈相對的較低位置上。

我需要更有彈性一些。

馬可斯同意管理層的方向，但在優科的世界，馬可斯小組的優先角色可能正在降低，然而他是一名團隊合作者。他正朝著公司的領導階層邁進，需要看到更遠大的前景，製造工作者已經被重新定位。研究人員也可以。

● — — — — — — ●

「請再次為我核對一下數字。」鈦矽科技的財務主管麥克·江（Mike Jiang）正在與優科的財務長休·斯特森（Hugh Stetson）一起審核第五代（Gen5）的投資分析。財務長的責任是確保公司有足夠的資金來執行業務，第五

代（Gen5）的投資夠大、夠重要，以至於在早期階段就將休拉入談判中，他得飛往夏湖。

麥克分析的癥結在於投資回收期。第五代（Gen5）技術所生產的產品比以前的產品具有更多功能，會以更高的價格銷售，公司會有更多現金流入。問題在於，投資需要多長時間才能實現「正現金流（cash-flow postive）」[14]，收入是否足以支付用於第五代（Gen5）的現金支出。

對於資金的投入者來說，正現金流是一個常見的評估標準。當孩子們花費20美元在園遊會上經營檸檬汁攤位時，他們期望在幾小時內在錢碗裡就有20美元，下午就能實現正現金流，否則就是一次失敗的生意。

對於像IC工廠這樣的大型資本項目，也適用相同的概念，但存在一些明顯的差異。投資可能是巨大的，數十億美元。項目可能需要多年來實施。實現正現金流可能需要三年、四年或十年的時間。在炎熱的一天，人們相當有信心的預見檸檬汁會有需求；但沒有人能夠預測三到五年內的IC消費者需求。因此，需要有遠見、信念和勇氣來進行長期回報的大型資本投資，此時投入這個項目必須有強烈的集體決心，這種決心受到一些超出預期資本回報數學計算的無形力量所驅使。

然而，在數學的限制下，麥克分析後出現的問題，是一個過於遙遠的回報期，這是IC技術變得愈來愈昂貴的結果。

---

[14] 正現金流（cash-flow postive）：在投資的過程中，能確保投資的收益高於投資成本。

麥克吞吞吐吐的英語和休難以理解的南部口音，在這樣的討論上一點都沒有幫助，反而造成時不時的激烈對話。

「這不是你需要關心的重點。」麥克發表了意見，他指的是分析中的一項費用。

休咆哮，「當然這是我需要關心的重點。」沒有人可以推測對於財務長來說什麼是重要的。

雖然文斯不是翻譯，但無論如何都需要居中斡旋，他有能力理解激烈討論的雙方，包括麥克的尷尬英語，在文斯與麥克用中文輕聲交流後，文斯說：「我相信麥克的意思是這個主題不是很重要，我很遺憾麥克的英語表達能力無法讓您理解。如果您希望，他當然可以提供更多細節。」

休回答「好的，謝謝，」他意識到自己做了一個沒必要的反擊。「讓我們繼續。」

現在輪到馬可斯加入激戰了。「第五代（Gen5）的開發不會在轉移時停止，我的團隊將繼續開發提高生產力的技術，這樣鈦矽科技將從相同的投資中獲得更多產出，我認為這在您的財務估計中並沒有加入考慮。」

實際上，這並不完全正確，馬可斯承認。當然，會有一些改進，在這裡減少材料的使用，或者在那裡縮短一點製程的時間，當然這些都將減少成本，但並不是從馬可斯的團隊中提供。鈦矽科技持續改進的能力，已經超越了馬可斯的團隊所能匹敵的。而且馬可斯很清楚，這也不是他被期望的能

力，那是鈦矽科技的工程師就可以做的工作，優科的計畫是繼續向前邁進，而不是在這樣的技術上提升生產力。

而且，每次馬可斯來夏湖時，他都會感到驚訝，出現了更多他從未聽說過的公司名稱，這些新企業創造了新的方法來提高生產力和降低成本。現在，當地公司中，有些專門為IC製造機器製造零件，以及生產用於製造過程中所需的氣體和化學品，這份新公司名單還在持續增加中。

IC製造是複雜的，考慮到基礎設施、材料、物流、人員和技術培訓，第五代（Gen5）的晶片製造更像是一個生態系統而不是一種技術。馬可斯清楚，當他在談判轉移第五代（Gen5）的專業知識時，這個生態系統會隨之而來，且將繼續繁榮和擴散，可能會擴展到其他領域，例如產品專業知識。約翰就曾經在優科提過這件事。

雖然他理解市場邏輯，但他仍然到惴惴不安。他無法像約翰那樣感受到這裡的能量，但透過他的一百亞洲快閃，仍可以使馬可斯不難覺察到很多事情正在發生，很多。

當所有這些都消失時，會發生什麼呢？

他不會考慮太久，他是優科公司的人，而且無論如何，優科將繼續掌握核心技術，在這一點上無庸置疑。當然，在整個生態系統隨著製造工作前進時，控制核心技術變得更加重要。

馬可斯完成了他的解釋，下午的會議在沒有結論的情況下結束，雙方都同意在晚上再次見面。

Chapter

09

資本配置

約翰建議他、馬克斯、休三人,在晚間會議前先單獨見面。「我們一邊用餐一邊談談吧!或許我們可以在下一次會議中得出結論,這樣你今晚就能趕上飛機。」約翰想要讓他的口氣聽起來充滿希望,他想著要給出一些建議。使自己在同事面前顯得有用的機會,就像一劑打入血管中的藥物,他的忠誠心再次向著家主的團隊傾斜。在約翰面前的,是一個讓自己表現出色並被優科管理層「鎖定」的機會。畢竟,約翰也有一天需要回家。

時間緊迫,只允許前往附近的餐廳,步行短短幾分鐘。碰巧,他們經過一家藥房,休想要買個東西。

「嘿,因為時差我需要一些阿斯匹靈。我們可以進去嗎?」

「我辦公室裡有一些。」約翰回答,但太晚了,馬可斯已經走了進去。馬可斯是優科的前線人員,喜歡在應對挑戰時發揮主導作用。

幾分鐘後，他空手而回。「我完全不認得那裡的東西，一大堆好奇怪的東西。」

「是啊，我對那些也不太了解，」約翰說，試圖保持對話的親切感。他當然知道一家東方中藥房不會有阿斯匹靈，並開著無傷大雅的玩笑：「員工經常光顧這個地方，使用當地的巫術治療。」

馬可斯笑著說，「是啊，誰知道那是怎麼回事？」他們遇到了短暫的旅程中的下一個挑戰，穿越車水馬龍且沒有紅綠燈的街道，對熱愛挑戰的馬可斯來說是個能夠更成功發揮自己主動性的機會，他給出建議，「保持一個穩定的步伐，不要停停走走。」

「確實！」約翰加入其中，好像有些過於熱情了。馬可斯弘揚當地人的智慧，那些蜿蜒前進的摩托車，就像許多陸地版的戰鬥機，可以輕鬆地適應行人可預測的步伐，精準的進入目標；從另外一面來看，那些不可預測的停止和開始，才是個問題。

晚餐很順利，約翰不想弄出什麼火花，點了一些熟悉的食物，像是鍋貼、炸雞和蔬菜。然而，馬可斯又加入了一個小插曲，他點了他認為是炸麵條的菜，但事實上是海蜇皮，菜單上的圖片很具欺騙性。

「我也犯過同樣的錯誤。」約翰試圖拉近關係。幸運的是，海蜇皮並不是很糟糕，他們都吃了一些，笑著化解了這個小意外。

儘管開局不順，約翰仍然設法避免了重大的隱患，並為晚上的討論鋪平了道路。他決定是時候開始，就從上週與泰勒的通話中沒說完的地方開始。

「也許我們可以從不同的角度來看待事情，」他開始說。「我知道泰勒不想談論技術，但讓我們談談轉讓一些有限的專利權，可能使這筆投資變得更有吸引力，我們正在談論一筆很大的錢。根據我和文斯的私下討論，文斯其實感到非常擔心，他不知道銀行家會不會支持這次的投資。」

確實如此，約翰說服自己。省事的是，這些擔憂在前一晚就出現過。約翰和文斯參加了當地商業領袖的年度晚宴，文斯利用這個機會強調他的觀點。「太昂貴了」、「沒有投資回報」、「風險太大」。隨著夜晚的深沉，葡萄酒的影響，約翰對這些牢騷變得更加接受。

當正式晚宴開始時，客人會站起來，手持著酒杯，互相問候和祝酒。像往常一樣，約翰是出席者中唯一的外國人。由於鈦矽科技對當地社區的重要性，他是大家關注的對象，像個電影明星。

政府、工業和學術界的代表都知道這項潛在的投資。在經過一輪超過約翰應有的問候之後，他喝下更多的酒，受到的無盡的歡迎，彷彿一位明星，約翰自然而然地產生了一些想法，他決心成為「計畫者」。

為什麼不介入並主導方向？我就是在這裡被留下的那個人。我是那個真正了解情況的人。我應該對計畫有所發言權。

約翰有種感覺，葡萄酒和款待是計畫好的，但不管怎樣，這是很好的政治手段。

今天，約翰開始向休和馬可斯解釋。他的提議很簡單。放棄舊的IC技術的權利，讓華基可以繼續發展他們的IC業務。這不會對工廠造成直接競爭，因為它不是最新的技術。這個提議將使華基能夠進入對優科來說不太有價值的舊業務。

另一方面，對於華基來說，這種額外的能力肯定是有價值的。獲得擴展華基品牌的技術權利，對當地的銀行家和他們的老闆來說是一個政治上的勝利，可以讓第五代（Gen5）投資的長回收期變得更加可接受。

如果我能完成交易的話，對我來說也是一個政治上的勝利。

而優科並沒有失去太多。當然，華基集團會變得更加獨立，能夠加強自己的IC品牌。但這是一種較舊的技術，並不真正能夠帶來什麼顯著的影響。

這沒有問題，這是一個好主意。

約翰在為自己辯解。他在追趕優科的企業列車，不想錯過與同事一起重返列車的機會。

「我們可以考慮一下，」在聽完約翰的解釋後，馬可斯說，「但基本上我認為這是不可能的。即使這是一種較舊

的技術，大規模轉移技術和相關產品線風險太大。」馬可斯在否定的行列中，但約翰的懇求至少產生了一些影響。馬可斯和休知道必須做出妥協。

然而，在技術授權的話題上，約翰認為馬可斯會堅持。過去已經有很多例子說明，正是因為逐步讓出專利許可，技術差距被填補，很快就會出現模仿者，還有很多情況是明顯的專利侵權。馬可斯像約翰一樣在旅途中看到了這些情況。馬可斯作為優科的亞洲專家，他了然於心也守著熟悉的叮囑，技術和知識產權是價值的來源，應該受到保護。在這一點上，約翰知道他不會有半點退讓，馬可斯會與團隊站在一起，緊守立場絕不後退。

不管政策，此時看起來已經有很多違規行為，優科技術的山寨版以前所未聞的品牌名稱出現在當地市場，毫無疑問，從不斷發展的IC生態系統中湧現出訓練有素的工程師大軍，是他們助長了這些山寨仿冒品的出現。

馬可斯雖有著在亞洲的專業知識，但卻見樹不見林。約翰可以感覺到更實際的現實，一個強大的力量正在運作，這股力量正專注於馬可斯、約翰、休以及所有相關的參與者和他們的工作，打算實現其目標，這股力量會將知識產權視為道路上的一個障礙。

當約翰看著他熱切的提議漸漸失去力道，自己試圖進入優科管理層的火車駛離，約翰沮喪的回到了自己懷疑的狀態，外交官的毛病又犯了。

你是瘋了嗎? 他想對馬可斯說,但他知道他不能這麼說,經過四年的時間,約翰開始見樹又見林了。在高科技工業時代下,沒什麼真正的法律保障,像極了十九世紀的美國西部,它對想要定居的人開放開發,而今天的技術領域也同樣的對積極進取的開發人員敞開大門。保護知識產權就像在美國傑克遜式的民主推動,面對有如從山那邊像浪潮般的移入者的開發及占領土地,想要保護印地安原住民土地權利一樣,不太可能。**15**

之後的討論已經轉移話題,約翰現在只想盡快結束這個晚上,他的天平已經傾斜到了另一邊。

現在,又重新回到談判桌上,馬可斯、約翰和休在一邊,麥克和文斯在另一邊。麥克和休進行了更多激烈的交流,但最終,優科同意妥協。是的,第五代(Gen5)的資本負擔夠大,需要一些額外的妥協。休事先就知道這一點,就像任何一個好的談判者一樣,他已經在心中盤算過如何收場以及可以接受的條件。

---

15 這是美國移居者向原住民領土特別積極擴張的時期,西部地區的擴張是一場文化衝突。翻山越嶺而來的移居者對土地價值和土地所有權的看法與美國本土原住民截然不同。就智慧財產權而言,西方人就像美國本土原住民一樣,對智慧財產權的價值也有自己的看法,而「翻山越嶺而來」的東方人則有著截然不同的看法。

文斯坐在一旁傾聽交火，讓麥克主導著談判，透過不時地發表意見，也會偶爾作為翻譯和裁判插入討論，強化華基的立場。在他攀升技術階梯的二十年中，他曾多次參與過同樣的討論。不同的名字、不同的人，但同樣的問題、同樣的爭論。在休有如慈父親般的語氣中，交易即將成為現實。

結果是可以預料的，優科不會放棄核心第五代（Gen5）專利的權利，文斯很清楚這一點，最終還是放棄華基對優科的要求，華基也將以有限制的方式成為休所需的提款機。

無論如何，鈦矽科技將獲得所有必要的技術知識，來實際製造第五代（Gen5）晶片。還有一點，那才是真正重要的，文斯知道如何能讓他的銀行家同意成為團隊中的成員，因為將來會有其他回報。支付IC工廠所需的基礎設令人驚嘆，也涉及非常廣泛，包括最先進的供電和供水設施、專業的維修公司，幫助維護精密設備、零部件製造商、高科技氣體、高科技鋼材，所有高科技一切，當然還有龐大的工程人才儲備。支持工廠的相當大一部分核心基礎設施可以由華基的姊妹公司提供。

還有其他賺錢的方法，文斯想。

至於知識產權的權利，這個嘛……知識產權實際上是一個觀點的問題。文斯回想起幾個星期前，在一個與一家日本企業集團的晚宴上，為了在技術上合作，主人以輕鬆的語氣向會說中文的客人們表示感謝，感謝中國在不收取版權費用的情況下贈送日本兩個重要的知識產權，指的是筷子和漢字。

這種技術轉移發生在一千多年前，發明的歷史很久，合法性的主張也很多。

所以，最終在鈦矽技科達成了一個交易。不許可技術授權但有一些未來技術的聯合開發計畫，這符合優科的業務模式。新經濟將硬體創新推入與製造同樣的位置，即商品工作的殘羹剩飯。硬體並不是創造價值的地方。因此，透過允許未來的聯合開發活動，優科實際上並沒有放棄太多，因為未來硬體的知識產權本來就不太有價值。

協議確保了資金將被用於擴大第五代（Gen5）晶片的製造，這是優科的首要任務。然後，優科可以將資金釋出到更富有創新性的領域，鈦矽科技和華基將在技術複雜性的階梯上再爬升一步，未來還有更多的選擇。雙方都得到了他們想要的。

● — — — — — — — ●

約翰在兩個世界之間來回擺盪，感到了一半的滿足。儘管他對休和馬可斯的提議未能成功，但他仍然享受著陽光下的一刻，從被流放邊疆的忽略中，得到了短暫地被中央注意的救贖。休和馬可斯感謝他的參與，毫無疑問，當他們向公司報告時，會對約翰有正面的評價。

後續還會有的陽光，是來自總部的更多高級經理來訪，以確定細節。企業領導者前來鈦矽科技參加各種發布儀式，這將會是持續注入約翰士氣的動力。

但是約翰再次開始感受到高峰過後的低谷，在踉踉蹌蹌地走回了自我懷疑之後又感到搖搖欲墜。

當然，更多的開發工作和更多的來訪意味著優科會在鈦矽這裡有更多的活動，但這並不改變活動出現在這片海岸的原因。

就像蜜蜂被蜜糖吸引一樣，企業領導階層被資金所吸引，以及界定資金配置的政策，市場已經決定了事情的進展方式，每個人都共同參與進來了。

儘管約翰盡力而為，但他不是策略者。約翰對華基的了解和在當地環境中的經驗，與策略毫不相關。怎麼可能有相關？領導者將自己侷限於市場的智慧中，資金能相應地流動，企業能得償所願，無論是夏湖的電腦晶片、軟體公司還是家鄉的大房子生活，約翰沒能提供任何更重要的東西，約翰只提供了聲音：文斯的聲音、華基的聲音以及其他人的聲音，在他的領導者的計算中，傳聲筒並不起任何作用。那就是事實。

今天讓他興奮的藥劑會被稀釋掉，他的個人情況的殘酷現實也將會回來。

「別擔心，」文斯看見約翰靜靜地坐在辦公室裡說，「這對每個人來說都是一筆大生意，我對未來可能的發展感到很興奮！」

是的，我確信你很激動，你得到了你的領土，當然還有更多其他的東西。

的確，得到了更多，包括基礎設施、技術、不斷擴展的工程能力。這是一個宏大計畫且不斷增長的成功清單。

可能像文斯這樣的人只是本能地在追求更多。在早期，緊迫性無疑是聽音樂搶椅子的遊戲的主要驅動力。然而，文斯和同行們學得很好，現在正處於更廣大的目標中。他們知道自己要什麼，按照自己的優勢行事。事實上，有很多證據證實，這個遊戲早已變得複雜了許多，不僅僅是把一家IC工廠納入考慮範圍。

不管怎樣，約翰處在不具有太大影響力的位置上，他只能觀察。在優科的商業世界中對第五代（Gen5）的談判，再次證實了他對事件的詮釋與優科不同，而他並不能掌控大局。

Chapter

10

製造之家

「西方失去製造業的原因是缺乏紀律。」約翰正在與楊竹企業（Yangzhu Enterprises）的史考特・徐（Scott Shu）共進晚餐，同時聽取關於製造事物本質的高論。這次的角色，史考特是老師，而約翰是學生。史考特的公司供應了一些在鈦矽科技使用的設備。

這就是外派生活，約翰想。首先是第五代（Gen5）的談判，現在又來這個。他想像他的生活就像前線的士兵一樣：永遠無法真正好好休息，約翰的大腦因為不斷地被預警「來了！來了！」要不停地提醒著自己是身處兩個大型對立體制之間的位置。

史考特的評論是對立陣營的再次激烈交鋒，但從某種程度上是正面的。至少，這番評論是開始於這樣的假設：桌上有一些有價值的東西，將製造遷移到亞洲確實是一種損失。

然而，我在國內的老闆們並不這麼認為。

史考特會做這樣的評論並不令人意外。史考特讓約翰想起文斯，他們兩人有著非常相似的國際化背景。但對比於文斯有某種文化應對技巧，史考特顯得更直接、更自我；文斯可能會以全球工業領袖聯盟的領袖身分客觀發言；史考特則相反，他從他的角度看世界，並相應主觀地表達他的觀點。

「這是個有趣的觀點，但我認為紀律不是問題。」約翰反駁道，雖然這最多只是一個虛弱的反駁。

我可以做得更好。

根據他領導層的觀點，工人的品質和紀律與製造遷移無關。相反，製造業之所以被推向亞洲，正是因為機械程序、勞動的附加值低、資本更好的運用、價值鏈的提升、軟體優於硬體的觀點等等。林林總總的理由不勝枚舉。

當然，企業經營管理的行家們透過精心制定的一系列業務流程，強化了他們巧妙的計畫，使原本條理分明的情況更加清清楚楚。業務流程能夠讓一匹能夠快步行走的馬學會繞著場地小跑起來。在許多情況下，鎖定戰略的代價是逐步放棄更多基礎設施和技術。不管怎樣，這種逐步變化都是計畫的一部分，是對已知市場世界的邏輯映射。這是方程式的減法部分，不重要的事該如何被移除。

不好！不好！鈦矽科技的第五代（Gen5）談判的感受仍縈繞在約翰心中。

亞洲各地的領導人也顯然是這巧妙計畫的受益者，他們不是在奉行現代工作建設的烏托邦思想，相反，他們的全部目標是集中使用資本來尋求工業領地，在危險的世界中保證穩定，這是這方多數人堅定支持的方式。在亞洲，沒有人爭論過去的結束，只有前行。世界依然有惡魔和英雄，按照天意循環重組。

相比之下，西方的工業大隊處於衰弱中，他們的視野僅限於上游－下游的說法，領導者和工作者都忙於定義企業和個人在價值鏈中的位置，在忙碌的過程中相當愉快的進行著，對另一方正在發展的實力毫不知情。不太在乎那些遙遠的動盪可能造成什麼威脅呢？現代西方智慧無法看到未來。

我們看不到危險，約翰早就下了這個定論。

就像沒有預期的敵軍行動，輕敵的胡克（Hooker）和他的士兵正忙於晚餐時，沒有預料到傑克森（Jackson）可能會從森林中衝出來一樣；然而，傑克森還是出現了。[16]

今天又帶來了新的東西。史考特正在向對手展示手中的牌。顯然，史考特對自己的能力是有信心的，不再需要隱藏。

史考特是家一般公司的經理，對他來說，已經不用再爭論了。商業的布局不再是一個關於選擇、適用性或價值鏈想

製造之家——東西文化角度下工業和科學成果的羅曼史

----

[16] 1863 年，美國南北戰爭時期錢斯勒斯維爾戰役（The Battle of Chancellorsville）。

法的問題。討論已經升級到能力或缺乏能力的範疇。史考特關於缺乏紀律的回應是關於「贏」的計畫，是一次勝利的進軍。製造業已經消失，從約翰的世界中消失了，並且不會回來了。

在有關快速列車、地下管線和新機場的一些討論之後，史考特在晚餐結束時說，「我們能把事情做好，而你們不能。」確實，對於像史考特這樣的人來說，一個新的朝代正在崛起。

●　—　—　—　—　—　—　—　●

約翰回家了。這是星期一的晚上，又是一個新的一週開始。

「至少這一週應該比上週平靜。」他說。在停電、稽核和優科貴客來訪之間，約翰此時的精力已經消耗殆盡，週末沒有足夠的時間來完全恢復狀態，甚至今天早上也沒有完成晨間跑步，他無法從慢跑者的隊伍裡，吸取足夠的力量來「挑戰他自己」。戰鬥過多是會讓人疲憊的。

下週的行程看起來稍微沒那麼有壓力。在從工廠難得的休息中，約翰計畫在本週晚些時候參加一場在東京舉行的會議。鈦矽科技的運營幾乎已經恢復正常，停電現在已經過去了將近一週。前往東京提供一個很好的機會逃離一下。僅僅想到這趟旅行，就有助於減輕他的壓力，即使只是一點點。

之後還有一些假期。約翰笑了笑，想到就能輕鬆起來。

在會議和假期之前，鈦矽科技有一些定期的行事曆活動。星期二早上是每月固定的華基高管審查會議。星期三晚上是每週與優科國內工廠的論壇，這是一個與中西部運營部門召開電話會議，討論製造指標並分享經驗。這是本週的生活。

接下來一週又是一些小規模衝突。四年來在夏湖戰鬥，還有第五代（Gen5）的談判，讓約翰變得更加成熟。他聽天由命的繼續前行，且後退一步來審視整個局勢。有太多的小細節被整合在一起，一份將投入和回報匯總在一起的帳簿，而史考特已經從這份統計中得出了他的結論，那麼約翰的結論是什麼呢？

● — — — — — — — ●

每個月的星期二早上，華基的高級經理們都會聚集在鈦矽科技，審查公司的績效。

從性質上講，製造業是一個極具可衡量性的企業，尤其是IC工廠。在一個月內，從工廠發出了多少貨，指的是多少片矽晶圓？在每片晶圓上，有多少個晶片是好的，而多少個是壞的？每月的勞動成本是多少？材料、電力和水費花了多少錢？再加上突如其來的問題，比如停電或設備問題，就有很多重點需要審查和討論。

根據約翰的經驗，管理審查就應該是一個討論的場合，用來確定優先事項並為成功行動定義的好機會。有了所有這

些工廠指標，對於像華基這樣的大股東而言，每次會議都是一個讓鈦矽科技對其績效負責的好機會。

我認為這就是間接地取得的成就，他想。

但是會議更多的是形式而非功能，更多的是穩固社會秩序，而不是加強良好的工程。會議成員使用中文進行，這使得約翰參與的能力受到了限制。會議會提供一名翻譯，但約翰一直都知道自己在這種會議中的角色，不是做擺件，當然也不在正在加強的社會秩序中。

至少我會保持清醒。

不像走道對面的一些與自己地位相當的華基管理高層，認為形式並不總是需要全神貫注。

首先是生產團隊的丹尼爾・王（Daniel Wang）。他簡要地介紹了上週停電對生產的影響，他的主要關注點是根本原因，結果發現是一個當地變電站的設計問題。

對於大多數華基的管理者來說，這些都是舊消息，他們早就對變電站問題的最小細節以及電力公司提出的修復方案瞭如指掌，丹尼爾和一名設備經理以前曾向華基總部提供了完整的更新。所以說一邊睡一邊聽報告是可以的。

在約翰看來，報告那些已知的訊息似乎有些愚蠢。供電問題應該是鈦矽科技和電力公司之間需要解決的問題，是客

戶和供應商之間，因此是約翰和他的經理們的責任。查看數據，召集參與者，討論原因和解決方案，然後繼續。從理性的數據做出理性的決策。

但這不是華基的方式。

華基的目標是保護一個工業生態系統，穩定的電力隱含著他們的責任。停電的影響是顯著的，明顯的那些直接負責的經理們肯定會面臨壓力。問題需要解決，但管理者們最擔心的是個人網絡基礎結構的動搖。

建立工業生態系統是建立在與個人網絡中的信任連結的協議上。就像文斯和他的金主一樣，做出個人承諾。在這件事上，是一個橫跨華基及其配套行業的網絡，承諾得明著講開來。

個人網絡次結構中不受控制的干擾，會將整個系統置於風險之中。停電可能暗示著事情不在控制之下，有人沒有履行職責。未能履行承諾是個不穩定的因素，也是危險的。干擾源可能會消失，或者上班時發現椅子不見了、會議被取消、同事悄悄迴避，這確實是一種冰冷的感覺。

華基電力設備的負責人全力以赴，透過與當地電力公司的聯繫，也仔細研究了問題。如果討論中有任何火花，它們早就在密閉的門內被澆熄了。

不會有在公開場合冒出火苗的機會。

重點不是解決問題，而是證明問題能被解決。丹尼爾進行了他的報告，這是已知事實的文件檔，向所有人保證有穩定的電力，工廠正在復甦。

大家的表情嚴肅的聆聽著經濟面的影響，但這是可以克服的。參與其中的管理者們鬆了一口氣，下層結構保持完好，他們的職位仍然牢固。華基的高級領導人都感到滿意，社會秩序已經證明了管理困難問題的力量，這意味著目前工廠專案計畫是穩固的。

就高層領導人而言，如果工廠發生爆炸，只要它被控制並處理好，不會讓他們沾上任何灰塵，那就沒問題。畢竟，灰塵就是意味著事情不在控制之下。

不像在家鄉的情況。

當然，他看到了會議中的紀律，但是代價是什麼？浪費時間重複已知的事實，最壞的情況下，甚至隱瞞訊息，以便領導們不會因為一些不愉快的發現或灰塵落在衣服上而失去面子。會議是關於社會構造，而不是理性辯論。

在家鄉那兒有更好的討論事情的方式，他帶著罕見的樂觀思考。在那兒，優秀的工程師不會錯過向經理們展示自我觀點的機會。而史考特對紀律這部分的論點並不嚇人。

會議繼續進行。接下來輪到了凱文團隊的西蒙・洪。

再來說說有關西蒙這個人。文斯控制著與華基的議程，是他決定讓西蒙出面，因為西蒙是文斯的人。

就像會議本身一樣，工程團隊的每月報告總是按照一個經過詳實記錄好的格式進行。角色和職責保持不變，工程師的工作是報告績效衡量的技術細節，提供證明文件，顯示工程正在好好的進行。

半導體工廠是複雜的，工程問題同樣複雜。工程師的報告通常很詳細且深入。今天，西蒙的報告涵蓋了良率，換句話說，是該月每片晶圓上合格晶片的平均數量。

西蒙以過於詳細而冗長的方式解釋了良率較低的特定晶片，因為一個特定的製造過程在化學純度方面有一個小偏差，該偏差導致粒子落在晶圓上，造成了一些無法使用的晶片。證據顯示，化學品問題是由化工廠的混拌化學藥劑而引起的。到目前為止，詢問化工廠後，混合攪拌槳上的裂紋可能是原因，然後為了解決問題，得走上尋找根本原因的曲折之路。

很棒的分析，即使有些沉悶。

很久以前，約翰就有一個想法，對於一個高層團隊來說，每月的報告內容實在過於詳細。而且，這樣的報告並不真正符合他的期待，與其枯燥地記錄問題的細節，為什麼不總結問題，然後以更整體的模式解釋成功和失敗呢？向高層團隊展示一個計畫，而不是記錄每一個事件，應從大處著手，不要在細枝末節上下功夫，永不間斷記錄著日蝕和

彗星現象，真的沒什麼意思。但是，正如約翰開始了解到的，這些工程報告的目標不是對話交流，所展示的技能也不是巧言善辯。

在西蒙的報告之後，華基的高層管理者開始了他們典型的回應，其中一些人對內容有真正了解，但許多人，尤其是那些睡覺的人，應該是很難理解技術細節。理解本來就不是必要條件，因為這是工程師的工作。高管們的工作是在這裡提供高層次的觀察，而不是去談論結果。此現象與結論的品質或對話的細節無關，高管評論是針對特定職位的表現或文件證據的落差。

每位高管輪流站起來提供觀察的意見，並傳授他們的職位能給出的智慧。

「你不夠關注材料品質。」

「你沒有使用正確的邏輯在故障排除方法上。」

「你報告的語言用詞不清不楚。」

這關係氛圍類似於老師和學生，或者統治者和被統治者，帶著打消疑慮的目的，使每個人都理解並安於他們的角色，社會秩序能保持完整。

西蒙扮演了他的角色，安靜地接受批評，並在需要時回答問題。

他身上散發著強烈的自信。

西蒙了解大局和他擔任的角色，他在這裡是來記錄的，而不是來談論的。當然西蒙的工程品質能力毋庸置疑。

這是史考特的紀律的一個版本……不像我們的方式，約翰確定。

在艾斯頓，經理們希望看到有結論的分析，如果沒有這些，他們會大喊特喊。為什麼對化學純度如此敏感，為什麼品管系統沒有發現它？這將會有辯論，管理者挑戰工程師，工程師挑戰管理者。

一切以公開談論維持客觀性，理性的論述將能共同推動事情的進步。

我看到了紀律，但我更喜歡討論。我們艾斯頓在這一點上得一分。

但是，正如約翰所知，理性討論是工具箱中的一種工具，但不足以完成工作。

●━━━━━━━●

會議結束後，約翰靜靜地坐著，回想著幾個星期前，鈦矽科技自動化組的襄理劉俊立在走廊上追上他。

「如果你有時間，請參加我今晚的專題討論會，」他說。「題目是『我美酒世界的旅程』，因為還會有其他一些外國人參加，所以會以英語進行。」

約翰在工廠裡看到過海報。「我不知道你是個品酒師，」約翰說。「相當有意思的主題，我會去看看。」

鈦矽科技的人力資源團隊安排了每月專題討論會，供經理們介紹任何特定主題，通常是一些與工作無關的個人主題，所有員工都可以參加。上個月，在俊立美酒之前的主題是登山。

他回想起在家鄉，在工作中談論葡萄酒是不會被接受的。在這裡，不僅僅是葡萄酒作為一個話題是否合適的問題，而是更深層的力量在起作用。

在特定的條件下，管理者願意在同事面前展示更多自己。在管理者的配合下，將有開放的公共場所讓他自由表露真我。俊立想談談他的品酒愛好，而員工們想聽俊立談論這個話題。

有時，這種配合接近搞笑。就像我在卡拉OK高唱貓王艾維斯的歌曲，或者穿上超級英雄的服裝。

約翰最近陷入了這樣的奇怪文化深淵，這一次嘗試是在公司的年終派對上，他和其他經理們表演了一支舞蹈，還穿著花哨的表演服裝。派對委員會堅持要進行表演，管理團隊全力支持並表示這會很有趣！約翰不得不跳舞。

117

穿著超級英雄的服裝表演，不會顛覆一個人的社會地位，也不會對個人的網絡結構造成任何風險。相反的，管理者們知道，在年終派對等場合進行俗麗的表演，穿得愈花哨愈好，有助於加強員工對高層的信任。

每月高層審查會議的反面。約翰現在這麼想，紀律方程式的另一個維度。

主題討論會和年終派對是員工把領導者們放到展臺上的機會。員工們彷彿在說：我們會做好我們的工作，我們會發揮我們的作用，扮演好照本宣科、記錄和遵守的角色；而你也必須扮演你的角色。而領導者的角色是什麼？工作是首先成為一個人，然後才是領導者。在派對上，員工來控制，由員工制定規則，要求經理們跳一個搞笑的舞蹈是一種平等化的手段，重新確認了人與人之間的關係，以及人類契約是任何層級或理性討論之外的統治者。對於員工來說，最重要的是，這是一個圓滿的循環。業務是業務，但人類契約擁有更高的力量，滿足員工的需求並在遊戲中占據一席之地。

這是一個簡單的方程式：當領導者接受了契約，員工在扮演自己的角色時就沒有問題。步伐一致的前進；盲目地遵循層級；重複著已經看過的訊息，甚至掩蓋一個工廠爆炸，沒有問題。在關閉的大門後面，以優秀的工程能力來恢復一個不被看見的停滯工廠，也沒有問題。

史考特的紀律管理有著更多怪異方式。

如果必要的話，約翰可以是管理者表演搞笑舞蹈的粉絲，或者唱歌。這鞏固了員工對組織的信任，也是工廠運轉得像一臺精密的機器的一部分。

現在，他從每月的高管審查會議回到辦公室，他笑了起來。希望我的舞蹈影片不會傳回家鄉，如果那些影片傳到優科，我會被大家笑死。

這樣的方式不會以同樣的方式在家鄉流行，同樣的契約也不會存在，或者至少不再存在。當前的契約，簡化為「市場的智慧」，相比基於人性的黏合劑的契約要少些感情。在這個較為冷淡的人性宇宙中，不是人際關係，而是價值鏈的「我如何融入？」口號成了約束的紐帶。

我穿著搞笑服裝的影片也行不通。

約翰自娛自嘲的哈哈大笑。

況且從實踐的角度來看，現代工作結構也不能夠像工廠所要求的那樣一心一意地關注企業。這是史考特對紀律理念的一種詮釋，帶著軍隊的史考特已經準備好去戰鬥。

Chapter

11

鞏固方向

晚餐時間，約翰仍然心不在焉。山雨欲來的情勢比平常更加讓人心煩。

「爸，你沒在聽！」梅根說。

「好，好，好，我現在豎起我的耳朵全神貫注了，你說吧！」約翰努力使自己回到現實來。

「薩金特先生（Mr. Sargent）和我朋友凱莉（Kelly）在《知識起源》課上發生了一場激烈的討論。」《知識起源》是梅根在夏湖的國際學院所學的國際中學文憑課程的核心課程之一，該學院是當地眾多國際學校之一，為外派到當地的外籍家庭子女中學生，提供西方課程和西方教師。

據約翰所知，這門課程類似於「我們如何確定，宣稱的我們所知道的是真實的？」的課程，這似乎是學術界日益青睞的一種課程。約翰盡力融入到辯論的細節之中，努力使自己與梅根的熱情保持一致。

「凱莉的曾祖父參加了諾曼第登陸。」梅根解釋道。「薩金特先生質疑凱莉，認為她祖父的故事未必代表著諾曼第登陸的事實。」

隨著討論的進行，梅根顯然很喜歡這門課程為年輕心智提供了主舞臺的機會，可以推翻傳統智慧的基礎，而在這種情況下，這意味著推翻年齡帶來智慧的概念。

薩金特先生似乎也非常認真，他在年輕人心中強調這樣一個觀念，即世界是一個思想和論述的平等競技場，所有意見都應該被納入，無論它們來自何處。這是上游－下游 **17** 概念的基礎，公平競爭是一個基本參考點。否則如何確保每個人都有公平的方式來確立自己的價值？

薩金特先生自願成為為現代工作模式做好思想準備的機器的一部分。透過思考設計，公平競爭使他可以無限自由地定義他認為相關的新事業的立基點。一名快樂的教學者，上游－下游故事讓他有工作可做。

● — — — — — ●

在晚上稍晚的時刻，約翰喝著一杯葡萄酒，靜靜的沉思著這個討論。這和我上週與凱文的午餐形成了鮮明的對比。

---

17 「上游－下游」理念是人的價值由市場來定義。市場是一個公平的競爭環境。所以，大家都是從同一個地方開始的，老人或年輕人沒有內在本身所具有的價值，只有市場決定的工具價值。

午餐時間提出了孩子們為進入大學的話題，伴隨著一系列常見的關切：確保孩子們在考試中準備充分、家長的監督、對考試的緊張期待，無休止討論關於目標學校的一切一切等等。

約翰和凱文似乎面臨著同樣的問題，但又不完全相同。凱文的女兒思菁（Sijing）在第一次考試中表現不佳，正在為第二次考試做準備，該考試安排在第一次考試後的六個月。由於高中多了六個月的學習內容，第二次的考試會困難一些。教育是一堵由事實和資訊建立起來的牆，總是有更多的磚塊要添加。

當時約翰想著考試體制，專注於打包知識，沒有文章要寫，沒有關於知識理論的討論。當梅根的老師們正在幫助她，定義自己及打造人設並將其展示在舞臺中心時，對於思菁和她的同學們來說，唯一的中心舞臺就是考試場所，由眾人共享，旨在奉行一個明確結構性的體制。

根據凱文的描述，他女兒高中生活的最後幾個月都在閉關中。沒有假期、沒有令人興奮的事情。有各種角色要扮演，當好一個父母掌控孩子、一個教師能掌控學生。也有像梅根的老師薩金特先生那樣的教師，更多的都是像是真正的軍事型控管者。

唯一的討論是圍繞著課程表和進度，營造正確的氛圍，以促進對知識量的獲取，這樣凱文的女兒就可以吸收那最後六個月的學習內容。這就像是對領土的獲取，目的是為了提供一個更穩定的起點，為她版本的聽音樂搶椅子遊戲的下一步做準備。

製造之家——東西文化角度下工業和科學成果的羅曼史

在高中生活中,有著薩金特先生的民主意見和思菁老師們的鐵律。有梅根的「聰明很酷」的文章和她的一系列精彩課外活動,對比著思菁生活中單一軌道全面篩選的考試體制。

我想知道像薩金特先生、大學的行銷長以及他們的同類是否有真正理解,不同文化下高中生的思想。

值得讚揚的是,教育者和思想領袖都是在為孩子們做好他們認為是現代戰鬥的準備,分析和邏輯的傳統優勢被重新配置,以便孩子們知道如何建立和展示他們的價值。

身為父親的約翰對梅根有信心,但他無法將她的世界中的準備與史考特和他的紀律調整成為一致,然而在約翰面前,他所看到的是周圍井然有序的工業進程,祖國教育領袖所確立的思想體制並不具競爭力。在約翰的世界裡,他所需要的是戰壕中出生入死的戰士,而不是在沉醉在輿論民主開放邊界內的舒適圈中,活在個人氣泡中的人。

比分正在傾向於史考特和他的世界。

● — — — — — — ●

隔天傍晚,是與中西部工廠比較工廠指標的電話會議時間。中西部的工程團隊很友善地早早起床,以避免身在亞洲的工程人員召開深夜會議。

約翰使用辦公室的電話撥入參加會議,盡量避免親自進入公用會議室。因為他的存在會造成干擾,而且鈦矽科技工

程人員會陷入像昨天的會議中一樣的照本宣科的模式。約翰是鈦矽科技的領導人，他的工程師們會按照約翰的地位來對待他。

「做得好！」中西部工廠的資深工程師蓋文‧莫里斯（Gavin Morris）大喊。他們也遇到了和昨天西蒙報告的完全一樣的良率問題。

兩個團隊已透過電子郵件交換了訊息，西蒙正在檢視他的故障排除報告。確實，問題起源於化學品製造商，正如西蒙所發現的那樣。半導體世界非常專業，其專業化學品和材料的製造商通常只有那幾家，中西部工廠所使用的，也是來自相同來源的化學品，這使得他們完全成為西蒙報告的聽眾，沒有討論的火花。

「西蒙，你確定只是化學藥劑中出現雜質問題嗎？你有沒有查看運輸過程中是否存在異常的溫度波動？」約翰辨識出那個聲音。這是研發部門那位相當被器重的資深科學家珍‧居禮（Jane Curie），她在艾斯頓參與電話會議。

這個良率問題是夠嚴重，需要請出大咖，約翰心想。

西蒙回答了她的問題。隨之而來的是另一次交流，西蒙和珍明顯地爭執了起來，這並不是第一次也不會是最後一次。

他們在許多方面都很相似。

最終，西蒙的結論被接受，會議轉入對後續措施的一般性討論，蓋文開始發言。「為什麼這種化學品對混合條件如此敏感？我們是否詢問供應商有關他們的品質控制系統？研發部門是否預料到了這種敏感性？」蓋文正在尋找系統性的原因和解決方案。雖然鈦矽科技的工程師們也有參與，但這是蓋文的主場。

隨著討論的結束，蓋文給出總結，「如果你們同意的話，我希望能有人能協助執行這些行動項目，現在我需要給上層編寫一份長期修復措施的報告。」

這才像話，約翰想，會議流程的邏輯更符合他的期望。就像一個滙集一切的網，蓋文的說明涉及廣泛領域與跨界合作，來得到解決方案。蓋文最近正在策劃一個辯論論壇。

約翰很了解蓋文，他在近十年前的一次招聘活動中看過他，當時約翰來到聖馬克大學（St. Mark's University）做招聘。蓋文在畢業後受僱，進入了中西部工廠，並走到今日的職位。

「蓋文，請確定報告也有發送到我們的團隊。」約翰說。

「沒問題，約翰。」通話結束前的回覆。

中西部工廠的表現非常出色，與鈦矽科技的表現不相上下，甚至在許多指標上更好。

在那裡沒有紀律問題。他的史考特計分又回到平局。

然而，中西部工廠是優科唯一剩餘的國內工廠；其他所有工廠都已經關閉或出售。該工廠證明了本土製造仍然可以做到，雖然並不一定正在做到。製造業正在轉移到亞洲，因為那是製造工作應該出現的地方。也許還存在由蓋文和梅代表的舊世界智慧的一些頑固的反對聲浪，但組織也將在未來將其從系統中剪除。

●　—　—　—　—　—　—　●

約翰來到了東京參加會議。他剛剛從機場乘坐高速鐵路到達會議預定地。

酒店的新機器人員工史碧絲（Spice）在大廳迎接了約翰。

先是用日語愉快地說了一句「歡迎」，然後在面部識別後，迅速切換到英語。「您好，先生。我可以看一下您的會議註冊號碼嗎？」隨之而來的是更多的客套話，然後對約翰的個人資訊進行了視覺辨識掃描之後，註冊很快就完成了。

「我需要去哪裡辦理入住手續？」約翰問，用語速極快的英語來測試這個設備。

「沿著走廊向左走。」機器人立即回答。

當約翰緩步的走向走廊時，他可以聽到史碧絲（Spice）為下一位客人切換到了中文。

製造之家——東西文化角度下工業和科學成果的羅曼史

「很有意思。」約翰說，回想起在夏湖當地銀行遇到類似的機器人時的情況。

他們似乎無處不在，有時做著最愚蠢的事情。

機器人用在銀行的問候和舞蹈有些過於誇張，但機器人提供的訊息可能非常有用。儘管約翰並不打算為一個外形像玩偶且主要功能是早上向人們鞠躬問候的機器人多支付些費用，但電信公司的小型機器人電話實在有趣。當地比薩店的機器人在輪子上飛快地移動，接受食物訂單。的確，機器人正在不斷而且公開地以不同方式滲透到很多工作空間，這是在現代生活中科技進展的最新體現。

在家鄉也是一樣。

新聞網站和部落格中充斥著有關機器人的討論，雖然這些機器人並不像夏湖銀行那樣跳舞和問候；家鄉的媒體也關注著有關失業的擔憂。在許多情況下，這些工作為人們提供了生計，維持了家庭。一旦這些工作將會消失，一般人們都會感到有些不安，更不用說擔心機器人的激進主義者了。

約翰在這邊看到的情況則不同。他看到了區別。

當地的工人沒地方可以抱怨，也沒人真正想要這麼做。工作確實受到威脅，解決方案也永遠不是完美的。但如果機器人能夠勝任這份工作，那麼勞動力將不得不轉向，由人類其他活動來促使勞動力的走向。對勞動力的價值判斷不

等於對人的價值判斷。機器人是機器人，人是人，它們存在於不同的宇宙中。技術及其母科學對亞洲而言就像是星際爭霸戰中博格人 **18** 的最新世界，是要被同化的。人類和人類的黏合劑處於控制之中，作為最新的事物，機器人只會被同化進來。它們會被迫鞠躬。

相比之下，約翰確定一件事，在家鄉部落格和貼文中說明了，勞動者在各方面都要靠自己，機器人和人也一樣，市場規則適用於所有人。一些果敢的靈魂試圖讓勞動力和人類看起來更有價值，也許是透過提高最低工資，讓機器人保持在自己的位置。

無論如何，機器人將陸續出現。

因為這是技術的趨勢，價值鏈計畫已經建立好，成為現代的防衛工事，只要大家界定好自己的位置，每個人都會好好的，每個人都有自己的角色位置，機器人也不例外。

這種狀態沒違背史考特的紀律。

約翰又回來思考他的製造生活。當今的思想領袖提出作為人設新的勞動力框架，而史考特的世界則沒有花時間

---

18 博格人（Borg）：是科幻電視劇《星際爭霸戰》中虛構的外星種族。博格人的目標是同化一切可以遇到的種族，使自己的種族「達到完美」。

在這方面。為什麼？他們有共同目標的鉚釘和鐵料，用以完成工作。

在約翰的大腦中，計分已經完全結束。史考特和他的團隊已經獲勝。

或者也有這個可能，約翰完全錯了。因為他長時間在前線而陷入了過度思考，也許是他的外交官病而使他這樣說。史考特確實聲稱西方缺乏紀律，也確實因東方的效率而自鳴得意。另一方面，史考特的團隊更傾向於記述和照本宣科，而不是從基本原則出發來進行辯證討論。東方的工人和管理人員都會接受某種程度的順從，而約翰和他的優科同事則不會。西方的邏輯和開放的討論似乎是更優越的解決問題的方法。在教育準備方面存在著金星和火星的差異，有關資本的理念也不相同。所有這些都是事實。

但最終仍然有一個更大的問題。史考特的評論建立在紀律的簡單信心上，但其實差異的根源更深。至少在面對工業和基礎設施的挑戰上，一邊對社會秩序的重視，相比於另一邊專注以現代工作願景淨化尊卑等級 **19**，競賽的結果是什麼？在如此大規模的企業中，大量的資金被全然地用於創建巨大的工業，領導者和工人的培訓，誰

---

19 移除掉中、下層級產值低的製造工作，留下創新高端產值高的工作。

能被託付？誰能成就偉大事業？史考特有他的答案。雖然他可能無法理解比紀律更深層的根源，但他是這種精神的一部分。史考特知道他生活在一個屋子裡，與人們在一起。製造之家。

約翰處於一種停滯期。將積體電路行業從西方重新配置到東方順利的在進行中，從他在工廠的職位上，在優科強制實施的痛苦經歷中，他產生了得不到回報的理解，他沒有辦法影響這樣的策略。命運已經定下來。

然而約翰已經感覺到另一個章節正在開展。競爭還沒有結束，權力正在朝著新的方向進行。史考特的總結論述中，並沒有自滿於他在製造業的努力，他知道下一步肯定會到來。這帶來了一個隨後的問題：如果失去工業是由於現代基本價值觀轉變所驅動的，那麼還有什麼可能面臨風險呢？

約翰完成了辦理入住手續，逕自回到房間。即使旅行讓他疲憊不堪，明早會議仍將開始。

Chapter

12

展開旗幟

全球半導體聯盟每年舉行一次聚會，討論積體電路行業的業務和技術趨勢。業界的大咖會聚集在一起，交換意見，也交換名片。這個活動每年輪流在太平洋沿岸的各個地方舉行。

約翰從鈦矽科技初期就開始參加，他是這個活動的忠實粉絲。

首先，這是對他工作日常的一個愉快的短暫休息，在不斷繁忙的營運中管理一切的人，都欣喜迎來一個休息的機會。

此外，在會議上，約翰被視為主導重要業務的領袖，一艘大船的船長。身在異鄉，在一個愈來愈亞洲化的群體中，作為在鈦矽科技投入多年的西方人，約翰在會議的與會者中有著一定的名望，他能夠融入亞洲文化，能夠談論業務，也能從領導的角度與世界接軌。

當然，參與這個的活動，意味著他必須穿上真正的工業領袖的制服。在優科的看法中，向鈦矽科技提供他這個領導的角色並不賦予太多禮儀的要求，但在會議上，對象是不同的，他必須扮演專業的樣子，正裝和商業人士的冷靜是當天的人設要求。約翰完全可以應付穿上西裝，反正他從來沒有穿得夠多次，不會弄髒；但模仿商人的輕鬆表現，並不是他的天性，一個工廠工頭面對這樣的場面總是緊張的。

每次在樓梯、地毯或類似東西上絆倒之後，他都會提醒自己，*我需要再走得慢一點*。

儘管他常常表現不夠酷，大家仍然對約翰表現的很尊敬。約翰能夠感受到認同，他真真實實能夠感覺到。這份尊敬的來源是什麼？當然是他在產業中的參與，在這參與期間，他的謙卑態度擠走了誇誇其談，亞洲同行們覺得約翰很親近。優科的領導者可能會指責約翰的多慮，認為他把每一個鈦矽科技的事件都變成了一場東西方實力的爭論，約翰是為了什麼？約翰的強調事件的言論在優科沒有共鳴，他們看不到他所看到的威脅。然而，他的東方同行們知道比賽存在著，每分每秒都在證明這一點。約翰對這片土地更深的理解是他受尊重的來源。

當地領導人對約翰的尊重分為三種。首先是像史考特這樣的人。他們為所取得的勝利而滿意，勉強向約翰致謝，史考特知道約翰是一個能看清戰局的人。第二類是完全相反的，他們按照自己一直知道的方式看世界。約翰是一個現存的西方指南，尊敬自然而然地來，他是一個熟悉力量的高級代表。第三種對他尊重的人則是最有趣的，對於第三

種類型的領導者來說，約翰代表著希望，太平洋彼岸有人關注著正在發生這有影響力且巨大的變革。約翰是代表一個跨越大洋的告示牌，也許西方真的沒有正在衰落。有人正在努力去理解，畢竟確實有一個方向引導的燈塔在那裡。就連天安門廣場的抗議者都引用過林肯的「民有、民治、民享[20]」這個重要名言。

雖然這些領導者各自以自己的方式將約翰納入他們的世界，但他們在積體電路製造及其生態系統方面都有著相同的成熟思維。就像史考特一樣，他們正在前進，占領領土，將約翰的西方世界拋在身後。

● — — — — — ●

這是半導體年會的第一天。

當天從韓國普富材料（Perfuhu Materials）的執行長成崇洙（Sung Cho）的主題演講開始。普富材料是晶片化學工業中相對較新的公司，但由於公司的巨幅成長和一系列的熱門產品，引起了很多關注。普富材料的崛起是IC產業新生態系統的一個典型例子，得到資金的支持、IC知識領域的工程人才，以及一群周邊的客戶，這些都有助於不斷改進和完善技術過程。

成崇洙的領導也是關鍵所在。作為一名有著二十五年行業經驗的老手，成崇洙在一家IC集團學習了十五年之後創辦

---

[20] 民有民治民享出自美國第 16 任總統林肯著名的蓋茲堡宣言（Gettysburg Address）。

了普富材料。成崇洙擁有經驗和該地區一長串有價值的商業關係名單，他是有成功的條件的。

成崇洙的主題演講原定要開始時，由於演講臺上的相關技術問題，出現了延遲。一大批技術人員在會場內忙前忙後，會議主席正在與成崇洙商討如何對應即將面臨的演講情況。

過了幾分鐘，主席宣布：「由於日語翻譯頻道似乎出現了故障，我們為延遲表示歉意，為了使我們的觀眾受益，成崇洙先生慷慨地使用日語演講，非日語使用者則可以聽到英語翻譯。」日本觀眾用短暫的掌聲表示了他們的感謝。由於舉行會議地點在日本，主要聽眾多可使用日文。

約翰在以前的會議上見過成崇洙，知道他是一個相當直率不廢話的人。和約翰的許多同事一樣，高等程度的教育和海外工作使他能夠講不止英語這一種必要語言。面對語音頻道問題，他只是從英語切換到日語。在這個世界的這個地區，掌握多種語言是一種領導階層策略。

休‧斯特森（Hugh Stetson）應該要很好地記住這一點，約翰自娛自樂的想。

成崇洙開始先介紹了公司的簡要歷史，從解釋公司名稱開始。普富（Perfuhu）是「Perfect Future for Humanity」的縮寫，是他自己的想法。成崇洙顯然為自己的創意感到自豪，但是「人類的美好未來」背後的意圖總是會引起一些嘲笑，尤其是來自海外的人。「人類的美好未來」這個名字的意涵在英文的口語中無法很好地傳達，這又是另一個

語言和文化的問題。在中文裡，「普富」帶來的意思就是大家普遍都富有。

忠於公司名稱，成崇洙進行了一個生動的演講，涵蓋了普富材料將如何開發新材料，以滿足和解決人類對未來的挑戰。普富材料不僅僅是在IC行業，還涉足綠色能源、水處理和製藥領域。

不理性的樂觀主義者，約翰喜歡成崇洙。

從不同的角度來看，他的樂觀主義可能被稱為天真，給人留下一個印象，認為更實際的方法會更可信。所有領域都能實現完美的未來？*拜託，人們可能會翻個白眼吧！*

儘管如此，成崇洙已成為該行業高階領導層值得信賴的成員，並有理由充滿信心。他擁有全部他所要的支持，而且他的國人不會嘲笑他對擁抱完美未來的意圖。

演講結束後例行性的進行了一個簡短的問答環節。普富材料恰好在IC行業的關鍵化學品上，處於銷售的主導地位，特別是，普富材料的商業化領先其海外競爭對手，後者在早期概念和可行性方面做了大量工作時，就已經賺的盆滿缽滿了。

其中一位競爭對手站起來提問，「您打算如何保護自己的核心知識產權？除了商品化之外，普富材料是否投資於下一代材料的基礎研究和開發？」這些問題是合理的，但問題背後的態度在場的所有人都心知肚明。

成崇洙用一般性的方式回答，並強調了為擴大規模生產而開發的技術知識及知識產權，普富材料還擁有不錯的專利組合。

這個答案對提問者來說還不夠。「在面對所有的知識產權挑戰，您打算如何將其推向世界市場？」

「這不是一個世界市場，」成崇洙冷冷地回答道。「這是一個亞洲市場。」

砰的一聲！成崇洙關上門。

觀眾笑了，除了提問者外。他慢慢地回到座位，一直死盯著成崇洙。

那就像戳了一條狗，卻發現它有牙齒。

對於提問者的困境，約翰並沒有多少同情。這些牙齒就在那裡，以技術、商業和文化的能力形式存在，只需要看一眼就明白了。

撇開這些牙齒不談，對於成崇洙和他的領導成員來說，這就是事實情況。IC製造的中心已經轉移，是時候讓其他人也跟上了。

●　—　—　—　—　—　●

午餐時段的主題演講由遠東半導體公司（FES）的崔德善（Ter Sun Choi）發表。崔德善在西方上大學，並在海外

積體電路行業度過了他職業生涯的前十年。二十年前,他返回亞洲創辦了遠東半導體公司,運用他堅定的決心、他的遠見和現成的資本,立刻成功地創建了一個積體電路的強大帝國。

遠東半導體公司建立了工廠,除了生產自己的晶片外,還成為了全球無數正在走「輕工廠」路線,或徹底退出晶片業務公司的製造部門,甚至取而代之。起初,遠東半導體在技術上處於落後地位,但隨著時間的推移,已經發展出自主能力,使其有資格進入技術領袖的圈子。

約翰很清楚地記得遠東半導體的早期,當時議論有關崔德善經營模式的問題,他正在做著別人從未做過的事情,沒有人預料到遠東半導體能夠在技術上迎頭趕上,更不用說爭奪領導地位了。

時代是發生了如何的改變啊!

「歡迎來到半導體的蠻荒之地,」崔德善開始說,「我們現在擁有我們自己的技術,您可以根據需要來使用它滿足您的需求。」然後他笑著補充說:「或者不用!」

觀眾中傳來一些零零星星的笑聲。

更多的牙齒。看來崔德善今天有些脾氣。

約翰聽過崔德善很多次的演講,但從來沒有像這樣帶著優越者的語氣。崔德善提供了一個沒有選擇的選擇,很多公司必須找崔德善來製造他們的晶片,而崔德善也知道這一點。

崔德善其餘部分的演講，輕鬆地講述了他在行業中的歷史。然而，約翰始終關注著崔德善的開場發言，這聽起來有點像是一種宣示主權。

之前當地有傳聞說得沸沸揚揚，崔德善是因晉升受到玻璃天花板的阻礙才回到亞洲。如果是這樣，崔德善現在可能得到了平反。因為全球三分之一的積體電路現在都依賴於遠東半導體的工廠和技術。崔德善是自己命運的主宰，也掌握全球積體電路產業的一大部分。

崔德善結束了他的演講，觀眾開始享用午餐。約翰和其他人一起品嘗他們的咖哩蝦。

到目前為止，今天已經夠有趣的了。

毫無疑問，時代正在變化，會議內容型態也在隨之變化。過去，東西方的競爭可能以趨勢或統計數據來一爭高下；但成崇洙和崔德善證明了討論方式已經向前躍進，不再有關領先的問題，正如史考特所知，也不再需要隱瞞這個事實，積體電路行業正處在一個轉折點上。事實上，如果當地的傳聞是可信的，這場競爭將在幾年內完全決定。對於那些關心這件事的人來說，這個訊息不再是微弱不明的。

● — — — — — — ●

當晚的晚宴按照熟悉的程序進行，首先是一個非正式的交流活動，與會者會先聚集在宴會廳外的大廳裡，一開始只有寥寥幾人，然後成為一個熱鬧的一大群，在大門打開時迫不

及待地湧入宴會廳。整個活動的設計是在晚上開始，讓老朋友們在葡萄酒和香檳的陪伴下見面，約翰開心熱切參與。

他跳上手扶梯，來到了二樓的大廳。

首先得拿到我的名牌。

不幸的是，在辦理登記時，他遇到了問題：沒有名牌。對於任何觀眾來說，這之後的情景都會像看慢動作的多米諾骨牌的傾倒畫面，首先是前面的年輕女士，然後是另一個年輕女士，以及依此類推，他們都陷入了尋找丟失的名牌的混亂狀態。立刻，四位打扮得完美、穿著得體、妝容完美的年輕女士同時做出了完美的努力，以嚴肅、優雅、急速地尋找解決名牌問題的辦法。幾秒鐘後，問題確實得到解決。約翰的名牌不知何故被放進了「Z」堆而不是「S」堆。

此時，一名活動協調員也加入了這個小組。「非常抱歉，施密特先生。」然後，穿著得體的商務套裝站得整整齊齊一排的五位女士－－此時的日本已經不再流行裙子了－－她們真心誠意地低頭，帶著擔憂的神情，深深地鞠躬向約翰致歉。約翰作為一個領導和社會秩序的貢獻者，因為他們的錯誤而蒙受損失。

約翰微微鞠躬回應。職位的額外好處？

名牌戴好後，約翰進入人群之中，不到二十分鐘就與十五到二十位老朋友碰杯，並與十位新朋友交換了名片，這裡

的所有人幾乎都是來自該地的工業界領袖，正如通常情況下一樣，約翰獲得了額外的崇拜，被視為遠方來訪的領導人。

這一切讓你沖昏了頭，這念頭在約翰腦中出現無數次了。

經過幾杯香檳，約翰進入了千絲萬縷的思緒。

這一切在一年內都會消失。

約翰知道，他在東方同行中贏得的街頭信譽，在艾斯頓是毫無價值的，將會像早晨的薄霧一樣，在他返回的那一天即消失不見。

大門打開了，人群和約翰一起進入了宴會廳。

約翰被邀請坐在主桌，包括成崇洙和相當多樣化的桌伴，有幾位海外高管、幾位學者，以及兩位地方政府的技術官員代表。混合成員的目的是交叉交流，不久之後，這樣的意見交流開始。

被香檳和傷感想法麻木下的約翰轉入了觀察者模式。這種應答有一種模式，與多年前的會議上交流相比，舊觀點在某些情況下已經成熟、修正和鞏固，新觀點也已經出現。

有一刻間，交談轉向了關於知識產權保護的爭論，基於白天的事件，成崇洙當然參與其中。酒在流動，討論大多是愉快的，但對這個話題，難免會有一些強烈的情緒。

洛瑞・賽格（Lori Sager）是一家積體電路設計公司的執行長，這種公司為遠東半導體的工廠提供產品來生產。她說：「我同意，知識產權和商業機密的保護已經有所改善，但仍需要繼續關注。這些保護還不是世界級的。」一位海外的學者贊同了洛瑞的觀點。

洛瑞並未完全接受成崇洙和其中一位技術官員所辯護的當地法律標準。然而，的確是這樣，保護措施已經得到了改進，更加接近國際標準。顯然地加強知識產權保護體系，在此之前並不是立法優先事項。

其中一位技術官員翁信義（C. Y. Wong）的相關論述，更充分地意圖展示當地領導階層如何確定優先事項。「除了更好的知識產權保護外，我們還在努力發展我們自己的技術。」

「在我的家鄉，我們已經啟動了一個項目，有兩百名研究人員正在從事下一代記憶體的基礎研究。我們將能夠建立許多基本的知識產權。」

約翰在數年前與文斯的家人一起過新年時，在一家餐廳裡遇到翁信義。當時翁信義與文斯的弟弟一起住在文斯的家裡，他們都是技術官僚。

這全都是關係網絡的一部分。

翁信義是當地部長級別的經典代表。他在英國的一所大學獲得了MBA學位，由於父親的外交任命，他在德國度過了許多年。雖然他在工業界沒有直接的經驗，但顯然他見

多識廣且接受過高等教育，再加上他會說英語、德語和中文，並且有化學的本科學位，憑藉在政府和工業界的良好聯繫，翁信義能夠幫助推動很多事情的進展。

翁信義論述中的「我們」是一家總部設在他居住地的公司，從事積體電路業務，現在正在積極研發下一代產品。這種策略與華基希望進行與優科的聯合開發相似，對於地方工業向控制更多基礎技術邁出合乎邏輯的下一步，這意味著成為發明的擁有者。

有人可能會認為，當地的工程師可能不具備足夠的素質，但遠東半導體已經表明了能力是存在的。無論如何，當地工業在許多領域已經追趕上來，別無選擇，只能做前沿的研究。

以政府的低利息貸款為助力，約翰諷刺地想道。熟悉的力量正在重新部署，我想知道優科是否看到了這一點？

晚餐時討論的事件暗示著，黑白棋子正在棋盤上移動著。某個特定區塊已經得到鞏固，是時候轉向下一區了。翁信義和他的團隊正在走向創新。

優科可能確實理解重新部署的事情。但他們該如何做呢？這就是事實，計畫經濟就是這樣運作的，這是世界的現實，不同的經濟體有不同的方法。優科也會繼續前進。創造力和創新是核心優勢，不會受到質疑。

因此，約翰肯定按照自己明確的想法，優科對於成崇洙在晚餐時的相關宣言不會有任何擔憂，他說：「我們需要努力提升創新和創造力，我們需要在像軟體這樣的無形科學能

力上做得更好。」成崇洙和翁信義都同意，需要在棋盤上移動更多的棋子。約翰已經在夏湖多次聽到相同的說法了。

約翰可以很容易地猜到優科在這個話題上的立場，「祝你好運！」他們會說。創造力和創新不是可以教導和計畫的東西。優科和他們的人認為，在科學和技術領域大門內的創新是一種內在的優勢，而領導地位是一種歷史性的權利。

翁信義和他的公司可以重新部署他們想要的一切，但他們仍然無法與位在基礎科學前排的人競爭。他們只能繼續複製。

討論持續進行。桌上的歡聲笑語是一個更大的故事的縮影，一方堅信，科學和技術領導地位是從已經鞏固的立場出發的一個合乎邏輯的步驟；而另一方則從根本上知道所提出的策略是錯誤的，科學有一精神，只有那些致力於科學遺產的人才能做得到，而這是一種西方的傳承。受尊敬的地位不是爭議或調整的主題，每個人都應該知道這一點。

但如果另一方不認為這樣的地位應受到尊重，或者至少不以相同的方式尊重它呢？如果是這樣的話，遺產和傳承的力量還有什麼意義？誰會在乎過去「擅長科學」是怎麼定義的？

用更廣泛的視角看待，也許另一種方法可以成功。擁有外交官病和感同身受的約翰當然是這麼認為的。鑒於其中涉及許多因素，要更謹慎判斷，也需要更多的辨別力。在人類的漫長歷史中，一個傳統優越另一個從未成為定局。

約翰晚餐後正在酒店房間裡休息，啜飲著葡萄酒。

他笑了起來。不知俊立是否會喜歡這款年分的葡萄酒。

俊立侍酒師是夏湖約翰喜歡回憶的獨特人物之一。

約翰的一天還沒有結束。東京讓他暫時擺脫了鈦矽科技，但無法擺脫優科。艾斯頓那邊已經要求與他討論下一步，他預計隨時會接到來電。

「我的任期即將結束。」約翰大聲說。距離約翰的任務結束剩不到一年的時間，已到了開始談論他的接班人的時候。經過五年，他將離開，回家。

電話按時響起。

「我們認為已經有一個合適的候選人了。」這是優科全球業務副總裁福爾斯特・史達肯（Forest Stucken）的聲音。「你怎麼看艾弗里・蓋伊（Avery Guy）？」在簡短的寒暄之後，福爾斯特開始討論這個話題。

艾弗里・蓋伊（Avery Guy）……

約翰認識艾弗里，他們幾年前在一些總部項目上一起工作過，艾弗里是一名資深員工，靠著長時間的堅持和毫無疑

問的忠誠，穩健地攀升到管理階層。即使不是那麼有想像力，作為替代人選還是一個可靠的選擇。

「關於海外經驗呢？」約翰問道，「現在，隨著即將到來的第五代（Gen5）轉讓，這裡的事情會很活躍，會有很多與當地社區的互動，還有很多要學習的。」

「我明白，」福爾斯特說，避開了約翰的疑慮，「關鍵是艾弗里在他目前業務發展的角色上遇到一些困難，我們認為派他到鈦矽科技將是對他很好的挑戰。工廠管理將適合他的性格，他也具有良好的運營經驗。」

討論繼續，在對工廠狀況進一步交流之後，約翰說：「讓我想想。」

約翰知道，他並不需要考慮太多。福爾斯特是管理層中將鈦矽科技置於邊緣的大多數成員之一。福爾斯特專注於附近的世界，因此，在遙遠的鈦矽科技的領導職的問題，關乎適合而不是機會，也是一個可以轉移那些在當前角色遇到困難的經理的地方。

艾弗里將適合鈦矽科技的生活，就像約翰一樣適合。

約翰皺起眉頭。*情況就是這樣。*

葡萄酒和會議幫助約翰採取更加哲學的觀點，來看待他在工廠煉獄中的命運。

145

「謝謝你的時間，約翰，我認為我們應該有了一個好的共識。我們非常期待你回來！」約翰與福爾斯特結束了通話。

目前還沒有關於我回去後要做什麼的討論。

對於即將回國，他心情複雜。確實，回去並不容易，離開後，就很難再回到原來的狀態。在許多方面，他已經走了出去，而那些從未離開的人仍然留在原來的位置上。缺乏共識會使重新連結變得困難。

該怎麼辦？約翰的思緒繼續飄忽不定。

像往常一樣，會議的第一天提供了許多有趣的動力，甚至還有一些火花。「比福爾斯特那個沉悶的世界有趣多了，」約翰笑著對空無一人的酒店房間說，「在這後方地區裡，什麼事情都不會發生。」

艾弗里會怎麼看待我的亞洲世界和這個半導體聯盟呢？福爾斯特會怎麼想？他們會感受到同樣的興奮嗎？他們甚至也會聽到同樣的訊息嗎？

這是一個領導力的會議，領導層已經發表了自己的看法。自信的言論對約翰來說並不奇怪，也不是特別新鮮的。這是對他整個故事情節的重新確認。如果要找到約翰邏輯上的勝利，那就是一個空洞的勝利。他將回家面對現實，並找出如何運用他所獲得的智慧。

他笑了，那需要好好的想想。

留下來是一個選擇，但在這條路上也沒有勝利。是的，當地的領導階層會接納他，並提供各種機會，但他永遠不會成為俱樂部的正式成員，因為這裡也有玻璃天花板。無論如何，他的家人想要回國。

我需要回家。

同時，還有一個期待中的假期。約翰和家人在過去的四年中去過很多有異國情調的地方，即將再增加一個，他們同時都決定要把自己變成合格的潛水員，想著很快就要把自己浸泡在帛琉的蔚藍海水中。

這是一個福利，約翰正在想著要到來的假期。

無數不可替代的經歷中的又一個，這些經歷共同構成了他們的海外生活。手裡拿著酒，想著五顏六色的精彩人生，幫助他把晚上電話裡的愚蠢想法，推回了腦海中某個不重要的角落。

結語 第一步

第五代（Gen5）的談判再度升溫，至少約翰聽說如此。艾斯頓這邊沒有將他拉進最新一輪的通話，不過文斯正在向他解釋詳細情況。

華基決定稍微加大壓力，雙方已經同意在優科的研發中心共同進行新第五代（Gen5.5）技術的開發工作，但現在華基提議部分共同開發工作在夏湖進行。華基將透過政府補助、減稅和貸款來找到額外的資金，用於研發空間。

根據文斯的說法，優科那邊對此表示強烈反對，約翰可以想像為什麼。這再次是關於技術控制的擔憂。在優科進行共同開發，在那裡對資訊和系統有著強大的控制權，是一回事。但是部署到華基，尤其是在這麼多未知數存在的情況下，風險太大。

我想這也是一個觀點的問題，約翰想。他記得一家國際製藥公司曾提議在夏湖開設一個與當地公司合作的聯合研究中心。

在一個當地的部落格上，評論如潮湧現：有些人對就業和投資進行了正面評價，但也有很多人對此做出反應，比如「西方只是來竊取我們的知識！」和「不要讓他們進來！」

我們在這個問題上並不都持相同立場。

談判總算結束，協議將會簽署。優科堅持立場，華基未能如願，夏湖將不會有聯合研究中心。優科將通過華基安排第五代（Gen5）的資金，產能將能被發揮。華基將會派遣工程師到優科進行下一代技術的共同開發，IC的世界將繼續前進。

文斯在將結果轉述給約翰時顯然興奮不已。未能在華基獲得開發工作是一個小小的挫折，關鍵技術仍然在談判桌上，但華基已經更進一步融入其中了。

「對大家來說都是個很棒的結果！」文斯歡呼。對他來說，第五代（Gen5）協議代表著他在電子硬體製造業生涯中的一個里程碑。一旦協議簽署並開始實施，文斯仍會繼續前進。

在持續穩定地建立製造能力並攀升電子產業食物鏈超過二十年之後，文斯已經站在了頂峰。在第五代（Gen5）之後，應該沒有太多可以做的事情，他可以將接力棒交出

去，並開始面對新的挑戰。華基集團下有一家剛剛起步的IC產品公司陷入困境，要求他接手，文斯將會投入產品和設計領域。

身處在偏遠地區揣度著，約翰願意相信他之所以沒有被邀請參加最後一輪的通話，是因為他的「同情理解」。這很有趣。關於約翰過於偏向「另一方」的陰謀論使事情變得有趣起來。不要讓他參加通話！他喜歡想像他們這麼說，這些談判至關重要！

然而實際上，沒有太多複雜的陰謀可以講述，約翰知道這只是一種一廂情願的想法。高層領導團體只是做出了他們的決定，而約翰就是不在他們內部，不在策略計畫之中。談判已經超出他的貢獻能力，無論如何，他還是要被送回家。

如果有人質疑這個方向，約翰可以想像他們的理由。是的，似乎太容易從華基獲得資金，影響了優科的決定，但他們的投資回報薄弱，我們的回報更好。是的，製造業正在遠離，但那是市場的力量，任何人又有什麼理由去挑戰市場的智慧呢？是的，最終可能會有技術外洩，但到那時，那已經是昨天的價值了。我們有新的領域要進入，我們將擁有這些領域。

從白紙黑字的理論上看，這一切都是有道理的。

但是隨著約翰對他的煉獄愈來愈接受的程度，他對危險的感受度也愈來愈強烈。一種殖民主義的傲慢影響著艾斯頓

的根本原理，這種理由根據建立在一種假設之上，即在這裡那裡損失一點是可以的，在看似一些弱點的背後，隱藏著更深層的優勢力量。

但是那更深層的力量是什麼呢？經濟成功的實例嗎？偉大的大學系統嗎？更強大的海軍嗎？還只是因為……

如果你有最強大的武器，殖民主義沒有問題。

但是現在，IC製造業及其生態系統已經在亞洲了，還有連同隨之而來的製造倫理。如果IC產業是西方軍械庫中的一個武器，那它已經消失了。

約翰知道還有更多的多米諾骨牌會倒下。單單只透過對「零工經濟」的巧妙言辭，或對從製造業轉向製造業服務化的某些學術詭辯，他無法合理化他的擔憂。遊戲中的其他競爭者並不以同樣的方式看待事情，可能永遠不會。他們有什麼動機去遵循西方的方式呢？

將內在人類價值替換為人設文化，可能對解決某些現代兩難矛盾提供了一個很好的誡言，但作為一種經濟實力的策略是站不住腳的，特別是當沒有其他人喝同樣的酷愛飲料 **21**，由此產生的輿論民主和個人氣泡消耗了能量，當

---

21 第四章，喝酷愛飲料。

員工和領導者都把注意力集中在人設市場，這個安全感和成功的新裁判，任何可能存在的更深層的力量都被浪費掉了。

這種危機是顯而易見的。一個新工業時代正在眼前展開，建立在一種將價值鏈解讀為核心智慧，不重視零工經濟視為明智策略的世界觀之上。而價值和安全感來自於工業領土的掌握。在一個人口激增、市場龐大、基礎設施需求無所不在的世界裡，有足夠的領土可供有意願和可信度的軍隊來進行占領。

將對手稱為「計畫經濟」是誤解了核心問題。

在前方的不僅僅是計畫經濟，新型工業主義者正在前進，憑藉著對人類共同觀點的信任而獲得的巨大人類協同作用的武器，他們不接受某種對重新建構個人價值觀點。新型工業主義者有一支團隊，努力獲取的領土是所有人的領土，大家都會參與。在工業價值的聚焦追趕面前，約翰知道上游－下游的說法正在面對一次猛烈的衝擊。

迫切的問題是，在工業之後，接下來會發生什麼？

2
PART
我們的科學

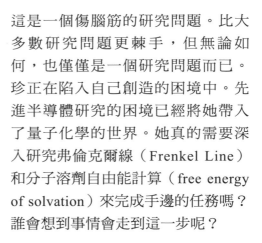

Chapter
13

兩種科學

美國人聰明地應用歐洲的發明，改進它們並巧妙地使其適應國家的需要。他們勤勉，但不培養工業科學。在他們中間，可以找到一些優秀的工作者，但發明家卻寥寥無幾。

——亞歷克西·德·托克維爾
（Alexis de Tocquevil），
《民主在美國》，1835年

這是一個傷腦筋的研究問題。比大多數研究問題更棘手，但無論如何，也僅僅是一個研究問題而已。珍正在陷入自己創造的困境中。先進半導體研究的困境已經將她帶入了量子化學的世界。她真的需要深入研究弗倫克爾線（Frenkel Line）和分子溶劑自由能計算（free energy of solvation）來完成手邊的任務嗎？誰會想到事情會走到這一步呢？

珍正在思考一種叫做「超臨界流體」的東西。具體來說，如何將一些專門的清潔劑溶解在這種流體中。表面上來說弗倫克爾線和溶劑自由能計算應該派得上用場。

而超臨界流體，嗯，果然超級，這是一種獨特的物質，像液體和氣體同時存在。一種表現的像氣的液體，預計未來在電腦晶片製造領域是個搶手貨。

對於工程師珍來說，思考技術問題是一種動力來源，這是對先進的晶片製造界的熱愛之情。今天，這些思考也是為了等待團隊集會而做的準備。

珍是艾斯頓優科技術公司研究小組的領導者，她是一名有二十年資歷的老手，獲得物理學博士學位後加入了優科，並一直專注於高科技晶片製造。目前，她和她的團隊正致力於開發下一代晶片技術，珍和她的團隊剛剛完成了優科的第五代（Gen5）技術的工作，現在他們正在深入研究一系列新的技術，以實現下一代晶片的需求。

多年來，積體電路宇宙，將晶片微型化一直像時鐘指針的前進一樣，遵循技術逐步進步的預定路徑。一個描述晶圓表面最細小特徵的術語——設計規則，繪製了進度圖。第五代（Gen5）是微型化的最新成果也是珍和她的團隊的重點，隨著本技術進入規模生產製造，他們現在將開始有秩序地邁入下一代晶片，即設計規則的再次縮小。

然而，近來，這一進程變得不那麼順利，曾經是像一座山一樣的技術問題變成了一座山脈，本來只要攻下的一個頂

峰，已經變成需要克服連綿的山脈，再加上沿途許多不曾遇到過的陷阱，這項任務變得愈加困難，目標常常被籠罩在技術迷霧中。

事實上，經過第五代（Gen5）之後，改進技術變得更加困難，以至於大家沒有辦法能夠就下一步該做什麼達成一致，一口氣跳到第六代（Gen6）可能不切實際，目標是否應該是比第五代（Gen5）再多一點？關於「多一點」是多多少？也無法達成一致。無論如何，需要比第五代（Gen5）多的東西。這是一系列縮小產品中的下一個縮小，製造出比上一個晶片功能更多的下一代晶片。他們最終達成了共識：「估且稱超五代（Gen5.5）！」一個不令人激動但實用的共識。

一套一套的技術困難是時代的一個標誌，這是半導體行業心知肚明的事實，這個衝突明顯就在晶片製造與物理界限上，晶片的「建地」變得愈來愈小，只有數十個原子的大小，當實際上沒有足夠空間可以工作時，如何在上面開展任何東西呢？

雖然超越第五代（Gen5）不是終點，但它無疑是邁向科學嶄新世界的另一步。事情變得小到不能再小，以至於迄今為此未使用的物理和化學物質正在被導入研發技術中，用來應對技術提升，而這正是珍的團隊所面臨的棘手研究難題的核心。

然而，在第五代（Gen5）之後，科學的躍進並不是珍所關心的全部。

然後還有合作夥伴。珍，一個團隊領導者除了研究之外，還有額外責任，就是確保與一大批新朋友之間的和諧，比縮小晶片更難！

對珍來說，原因聽起來有點令人摸不著頭腦，比如「發揮我們的優勢」或「適當的配置資本」，優科的領導層決定第五代（Gen5）將是最後一個完全在優科內部開發的技術，技術發展部門的負責人馬可斯，也是珍的老闆，進行了大部分解釋，內容大概就是即將從夏湖鈦矽科技返回的約翰將會幫助協調合作事宜，從超五代（Gen5.5）開始，優科的晶片技術將成為聯合開發的產品，這開發合作夥伴是華基工業，優科在鈦矽科技的製造夥伴。

對於珍和她的團隊來說，此次科學合作標示著第五代（Gen5）是進入新世界的轉折點。

Empirical merde [22]，這是傑拉德稱他們工作的方式嗎？珍笑了。傑拉德剛走進房間。

傑拉德‧蒂博（Gerard Thibaut）是珍的團隊成員之一，他是法國人，大約十年前被高端半導體研究的機會吸引而來到優科。作為法國巴黎綜合理工學院（France's Ecole Polytechnique）的畢業生，傑拉德是恃才傲物的那種科學精英。對於傑拉德來說，心中有一種做科學的方法，而華基的方法不是那種方法。

---

[22] 法文 Empirical merde，意思是實證的屎。

他是我面臨的最大挑戰之一。珍微笑著。傑拉德是個意見特別多的人。

愈來愈多人聚到房間裡了。

肖恩・德斯米特（Sean Desmit）和一位同事開玩笑說，「就是這麼簡單。」肖恩是珍團隊的另一個研究員。「我們將把晶圓送到金星，讓它自然發生。」

這樣的說法，我們以前並不是沒聽過！

「好建議，肖恩，」她說，現在她只想著要如何解決問題。「一旦團隊齊聚，讓我們看看是否能找到一些志願者來進行個金星之旅。」

超臨界流體的挑戰之一是產生流體。這不是一個小的任務，而且金星這個環境，恰巧完美地復刻了所需的條件。當然，承認需要前往另一顆行星並不會激發成員的信心來成功完成他們面臨的工作。

我不能打擊他的熱情建議。這個情況完全與平常不同。

對肖恩來說，「平常」就是發牢騷，他不是那種會公開無止盡地抱怨這個或那個的人，但使用比較間接的語氣和說法，聽起來像在發牢騷。

要是他聽起來不像是在抱怨就好了。

製造之家──東西文化角度下工業和科學成果的羅曼史

但即使肖恩，也會被IC開發中所面臨的挑戰規模所感動，然而他對環境的抱怨是為了更高的使命，半導體研究的世界是真正的振奮人心。

我們面對頂級難度的工作世界。將晶圓發送到金星去清潔，我們必須想像這樣的奇妙事物……

IC晶圓需要進行大量的清洗，當它們在工廠中移動時，與任何建設工地一樣，灰塵和碎屑會堆積，需要清理。IC建設現場的高度微型化意味著它不是一個清潔區的刷子和水管就能完成這些工作。即使是最小的刷子或水管也太大，會破壞晶圓表面上的所有微細圖案特徵。

輕輕倒一些水是不太管用的，晶圓表面的結構太細了，水無法滲透進去。它們就像一塊編織到變得愈來愈緊密的布料，水起初可以流過，但最終只剩下一滴。晶圓表面的超細特徵就像編織到細的不行的紡織物一樣，不讓水流通來清理東西。

另一種清潔的選擇方式，可以用某種氣槍噴吹表面。空氣可以穿透細小的結構，並且不會損壞任何東西。但空氣只能吹走碎片，並不會實際清洗任何東西，所以需要一種能夠溶解真正黏在晶圓上的東西的清潔劑。

透過先前的技術世代，IC製程工程師借助巧妙的化學技術來實現水和清潔劑滲透和蔓延於微小的IC密集結構中，來解決清潔挑戰。然而，隨著電子通道變得愈來愈窄，巧妙

的化學技術已經不夠用，碎屑留在了最緊密的角落。清理這些緊密的角落是珍的團隊在超五代（Gen5.5）挑戰中需要克服的一個高峰。

超臨界流體可以幫助解決這個困難度，它們同時具有氣體和液體的特性，使它們成為最終的「滲透和蔓延」清潔劑。超臨界物質倒在相同的緊密編織物上時能流動穿過去，就像布料根本不存在一樣，添加一些「肥皂」，就完成了！對IC密集結構能達到相同的效果，即一種超臨界混合物，可以清潔最緊密的角落。首要問題是如何製造超臨界流體本身。

如何做到？肖恩提出的前往金星是一種選擇，但如何去金星？當然他們需要一個更實際的解決方案。

超臨界流體是透過將普通流體在高壓下加熱來製造的。珍將這個過程想像成煮水，直到蒸汽填滿了整個房間，然後將所有的蒸汽重新推回鍋中。鍋子裡將充滿與水性質相同的高壓蒸氣。如果壓力和溫度足夠高，水將變成超臨界狀態。

IC製造偏好二氧化碳作為超臨界流體，因為它在較可控的溫度和壓力下就變成了超臨界。然而，條件仍然極端嚴苛，其中一個選項是前往金星，因為金星的大氣層恰好是一層厚厚的高壓二氧化碳層，並受到鄰近的太陽加熱到合適的溫度。

在不是金星的條件下，優科的研究人員開發了一個壓力鍋，一個可以重現超臨界條件的原型設備。開發硬體本身就是一個不小的技術工程，優科設計了一個專門的烤箱，它會在壓力下膨脹，引入化學劑，清除化學劑，然後減壓，留下一個乾淨的晶圓。但儘管它可能很了不起，烤箱只是第一步。更大的挑戰在前方。

一直以來都是關於溶劑的問題。

在房間裡的喧囂中，珍繼續思考。她心中的溶劑是一種「肥皂」，一種清潔劑與超臨界二氧化碳結合使用的添加劑，將有助於清潔晶圓。

事實上，儘管超五代（Gen5.5）將在許多不同的領域產生更多的問題和謎團，但今天的會議重點是關於在超臨界二氧化碳中的一種清潔劑。來自優科、華基以及一大批工業界和學術界合作夥伴的巨大努力都集中在一個點上，這是科學的一個焦點。

等到珍團隊的最後幾個成員聚集在房間裡。

「好的，大家，讓我們開始吧！」珍說，會議開始。「讓我們回顧一下上週的行動，然後決定下週的工作。」

首先是西蒙·洪。我的老朋友，珍想。

西蒙像珍一樣獲得了博士學位，只不過他在世界的另一邊，在夏湖藝術與科技學院。當西蒙出現在訪問的華基代表團的領導隊伍中時，珍一點也不驚訝。西蒙在鈦矽科技時，她已經透過解決紛亂中認識了他。現在，西蒙是一群四十名研究人員中的一員，他們已經移居到外國，過著西方生活，做西方的研究。

「上週的會議結束後，」西蒙開始說，「我請夏湖實驗室著手合成我們討論的一些分子選擇，他們正在為助溶劑製作一系列不同分子量。」助溶劑是構成清潔劑的一種化學物質組合。「目前我這裡有一些來自其中一個選擇的初步結果，這是描述不同工作的矩陣……」西蒙的獨白一直持續下去。在他詳細而單調的獨白描述下，看似是一個機械的背誦任務，使得傑拉德和珍相互瞥了一眼，這個眼神像是在說，別又來了！

像往常一樣，傑拉德很快表達出他的意見，用言辭表達出了珍的想法。「我認為在我們進一步思考之前，合成一長串複雜的分子一點意義也沒有。」

這是一個熟悉的抱怨，對於傑拉德和珍來說，西蒙的呈現方式更像是實證的屎，不是科學。事實上，西蒙和他在夏湖的團隊的工作似乎與先前會議討論的略有不同。這是一個漸進的、平凡的步驟，就像在眾多樹技中找一根，期待最終能找到果實一樣。

當西蒙主述時，傑拉德的抗議來得更快。由於傑拉德和西蒙來自不同的世界，這些世界經常就不同觀點發生碰撞。

「可以先提出任意多種組合，」傑拉德繼續說，「我認為更有效的方法是對選擇進行更多的研究調查，也許先與學術合作夥伴進行一些模擬。」

破解超臨界二氧化碳研究問題就像試圖找到完美蛋糕的食譜，只不過多了一千個成分和一千個烤箱控制。一種選擇是開始嘗試，記錄工作，進行一些調整，然後再試一次。當然，這種方法的問題是，有了這麼多成分和旋鈕可以轉，如果不事先考慮，找到正確的配方，這樣的嘗試可能需要很長時間。最好先制定一個總體計畫，從一些一般規則、一本指南、一張地圖開始。先做一個假設，測試那個假設，進行調整，然後再試一次。

●　—　—　—　—　—　—　●

傑拉德可能會想，我認為如果你投入一支軍隊來解決問題，可以把每種食譜的排列組合通通試一遍。

他今天看到西蒙的陳述，只是關於又一次的廚師隨機把一些東西丟進鍋裡，看看是否會有什麼結果的講座。沒有計畫，沒有事先思考，這個假設的版本似乎只是希望經過足夠的試驗和錯誤，就能找到合適的混合物。

今天也一樣，無聊且毫無想像力。傑拉德內心在皺眉，解謎的樂趣不見了，這就是缺少的東西。

根據傑拉德的傳統，是自然將問題放在他面前，作為一個挑戰，這個問題彷彿發出靈魂拷問：「我的秘密是什

麼？」現在可以肯定要解決的問題是開發在超臨界二氧化碳中使用的超特異性晶片清潔劑，用於晶片的製造，這是一個相當深奧的問題。而且這個問題牢牢地固定在常規科學的界限內。「常規科學」是科學歷史學家用來描述，在已知範式或已知問題集內的工作的術語。確定岩石成分的人將非常確定結果是已知的元素，而不會是像《阿凡達》描繪的世界裡的「難得素」（Unobtanium）罕見的常溫超導體，可以使整座山飄浮於這個奇幻世界的特定礦石。晶片製程開發有點像這種方式：界限是已知的，但仍然需要科學來確定一個詳細的前進道路。有關晶片的科學是常規科學。

無論是常規科學還是不常規科學，傑拉德的隱喻仍然成立。自然的秘密已經出現，解開它們的挑戰被放在了每個人面前，在解密的過程中，必須尊重和欽佩自然的法則，伴隨著這種尊重，當合理的假設透過定義方向並最終解決問題來消除迷霧時，就會帶來樂趣。這就是科學。

另一方面，隨機實驗的結果希望能一夜致富，就像假設透過數據的累積就能理解天空，像日復一日刻意地記錄行星和彗星的來來去去一樣。這可不是現代科學的範例。

「謝謝你的意見，傑拉德。無論如何，讓我們看一下西蒙的數據，我們可以在最後調整方法。」

珍只是在試圖維持和平，這可不是一個容易的任務。當兩個不同背景和文化的團隊聚在一起時，摩擦是可以預期

的。但是，哦！在關起門之後，激烈且密集的抱怨如同潮水般的湧過來！*他們只是複製我們做的事情；他們拿我們做的事情，稍微做些調整；創新在哪裡？*事實上，有時真的很難看出共同工作的好處。

隨著時間，二個團隊成員的關係確實有所改善，特別是在一對一的會議中，交流較為友好，交換意見時也較為真誠。友誼一旦發展起來，一些問題只是語言問題。對於華基的團隊成員來說，英語，特別是口語英語，並不容易，他們通常在一對一的環境中更容易表達他們的觀點。儘管如此，不可否認的摩擦仍然存在。研究團隊各自站上不同的立場。

● ─ ─ ─ ─ ─ ─ ●

隨著傑拉德的抱怨被平息後，會議繼續討論西蒙的實證成果。

一名優科團隊的成員問道：「你是如何決定那個組合的？」看來，西蒙提出的其中一種分子選擇有一些希望，略微顯示了一條路徑。

另一名優科的研究人員也給出正向評論：「你說你已經建立了模擬功能？這很讓人佩服。」

團隊反覆的繼續進行著討論，利用所學知識討論下一步應該採取的措施，以利推動這艘船前進的步驟。

這裡存在的問題是：所有這些都是科學。

晶片製造過程的一個步驟是在晶圓表面鑽深的圓柱形孔，這些孔日後將用作為信號通過的配電導管，目標類似於製造穿孔板，但將整個物體縮小一百萬倍。這是挑戰，創造極高密度的非常非常小的孔。

在這裡的鑽孔機是一股高能量的氣體噴出，捶擊選定區域的晶圓表面，移除材料後，留下一系列長而深的封閉式管道，分布在晶圓表面。氣體噴射通常會留下渣滓，有點像切割金屬孔時火炬留下的碎屑，這些渣滓後來會妨礙電流的流動，這些渣滓是一種必須被去除的黏糊糊混合物。

「這就是挑戰！」這是整個團隊的口號。他們必須設計一種溶劑來充當「肥皂」，起到一種微型鑿子的作用，來清除這種黏液。鑿子分子將與超臨界二氧化碳混合，被推入長長的管道中，這些管道可能寬幾百個原子，深五十倍。在管子的底部，鑿子必須恰好對齊，以便分子中鑿子的部分向下，處於能夠消除黏性物質的位置，所有這些都在與金星上相似的環境條件下進行。誰知道那些長管的底部實際上發生了什麼？

電腦模擬至關重要。這意味著建立代表二氧化碳中的氧和碳原子的數學模型，就像三個球排成一排，透過彈簧相連，彈跳的小三層妙妙圈扣著，方程式將預測妙妙圈如何拉伸和壓縮，電腦螢幕將以圖片的形式顯示結果，就像卡通一樣。需要建造數以千計的妙妙圈模型。帶有奇怪形狀的鑿子分子，也被添加到卡通裡面。當然，模型還必須考慮到長管的底部正在發生的一切事情。模擬的最終產品將是一部卡通，顯示了數以千計的二氧化碳妙妙圈在周圍移

動，圍繞著一些鑿子分子，就像一群小小兵圍繞著一個奇怪的訪客一樣。科學家們將觀看卡通，看看鑿子是否能做出它們應該做的事情。

這需要大量的數學，只有先進的超級電腦才能進行模擬並製作這部卡通。

西蒙再次站起來。「是的，我們可以朝那個方向再多下功夫。」「那個方向」是較有希望的分子之一，模擬顯示比其他選項更像鑿子。

事實上，西蒙和夏湖團隊的工作並不像傑拉德團隊所認為的那樣隨機。華基的學術合作夥伴和西蒙的母校：夏湖學院，曾經幫助建立了一個電腦模型，模型本身的構建就是對問題的研究，有助於給些指引光，無論燈光有多微弱。畢竟，西蒙和他的團隊也喜歡解謎，只是西蒙和他的團隊從不同的角度來解決它們，他們對解決問題的途徑充滿幹勁，相對於優科團隊邏輯的三段論，西蒙和他的團隊的做法看起來像是穿越未知森林的行軍，他們並不堅持於邏輯和理論是實驗方向唯一的仲裁者。

「我們已經建立了一個模擬功能，並將開始著手對一些選項進行工作。」

團隊已經決定了方向。此外，優科的工程師對夏湖團隊的模擬工作感到驚訝，支持的同時並問道：「你們是怎麼這麼快就整合在一起的呢？」

儘管西蒙的開局不順，但最後仍以積極的方式結束，即使如此，西蒙並不是很開心。

他坐下來時，心中有些惱火，他們的態度真令人不爽。

他不是天真讀不懂房間裡的辦公室政治，他當然看到了珍和傑拉德的反應，他看到了他們眼中的東西。事實上，他不得不壓抑住自己的反駁。

傲慢！你們有什麼資格來評斷？

西蒙知道他的模擬能力和背後的科學是無庸置疑的。量子化學、弗倫克爾線和理性思考都在其中。

儘管如此，他承認開會當天的辦公室政治局勢屢見不鮮了。「我們需要創新！」這個口號在國內的研討會中被宣揚討論了無數次。而來自優科的是在角落裡耳語和透過眼神傳達的「你只是複製，沒有什麼新東西！」他對這些批評非常熟悉。

其中一些可能是真的。

西蒙願意做出一些讓步，但只是一點點。他總是驚訝於他的優科同行們，能夠自在地跨越多重學門，從一個概念轉向另一個，尋找某種聯繫，某種由邏輯結果闡明的模式。這是一門藝術，要把它學起來，也可以學得來。從另一方面看來，這也是一種解決問題的方式，要知道最終的重點是解決問題。

製造之家——東西文化角度下工業和科學成果的羅曼史

此外，西蒙有自己的主張，他和團隊在國內辛苦的工作，建立了一個非常強大的模擬能力，而優科仍然停滯不前，對一些難以理解的原因而喋喋不休。

為什麼他們不能取得進展？他經常感到疑問。有時，你只需要嘗試一些事情。至於複製，為什麼不從你上次離開的地方開始呢？那才是合乎邏輯的。

他們不是像在研究某種神聖的經文，他要去攻占一片領地，只有努力才能實現它。

西蒙的團隊也對他們的西方同事有一些抱怨，這些人不想跟進去做；總是說些空話；為什麼大家不能專注於問題的具體細節？

西蒙同意這些抱怨，今天就是我的團隊呈現了具體的結果。

●━━━━━━━━━━━━●

「謝謝，西蒙。聽起來我們有了一個方向。」

在經過幾次更多的陳述和相關的辯論後，珍結束了會議，團隊分散開來，繼續跟進各個不同的工作活動。進展是漸進的，幾乎無法衡量，但這仍然是有進展的。

珍留了下來，再次享受房間的寧靜。

如何在方法上達成一致？她回到了她的沉思中。我究竟要做些什麼？

珍回想起她在一開始給華基團隊成員導覽時，給她留下的印象是，五個穿著統一的機器人跟著她，就像五個新兵，都穿著無塵室的白色制服，踩著一致的步伐。這種行進偶爾會被五人中的一些討論打斷，然後是領導者問了問題之後便是激烈的寫筆記，就好像他們唯一的目的是填滿筆記本，把珍的解釋全部抄起來。

這不是研討會，她當時想，我也不是老師。

事實上，幾個星期後，當她觀看了一個華基成員報告時，她看到了「珍的再現」，幾乎完全重複了她在導覽中解釋的工作。

如果我是他們，我會感到很丟臉，她確定她的想法，感到有些厭煩。在原始基礎上進行科學工作是這個領域的關鍵，不是複製。

撇開摩擦不談，從更廣泛的角度來看，有一種成就感。超五代（Gen5.5），帶來了無數的挑戰，正在前進，科學正在實踐中，面對這一切，珍仍然享受著解決自然之謎的樂趣，這是那些登上學術之巔的人所獲得的好處之一。對於她的量子化學的沉思可能會暫時令人困惑，但更大的力量正在起作用。理性思考面對神祕時的喜悅和謙遜，超越了任何挫敗感。

珍花了一點時間停在這裡。因為有時，她以一種只有科學家才能理解的方式，抓住機會吸收了這種觀點。

這感覺真好。

對於珍和她的研究同事來說，通往科學研究頂峰的旅程是個人決策和學術選擇的漫長道路。這個道路始於對科學和自然世界的興趣。一路上有課程、考試、授予學位，也許還有一些獎項，這些設計是為了讓更廣大的社會群眾有機會，一路攀登而上，完成一連串的里程碑之後並被承認說：「做得好！」社會大眾知道這樣的事情，就像攀登珠穆朗瑪峰一樣，學術旅程是向所有人開放的，但機會和能力的現實，意味著只有少數人能登頂。社會向成功的人給予熱烈的掌聲，祝賀、恭喜，對於那些到達頂峰的人來說，在付出了如此多的努力之後，花點時間享受風景是理所當然的。

還有，學術之旅是理性人士的一種體現，它的建立是民主人士的產物。旅程終點的頂峰並不是一個簡單的山頂。珍、傑拉德和同儕們看到了四百年來的文藝復興科學和邏輯推理演繹哲學二千五百年的成果。這是一幅非常鼓舞人心的景象，只要有合適的望遠鏡，再加上一點努力，人們就可以看到一切。深埋在企業計畫、深奧的溶劑和一長串超五代（Gen5.5）的挑戰之下，珍和傑拉德對他們站的頂峰懷著嚴肅且敬畏之情，這是如此偉大。

西蒙也位處科學成就的頂峰。但不知怎麼的，他的視野不同。在西蒙的世界中，他認為自己不站在最高山峰之巔，只是眾多頂峰中的一個。與珍一樣，他的成就獲得了嚴肅的尊重，但只是對這個位置所累積的尊重。或許因為科學很難，還有額外的考慮；但是，成為一名小提琴家、醫生、教師或任何一種專業人士同樣也很困難。社會並不認為西蒙處於累積了千年的巔峰之上，科學幫助西蒙看得更遠，但他的傳統觀念並沒有承認他看到了一切，尚有許多未知領域遠遠超出了他的觸及範圍，毫無疑問，更高的山峰就立在地平線上。西蒙既不受限於理性思考的威信，也不因其而升上更高等級。在他的世界中，自然的奧秘和更高的呼喚，往往比邏輯更具話語權。

儘管如此，西蒙也處於一個山頂上，時不時的，他也能欣賞到科學的樂趣，就像他的西方同事一樣。他能從不同的優先事項中找到樂趣，從領地上獲得地位和相應讚譽中找到樂趣。

西蒙面對西方科學的巨人，對於珍所站的頂峰，並非無動於衷。幾百年來，西方科學在他的世界中一直占據著重要地位。事實上，西方科學在許多方面一直是一股不穩定的力量，邏輯的絕對信仰經常使西蒙對自己的世界產生懷疑：我們是否站在正確的地方？

這種外來科學如此令人生畏，以至於數個世紀以來培養了一種對其西方提供者的順從，難以擺脫。

當他們在場時，我們就閉嘴。

無數外國學生前往朝聖，去了解它的方式，有些東西需要學到。

然而，時代在變化，順從的奴性正在消失。

敬畏開始消退。

我們過去有過創造發明，我們將再次發明。

西蒙是對自己傳統自信的典型代表，這種自信從未真正離開過，只是在短暫的在房間內保持沉默。西蒙和他的前輩們從未考慮過以追隨西方的方式來改變他們的立場。從一開始，對他們來說，這一直是一場傳統之爭。

最近，西蒙能感覺到對方陣營存在一些弱點。他有時會想，也許這些西方同事們被困在原地，對他們所站的山峰之外的其他山脈視而不見。他們更專注於橫向移動，一遍又一遍地琢磨同一個問題，留在同一點，而不是向前邁進。有證據顯示，西蒙國內同儕們在技術方面已經超越了優科，西蒙充滿信心，他和華基團隊能夠做到同樣的事情，他相信他的團隊和傳統將能夠走得更遠。

Chapter

14

外國學術的果實

我對西方的四大元素和四大屬性了解不多,但在這個世界的這個地方,我們有五行和六象。既然總共有十一種,而不是他們的八種,那麼在這些方面,我們難道不比他們更有知識嗎?

——西川如見,《天文義論》,
　　1712年

可以肯定的是,沒有哪個民族或民族群體能夠壟斷對科學發展的貢獻。他們的成就應該相互承認,並以普世兄弟的情感聯手自由地慶祝。

——約瑟夫·尼德姆,
　　《中國之科學和文明》,
　　第1卷,1954年

上課的時間到了。生命中的一天，伊恩‧史密茨想著，當他走過校園來到科學大樓。其實不算是一個課程，更像是一個研討會。嗯！其實也不算是一個研討會，更像是一個聚會。這立場有點曖昧不清。

這場「聚會」由八名學生和一名教授組成，學生們向該領域的專業人士討教量子力學（QM：quantum mechanics）。儘管這是研究生級別的課程，還是有一種特定的隨意性，不是對於彼此隨意，絕對不是那樣。對主持課程教授的尊敬至關重要，更多的是對於主題的隨意，高深莫測的量子力學，似乎已經從原本應該是一個卓越頂點被轉移到僅僅是另一個據點。

實際上，量子力學之父甚至可能會對課程的基調感到有點不爽，量子力學難道沒有幫助揭示自然和宇宙的最內在運作嗎？當然。最近暢銷書《我們知道上帝》的作者卡爾‧貝格哈特（Karl Berghart）會認為伊恩的課程方向是錯的。卡爾創作了一種小報小說，展示了先進物理學如何解釋神明。顯然，現代科學只差了幾步方程式就能知道天國之門的位置和尺寸。

貝格哈特和其他所有人對伊恩聚會隨意性的問題在於，量子力學沒有得到應有的尊重。量子力學穩坐理性科學的最高寶座，是現代人類思維的一項巔峰成就。即使對神明感到矛盾或對量子力學不太熟悉的人也願意承認，科學及其伙伴邏輯已幫助世界前進。理性思維為世界建構了清楚結構，不需要神靈或任意的未知數，也不需要儀式。科學的產物為宇宙設定了界限，只需幾筆就可以完整地描繪出宇宙的全景。

是的，量子力學是現代科學知識套餐的一部分，似乎宣告了神祕終結。這個知識套餐實現了一種新的智慧，也許是對舊智慧的減法，並創造了可以在地球上定義人類價值的哲學基礎。古代的惡魔以及所有為防禦它們而建造的建築物都已經消失。科學以及做為其中一部分的量子力學，幫助完成了故事，提供了背書，保證只需時間和努力，一切都可以看到。

但伊恩所看到的不是這樣。量子力學正在被降級，這就是使它變得曖昧不清的原因。

彷彿理性科學的成果最終可能無法達到完整的視角。

伊恩的同學們足夠重視量子力學。他們的物理比我好，他可以看到他們毫無困難地解決了許多複雜的問題和證明；他們知道過去量子力學的知名人物，如薩克狄（Schrödinger）、海森堡（Heisenberg）、狄拉克（Dirac）、楊（Yang），並能解釋他們的理論；他們甚至可能對穆雷・蓋爾曼（Murray Gell-Mann）有一些特殊

的親近感，穆雷在獲得諾貝爾物理學獎時，引用一些東方哲學，他將佛教概念「八正道」（Eightfold Path）[23] 轉換到他的亞原子粒子組織理論中。即使這個理論只是一時興起，卻產生了一種親和力。然而，儘管伊恩的同學們所受的教育讓他們對量子力學及其複雜性有充分的理解，但伊恩卻無法完全把握其中的模糊之處。

的確是個奇特的立場。

感覺好像他的科學正在被客觀化。與其說它是那個東西，不如說它只是一個東西。當他沉浸在這個異國的環境中，他有種感覺，他正在脫離他腦海自成長以來一磚一瓦搭建起來的思想結構，與一個自己安身立命的堅定基礎明顯背離。量子力學課程只是又一個背離點，其他還有很多。

生活中的一天，他坐在講堂內的椅子上。對伊恩這位外國學生來說，今天和每一天一樣，都帶來了一長串的新奇事物。

●　—　—　—　—　●

伊恩是夏湖藝術與科技學院固態物理系的研究生，已經是第三年了。今天是他在夏湖度過的時光中典型的一天。

---

[23] 八正道（Eightfold Path）：又名八聖道、八支正道、八支聖道、八聖支道，是佛教術語，是指佛教徒修行達到最高理想境地涅槃的八種方法和途徑，包括：正見解、正思惟、正語言、正行為、正生活、正精進、正意念、正禪定。

他起初是以家鄉教會的傳教士身分來到夏湖，但後來融入了當地社區的生活，最終決定留下來並研讀研究生課程。他的教會同意了，大學也同意了，他的家人也算是同意了。所以，一切的剛好都拼湊在一起。

夏湖學院擁有四萬名學生，是大夏湖地區近二十所大學之一。夏湖可以稱為大學城。該地區其他一些學校的規模比學院大得多，當地學生總數接近一百萬。

伊恩只是百萬名學生中的一名學生。但不完全是這樣，伊恩屬於為數不多的外國學生類別。

和多數大學一樣，夏湖藝術與科技學院擁有數百名外國學生，大多數的外國學生來自鄰近國家，通常是來自具有中文背景的家庭，對於他們來說，進入夏湖學院是一個合理的選擇，因為使用母語學習非常方便。畢竟，課程都是用中文授課的。

但伊恩在校園中是相當稀罕的存在：一個西方人，總共可能只有幾十個；再者，伊恩是全職學位的西方學生，而大多數其他外國學生都是來參加一年左右短期交換計畫的。他就像是隻嘴巴和尾巴放錯位置的鳥，在自然學家面前，之前沒有出現過類似的情況，來定義他在生態系統中的角色，只能暫時給出「待定」的結論。伊恩決定成為這裡永久的固定成員，徹底改變了對整個經驗的定調。

伊恩稱他那些只過來一年的朋友為「旅遊訪客」遊學生。在夏湖度過的六年後，他對只有一年學習的價值，感到十分悲劇，十二個月根本不夠找到洗手間。

事實上，第一年就是要弄清楚該吃什麼、不該吃什麼、熟悉當地人、掌握當地環境、該如何從哪裡到哪裡，包括找到洗手間。一年的時間也剛好足夠他經歷第一遍的愛恨循環。

經過仔細觀察後伊恩得出結論，他和那些外籍人士在外國情境中都經歷了相同的愛恨循環，可以說是情緒雲霄飛車，這成為喝咖啡或啤酒時討論的中心主題，「我討厭這個」主動換成「我喜歡那個」的觀點。

愛可以是以「一切都如此迷人」的形式表達，對比之下，討厭則可以是「下水道真的很臭，他們從來不清理這附近的街道嗎？」觀點會變來變去，一段時間後，立場會交換，同一個人採取完全相反的立場。一下高聲讚揚，一下低聲抱怨；或者先抱怨後讚揚，順序無關緊要。

第一個循環需要幾個月到一年的時間，之後第二個愛恨循環開始，這次就沒那麼激進了，考慮的更加周到，甚至可能更加深刻精緻。伊恩會聽到像這樣的評論：在這裡的生活真刺激，但我覺得這些人並不真誠。

也可能在第二個循環之後還會有其他的，有點像一開始跌宕起伏的曲線圖，隨著時間拉長，線條曲度愈來愈小，最終的高低起伏會平緩下來，外國遊學生將融入一種軌跡，參與新生活，以前的生活淡出，就好像一個開關被打開一樣，焦點從對我有什麼影響的內觀角度轉而向外審視的外觀視角。

算一算完整旅程需要大約三年左右，那些只待一年的人根本無法體會。而且，一般規則是沒有人會繼續留下來，沒

有人會經歷這個過程。伊恩認為，經歷這完整的旅程並不是他們的興趣所在。當他偶爾在跟人喝啤酒時，通常會遇到不可置信的反應：*你為什麼待那麼久？*科學類型的遊學訪客特別難以置信。*哪裡有價值在？*他們用他們的眼睛說出。

伊恩得出結論，遊學生們各有不同的規畫，一年足夠學到一些東西，當然。這也足夠的時間拍一些漂亮的照片，在家鄉的社交媒體曬曬外國遊學經歷，用一些很棒的貼文來樹立人設，產生真正可信度。

伊恩的憤世嫉俗批判式想法的背後，是社會結構的更深層力量的作用。

對於遊學生來說，待更長時間是不必要的。這就像是跳上一艘船，駛向未知的海域，為什麼要冒這個風險？重要的航海圖不都已經畫好了嗎？根本沒有必要對人進行如此徹底的改造，無需冒險前進突圍。

所有的航海圖都已經完成，所有的神祕感都已經消失，待更長時間毫無價值。沒有什麼所謂的命運可以透過觀察帶來意想不到的結果。這個經驗對我有什麼影響的內觀方式遠遠重要得多，畢竟，在人設市場中被徵召進入的遊學生們，成功和安全的是由一個人的形象決定的，他們應該向內看，並在人設市場的聚燈光下，盡一切努力掌握自我。一年訪學所獲得的讚譽和經歷已經能完全滿足需求，無限期的外國留學完全沒必要。

情況怎麼可能不這樣呢？遊學生們包括伊恩自己，從幼年時代起就反覆的被灌輸這個思想，人們可以應該控制且定義自己的身分和價值，當人生由自我掌舵時，自發的不受控制的結果在邏輯上不會發生。外國留學無限制冒險的價值不存在，不是遊學生拒絕了更長時間的逗留，而是這個想法一開始就是無法理解的。

但我留了下來，伊恩略帶感傷地想著。

當他決定留下來的開關被打開，他記得那個確切時刻：一個安靜的晚上，獨自坐在一家咖啡館裡，慢慢的一小口一小口的喝著茶。然後就是一連串帶著一連串新奇事物的日子，量子物理課就是其中之一。

● ― ― ― ― ― ― ●

伊恩的剩餘同學們已經聚集在教室裡，關於量子力學的討論即將開始，雖然是非正式的。

伊恩注意到了*神祕的王技術員*。

課程被耽擱一下子，由於一個臉上帶著經過歲月洗禮長出皺紋的年長紳士彎著腰拖著腳步進來，要求教授簽署一些文件，然後又拖著腳步出去，一路上除了他的使命之外，他幾乎沒在關注任何事情。王技術員是神祕的，由於他安靜的在教室自由進出、一個總是在後臺發揮著無法定義的

支持角色，以及一些看不見的資歷，可以讓像今天這樣的
課程被中斷，所以王技術員是神祕的存在。

隨著王技術員離開，課程開始了。

教授讓每位學生讀幾頁教科書，然後向其他學生解釋內
容。教科書是用英語寫的，這個練習是一種英語閱讀和中
文重新解釋的方式。當然，伊恩對英語閱讀部分沒有問
題，並且在重新解釋方面也逐漸變得更加嫻熟。

但仍然不一樣。

重新詮釋的練習是客觀化的，就好像翻閱一堆書一樣的去
複習科學基礎知識。本來應該是跨越理性思維基石的進
軍，卻感覺像是閱讀了一些歷史文本，然後交流對年長作
家更深層次訊息的看法。

然而，關於狄拉克函數等問題的辯論仍很困難，無論是否
像解讀荷馬的文學作品一樣。

伊恩安靜地笑了笑，我的同學們很優秀。

這仍然是物理學，只是被客觀化了。然而，隨著他的科
學被如此的客觀化，也帶來了一個深層教育體系的問
題。伊恩的學習世界的效能不同，沒有人會以相同的方
式看待科學。

不是我在家鄉能得到的。

製造之家——東西文化角度下工業和科學成果的羅曼史

教育體系的差距不僅僅存在於課堂上。在同學的論文答辯中，他也有類似的感覺。一些熟悉的儀式，甚至是教師的服裝都在發揮作用，但顯然，科學的基礎不是當天的優先考量。相反，社會秩序的穩定，特別是地位的穩定，才是至關重要的，沒有人會在主持教授面前提出嚴肅挑戰。學生會通過的。

又是一個讓事情變得曖昧不清的方式。

也許正因為這種曖昧不清，伊恩的教育體系受到了質疑；這在幾個星期前一些海外教授參觀實驗室時得到了證實。伊恩和他實驗室的其他學生向參觀團簡報了他們的研究工作摘要。當然有禮貌的微笑和有禮貌的問題是必要的，但顯然來訪者將眼前身處的環境視為教授們西方科學初級、較不成熟的版本，當然是正在努力，但仍有一段路要走。伊恩的一些同學可能已經察覺到了在意見上的落差，也許大多數人沒有。

然而，每個硬幣都有它的反面。對伊恩來說，在一些基本觀點上缺乏共識就會開始變得古怪可笑。授課方式聽起來在兩方都像是父親的勸誡，雖然同學可能沒聽出來訪問教授對他們在現代科學效能階梯上較低位置的評價，但同樣的那些教授們可能錯過了有關他們在不同階級地位上的訊息，特別是因為這些訊息通常是用中文表達的。

伊恩記得前一段時間，當地技術公司華基集團的西蒙‧洪做了一個關於記憶晶片技術的演講。西蒙以更廣泛的視角開頭，他說：「紙張是一項重要使先進文明發展成熟的技

術，是第一個真正低成本的記憶技術。事實上，直到紙張發明後的一千年，西方才足夠文明，才開始採用它。」西蒙是根據他所知的事實陳述的。畢竟，每個人都會明白，文明需要時間發展。

教育體系是有一個時間軸的。在當地，他們傾向於繪製比家鄉更長的軸。

一個聲音打斷了伊恩的沉思。「伊恩，請繼續。」

噢！輪到我了。

伊恩毫無問題地讀完了自己的部分，無疑在當中用了一些錯誤的語法。從英語到中文的轉換總是更難的，他的實驗室同伴已經習慣了他的口音。

讀完後，伊恩又回到了自己的思考中，其他讀者聲音漸漸成為了他腦海中圖像的背景，當他沉思著一個外國學生的日常生活時，當然，他身邊的科學教育體系可能令他擔憂，但他體驗到一個全新世界觀點所帶來的興奮感和豐富性，足以抵銷他的擔憂，而這種豐富性是他改變了自己的態度後才能享受到的。

● —— —— —— —— —— ●

課程結束了，伊恩朝著下一個地方前進，那是與他的論文指導老師張教授的一次會面。在路上，他遇到了一直愉快的實驗室同學史蒂夫・葉。

製造之家——東西文化角度下工業和科學成果的羅曼史

「嘿，伊恩！『電影明星』先生，今天好嗎？」

走在美麗的習小姐旁邊，我看到了。伊恩微笑著。

這也是另一種豐富。

「一切都好！『李先生』，」伊恩回答，並轉向習小姐，「早，瑞秋。」

「早，伊恩。希望你今天一切順利。」瑞秋・習（Rachael Xi）的聲音無論是英語還是中文，都令伊恩著迷。今天是英語。

在伊恩回答之前，史蒂夫插話說：「沒空多談，得趕緊走了！我們要見我叔叔公司的一些人，晚上見？」當地商會籌劃了一個非正式類似喝春酒的產學聚會，史蒂夫和伊恩想方設法的得到了邀請。

「是的，我會去的，到時候見。」然後，帶著期望的望向瑞秋，「瑞秋，祝你有個愉快的一天。」

「你也一樣，伊恩。」她回答。

伊恩看著他們走開。他可以嫉妒史蒂夫，但他與瑞秋的關係似乎是某種非正式的商業合作夥伴關係，他們都野心勃勃，互相利用著彼此擴展人脈。今天輪到瑞秋以某種方式融入文斯・葉的人脈之中。

伊恩思考著，穿越校園繼續著他的行進路線。

如果她單獨一人的話，我會用中文問候瑞秋。

語言的動態總是有趣的。有了史蒂夫，就是英語的環境。史蒂夫在十五歲之前在國外生活，是唯一一個，不包括一些教授在內，他的英語遠遠超過了伊恩的中文能力的人。伊恩與史蒂夫爭奪語言權的比賽迅速決定了勝利者：史蒂夫的英語非常流利，就像母語般。

儘管如此，如果不是與史蒂夫，則與許多其他人一樣，關於語言使用的爭奪仍然是日常事件，有時是溝通的實際問題，有時則是簡單的自尊心之爭。伊恩在夏湖的早期，他會掌控互動，堅持使用中文來提高自己的中文口語技能。他知道每天的練習是進步的唯一方式。

我在這，我在説中文，他會想。

隨著時間，他發展了足夠的自信，讓情況自然發展，並在情況不明時傾向讓步。儘管如此，與瑞秋的語言遊戲仍然在進行中，似乎代表著男女之間的尷尬。

一種惱人的干擾。

對於瑞秋，應該會有更有趣的話題吧！另一方面，與史蒂夫的互相探索時期早就過去了，他們已經是朋友。史蒂夫有十五年是跟隨他父親的職位調動，大部分的時間在歐洲和北美，他已經有能力在一個伊恩仍在努力的領域中穿梭。

史蒂夫的成熟度有時對伊恩非常有幫助。「你知道嗎！大家都以為你穿內褲來學校。」當他們第一次見面時，史蒂夫對伊恩說。幾年前，伊恩對當地的風俗習慣還不敏感時，喜歡穿著看起來不太合適鮮艷的短褲到處跑，誰知道在家鄉很酷的東西在這裡看起來像是內衣時裝秀呢？

好在瑞秋沒有看到過。

無論如何，即使她看到了，也可能不重要。伊恩當時是「電影明星先生」，因為史蒂夫告訴他，作為學校的單身外國男性代表，50%的女孩會對他有興趣。而那些來訪遊學生們完全不是競爭對手。而且，許多人仍然只穿著內褲，電影明星先生的機會不小的！

熟絡之後，伊恩給了史蒂夫「李先生」的稱號，以表彰史蒂夫在武術方面的能力。在伊恩開始武術訓練前，史蒂夫曾邀請伊恩參觀他的道館。「來，伊恩，可以試試看！」對於缺乏靈活性、腿又長的外國人來說，武術動作一開始並不自然，史蒂夫相當善解人意的忽略了伊恩的笨拙。

另外，第一次看到史蒂夫訓練時，就讓伊恩感到驚訝。「哇，對於一個骨瘦如柴的傢伙來說，他確實很能踢。」伊恩記得當時的想法。因此，對於伊恩來說，史蒂夫就如同一個現代版的李小龍站在他面前，史蒂夫笑著接受了這個外號，他也看過李小龍的電影。

史蒂夫和伊恩之間的關係隨著時間和經歷的豐富逐漸成熟，他們的友誼足夠寬容，不會嫉妒，也不用擔憂文化不

敏感，他們之間沒有文化恰不恰當的問題，只有有趣的事實。

*也許我會請她教我寫書法。*伊恩重新思考他的「瑞秋策略」。史蒂夫提到過她寫了一手漂亮的書法。

在他的外國生活中，在課堂內外的情況都充滿了挑戰。「瑞秋挑戰」是令人興奮的那種。

●　—　—　—　—　—　—　●

與張教授的一對一會議是每兩週一次。張教授將是伊恩畢業論文答辯委員會的成員之一，他正在幫助伊恩開始寫論文，伊恩估計還需要至少一年的時間來完成研究工作，但寫作需要時間，所以得提前開始，張教授主動提出幫忙。

而且伊恩需要幫助。

伊恩計畫用中文寫論文，雖然這沒有必要，但大多數外國學生和許多國內學生選擇了不同方式。作為科學的國際語言，英語是更常見的選擇。儘管如此，伊恩堅守著這一點，他要用中文寫作。

如果他們能做到，我也能。

「他們」就是那些形形色色的外籍學生，也包括在夏湖的學生，以及他在國內唸大學時稱之為朋友的人。對於他們每一個人來說，如果英語不是他們的母語，這意味著他們

都在外國語言中學習和寫作，同時應對著在外國生活的種種挑戰，伊恩認為自己需要達到他們的水準，這種壓力促使他幾年前做出了同樣的決定，就在同一家咖啡館，同樣的思緒波濤洶湧，他決定留在夏湖藝術與科技學院。用中文寫作將成為他的外國學生生活的一部分。

伊恩的決心源自於對他外國學生同儕的謙卑。這是一群下定決心絕不輕言回程的學術人，其中許多人離開自己的國家到達這裡，甚至沒有留下回家的路費，他們買了單程票進入未知的學術征程，他們到達了，他們也學習了。有許多人在畢業後留下來在當地找工作，也有許多人回國，他們肩負著前進的使命，受地位及對新事物的渴望的驅使，而這種渴望建立在對命運之手成熟和本能的尊重上。

「任何鳥事都會發生，準備好吧！」這是他們的生活哲學，伊恩當時想到，沒有信心能掌握方向盤的外國學生同儕與遊客學生們完全相反。

儘管對外國學生同儕的欽佩，伊恩仍然感到來自他的根本文化的一種反對力量，現代西方的文化觀念教導他，從幼年時期開始就不要相信命運，有一條更舒適的道路可供選擇，他可以將自己的人設管理得更加光明燦爛，教育工作者甚至提供了一年的遊學訪問方式作為這建構的一部分。這條舒適的道路很有吸引力。

在伊恩的腦海中，相互對立的觀點來回拉扯著，他想像著自己如何面對他的外國學生戰友。

對留下來的那些：我會告訴他們什麼？我要回家因為我能？儘管他們不能。

而對回家的那一方：他們會理解的，反正這就是他們所期望的。

在他的腦海中反覆思考，最後得出了在幾年前一家路邊咖啡館的結論。

終歸迫使他採取行動的是同儕壓力。外國學生朋友們就像是戰場上的士兵，互相鼓舞著給予未來戰鬥的勇氣。

●　——　——　——　——　——　●

張教授每兩週對伊恩的「小小訓練」課開始了。「你的句子結構有在改進，但時態的使用仍然感覺雜亂無章；同一個句型有時你使用被動語態，有時不使用；像『我調整了功率設置』還是『功率設置已經被我調整』。你要決定，不然相當混亂。」

頭大啊！伊恩想。這也太難了吧！

伊恩長期以來一直把掌握中文視為首要任務。說和聽的技能比較容易掌握，對於寫作……嗯……那是完全不同的事情，書面形式是語言所能展現出最高複雜性的部分。

儘管如此，說和聽當然也不是小菜一碟，特別是如果目標是真正地表達或真正地傾聽。

六年了，學習仍在持續中。

語言學習問題在於細微之處，口語使用的詞彙，還有方言和口音，所有這些因素結合在一起，形成了一種複雜的和諧，使得在雙方真正的理解上成為一個巨大的挑戰。與朋友閒聊、與街頭商販談論天氣，或者試圖給一個漂亮女孩留下深刻印象，都需要更微妙的藝術形式。

在研究領域進行溝通也是如此。

伊恩成為了一個高手，他能夠注意到他的教授們在何時停止聆聽說英語的訪客的講話，在敘述中途變得難以理解時的細微差別，教授們眼睛就會變得呆滯。幸運的是，他們可以適時的給出一個禮貌的笑作為掩護，沒有人會發現，因為最後不需要考個試。

要具有中文的一般寫作功能需要記住四到五千個漢字。四到五千個小小的象形文字，每個都有獨特的含義和構造，而且，漢字是語言的核心和靈魂。沒有捷徑，必須學會這些漢字。

伊恩接受了這個挑戰，全身心投入。

起初，所有的漢字看起來都一樣，這些七橫八豎黑黑細細長長短短的線條，像隨機劃下的。但是隨著時間和努力，很多很多努力，他開始看到了區別。

*即使這讓我變瞎，我也要搞定他們！*他對自己說，他的眼睛因此而疲憊不堪。

張教授也會檢查伊恩的寫作情形，並且對伊恩的進步視而不見，還挑三揀四。這個星期也不例外。

「除了你的語法使用外，請再擴充你的詞彙和努力修正寫法。我建議你將閱讀範圍從專業期刊擴展到一般的讀物，包括報紙和書籍。」

*我的老天爺啊！*伊恩想。*我需要每天最少要再增加兩個小時的學習時間，這還不夠，得再加上論文寫作。*

伊恩面臨著一個艱巨的挑戰。成功意味著他只是在跟上他的外國學生同儕，別提領先了。

● ― ― ― ― ― ●

午餐時間，休息一下。伊恩坐在學校的餐廳中等朋友。一群遊學生坐在對面的一個角落，對他們來說，也是午餐時間。伊恩不介意偶爾加入遊學訪問團的行列，但今天真的不想去跟他們去聊那些什麼愛恨循環的話題。

哎呀！一個熟悉的身影正朝著他走來，還有兩個小跟班在身旁呢！他知道愉快的午餐即將被打斷。

「怎麼樣？你接受我的挑戰嗎？」這是他的準敵人，一個姓趙的實習生，是隔壁實驗室的同事。嗯！也不完全是同

事，伊恩不確定他的背景，趙進來這裡只有一年左右，顯然是借調自軍隊來做工作研究的。趙是那種伊恩本能感覺到根本不喜歡他的人，趙不喜歡伊恩。這是一種原始的、從心而發出來的偏見，偶爾，這種偏見會以清楚明白的方式表現出來。今天是比臂力。

伊恩的白人肱二頭肌在練習武術中變得強壯，看了令人生厭，伊恩需要有自知之明也需要做好明哲保身。

「好的！我們來比劃一下吧！」伊恩假裝充滿熱情。

趕緊把這件事結束！

這場掰手腕、比腕力比賽已經潛伏了幾個星期，而且沒有消失的跡象。

兩人離開，走向一個角落的桌子，幾個朋友加入觀戰。雙臂相互角力之下伊恩輸了，他表達了讚美。「你很厲害，趙！你比我強。」

四周都是笑容，趙的臉上也露出一絲輕鬆。如果在發下豪語後再輸給這個外國鬼子，那口氣真會咽不下去。

生活中的一天。今天是與姓趙的實習生臂力比賽，還有其他日子，可能是學校比賽，比如田徑比賽，甚至還需要在唱卡拉OK時表現出色，伊恩的一言一行一直都在被人注目。那個留下來的西方男人，總是要出現在某某某某的

競賽中，這可能會令人疲倦。作為一名寂寞的代表，伊恩幾乎在每個人類努力的場合，要隨時出場參賽，這是異鄉男孩融入本地生活的本質。*至少我還沒有被拉進舞團。*

伊恩回到了自己的位子。從眼角的餘光中，他看到了一些愉快的事情，這一天正在變得美好，一位伊恩心儀的女孩正在向他走來。今天，伊恩要主動一點。

「嘿，瑞秋！一起吃午餐吧？」

談書法的機會，我的這次國外冒險也有好處。

●━ ━ ━ ━ ━ ━ ●

「各位，請見一下，這位是楊竹企業（Yangzhu Enterprises）的執行長，史考特·徐博士。徐博士是夏湖學院的畢業生，並且一直在與我們討論為我們的團隊提供研究資金的事宜。」

伊恩在午餐後返回了實驗室。他的教授召集了他的學生和工作團隊，介紹了史考特和研究提案。

過去一年，實驗室似乎較為生氣勃勃。當地的電腦晶片公司鈦矽科技以及其母公司之一華基集團正在加大半導體領域的資金投入，催生了夏湖地區企業進行了大量基礎研究工作。楊竹企業搭上華基這班順風列車，進入更高端技術領域的公司名單中。伊恩的教授和史考特曾經是同學，合

約和協商將會進展的相當迅速，伊恩以前見過這種產學合作的情況，他的教授掌控全局。

伊恩很高興看到史考特的提案。楊竹企業專門從事用於各種行業的高壓氣體設備，包括半導體設備。他們投資在實現更先進的設備設計，與伊恩的研究有所重疊。他可以使用額外的硬體和超級運算資源。此外，來自楊竹企業的投入一定會在實驗室中創造更多動力，工作的品質和名聲將再上一層樓。

美事一樁！

這意味著機會。伊恩已逐漸靠近完成學業的終點線，下一步該做什麼的潛在問題，每天都會爬進他的腦海。

我畢業後打算做什麼？

每個學生最終都會面臨相同的問題，但伊恩版的問題與普通學生有些不同。他國內同學會參加正常的大學舉辦的招聘活動，鑒於機會眾多，毫無疑問會取得成功。伊恩找工作的基本假定與國內的版本並不相同。

*我應該試著在這裡找工作，還是應該回家？*答案不是顯而易見的。伊恩在過去一直以來的默認假設是畢業後回家，家人和朋友在等待著我。

在家鄉找到機會似乎並不是一項如此艱巨的挑戰，*我應該會很搶手。*

伊恩發現自己所在的工業世界，甚至是愈來愈多的研究領域，都在大洋兩岸不斷被吹捧。在東方對這項科技有激情；毫無疑問家鄉的某個企業可以利用伊恩的技能。伊恩正在學習如何跨足兩個世界，他可以幫助國內的一家公司進入東方的活躍市場。鈦矽科技就是一個很好的例子，伊恩可以幫助他們的大洋彼岸的母公司優科深入研究夏湖地區的所有活動。聽起來蠻理想的。

也許約翰今晚會在聚會上，伊恩曾多次見過優科駐夏湖的代表約翰‧施密特，約翰可以幫助他在優科的總部建立些關係。

史考特的演講結束了，伊恩準備離開。當他走出去時，他的教授剛好在門口逮住他。

「伊恩，請過來一下。」教授和史考特一起站著。「請和徐博士打個招呼，他看過你的一些研究工作，想要見見你。」

伊恩進行了標準、正式的問候。他這一部分的中文能力無可挑剔。

「伊恩，你的語言能力真是出色，我聽說你的閱讀和寫作也不錯，花了這多功夫學習，確實令人欽佩。」史考特大方的給出讚美，正尋找未來就業機會的伊恩非常喜歡聽到這些話。每個人都喜歡被人需要。

「你有沒有考慮過畢業後要做什麼？像你這樣能力的人楊竹企業當然非常歡迎，我們正在開發一些相當創新的產

品，我相信你看到後會非常激動的，也許你有空可以過來參觀一下？」

史考特的邀請確實聽起來很有吸引力，在一些額外的客套話之後，他們的談話就結束了，伊恩的心情更加愉快。

真是令人興奮！

那晚商會辦的產學聚會正如預期是一個非正式的社交聚會，共同迎接春天是不需要過於正式。正如伊恩所希望的，約翰也在那裡。

商會主席開場之後，約翰是在場的資深外國代表，也發表了一段演講。接下來當地一所高中的舞蹈團表演了舞蹈，進行了簡短的敬酒之後，晚上接下來的時間就都是非正式的交流。與會者站在擺放各種本地美食的桌子旁，每張桌子上都配備了幾瓶啤酒和葡萄酒，作為敬酒和交流的催化劑。

所有人都是以「物以類聚」的方式聚在桌旁。伊恩和史蒂夫與一些遊學生坐在一起。

「免費啤酒！」史蒂夫高興地說，他已經為伊恩和自己倒第三次酒了。對於多多益善的免費飲料，學生桌上的酒瓶很快就見底了。

「我們去找一些女孩聊聊吧！」史蒂夫說，「我可以用你來當開場白。」他們桌上的啤酒也快喝完了。

「我們先去跟你叔叔打個招呼。」伊恩說。雖然這不是史蒂夫的當務之急，但他同意一起去。

文斯・葉和約翰正在另一桌聊天。還有另外兩名外國人，伊恩不認識。文斯和約翰共同代表了一個主要的社交網絡集群。

誰知道，另外那兩個人可能是錦上添花。

伊恩鼓起勇氣走向前去，拉著史蒂夫一起。

「你好，施密特先生，可以打擾一下嗎？我們之前見過面，我的名字是……」

「啊，伊恩，很高興再次見到你。」約翰在伊恩的話還沒說完就打斷了他。「伊恩，這是文斯・葉，是我在鈦矽科技的合作夥伴；這位是來自艾斯頓的馬可斯・哥德曼，從優科過來的；還有艾弗里・蓋伊，將在未來幾個月後接替我的職位。」

大家開始交流，伊恩成為了談話的焦點，艾弗里詢問了他正在研究什麼，馬可斯則提出了更多問題，並詢問了一些關於大學設施的問題，看上去有點勉強感興趣；與他們形成鮮明對比的是約翰，他表現得像一個「伊恩推銷員」。

「伊恩做為夏湖的全職學生，這相當不容易且是一項巨大的挑戰。」約翰興奮的宣揚著，繼續描述了夏湖學院的大量活動。

然而，約翰的推銷沒有起到作用，談話轉移到了其他話題上。

通常話多的史蒂夫安靜了下來，形成了鮮明的對比，因為史蒂夫不需要交際，他是「自己人」，已經在主要的社交網絡之中，社交談話既不被期望也不被欣賞。史蒂夫的父親是夏湖市政府的高級官員，他的叔叔文斯經營著鈦矽科技，史蒂夫在結構內的位置已經很明確了，他在此時應該無需多言。

在發展人際關係過後，大家繼續隨機交談，喝著啤酒；史蒂夫走開了，專注於一些新的事情；馬可斯已經離開了這個小群體，去尋找其他人談話；約翰和文斯仍然湊在一起。

天色漸晚，伊恩開始感到酒精的作用，在耳中的個別談話開始融合成低低的嗡鳴。各自活動的影像漸漸淡化成了慢動作的小插圖，然後全部混在一起。

伊恩陷入了沉思。在像今天的聚會這樣的公共場合，這種事總是會發生，有一種他坐在一個陌生的地方的煩惱感覺。一方面，正如馬可斯等人所暗示的那樣，他們對外國學術探索不感興趣，伊恩感到被邊緣化；另一方面，

他對新的頓悟和冒險感到興奮，他身處無人區（no man's land）[24]。

優科的馬可斯與伊恩的互動很奇怪，馬可斯對伊恩很有禮貌，但有種彆扭的表情寫在臉上，就好像伊恩是一隻嘴巴和尾巴放錯位置的鳥。與海外來訪問教授一樣，馬可斯對伊恩的想法有些偏頗，而伊恩則處於後緣段不受重視的位置。整個晚上，馬可斯與其他海外遊學訪問生交談的時間比與伊恩要多得多，顯然與他們有更多共同之處，他對伊恩並沒有表現出什麼好奇心。

反正我也不喜歡他。

另一個優科人，艾弗里正如預期般，對這個環境感到陌生，對一切都還處於砲彈休克模式狀態（shell-shocked mode）[25]。我懷疑他是否會過渡到遊客的階段，外派人員經常回家，他們從來沒有真正融入過。伊恩以前見過這種情況，但約翰不同，伊恩聽說約翰要離開，感到很遺憾。在短暫的相處期間，他們有了一種親近感。

---

[24] 無人區（no man's land）是指第一次世界大戰交戰國雙方所構築的本身戰壕與對方戰壕之間，呈現無人狀態的對峙地帶。通常在雙方發生戰鬥之前，這是一片無人敢進入的地帶。

[25] 砲彈休克（shell-shocked mode）：指一個人受極度驚嚇狀態後的行為反應，尤指經歷不愉快的意外事件後，極度疲憊而緊張或驚恐的狀態。

一如以往，這個晚上也會帶來新的冒險。

「伊恩，你今晚看起來似乎思緒萬千。」這是帶著飽經風霜皺紋的神祕王技術員。這不是他們第一次交談，但以前的互動總是侷限於正式性實驗室工作，除了王技術員不為人知的資歷之外，他的疏離模式似乎也妨礙了他做更多的事情。儘管這個活動似乎與他的職業或滿臉皺紋的外表不符，但伊恩在這個聚會上見到他一點也不感到驚訝。這只是王技術員謎團的另一部分。

「我希望你的研究進展順利，這幾年來，我一直很高興的看著你在學業上取得進步，你已經成長了那麼多。」王技術員總是在那裡，似乎也總是在觀察。「這週末我帶你去城市邊郊的一個孔子廟，我相信你需要充個電，學到一些關於我們古代學者的東西會讓你感到精力充沛的。」

伊恩很驚訝。*哇！為什麼是現在？*不僅是時機，而且他真誠的臉和姿態的都讓伊恩感到吃驚。今天，不管出於什麼原因，王技術員對他的疏離感已經解除，而且以超越實驗室所提供的一種方式，表達出他希望伊恩能看到更多東西，了解他的世界。

伊恩從興奮中恢復過來，並交換了聯繫方式。出行計畫已經定好了，就在即將到來的週末。

他微笑著說：「非常感謝，我期待著這次冒險。我們星期六見。」

王技術員隨後走向附近一張桌子上的另一群人。

伊恩的思緒在互動中漂移不定，他喜歡王技術員。他的眼睛閃爍著年輕人的光芒，掩蓋了他的年紀，似乎與他年齡相仿，而且他的眼神流露出豐富的經驗。傳聞王技術員曾歷經革命和政治動盪的艱難歲月。

我敢肯定他有很多故事。

現在伊恩將有機會聽到這些故事，在遠赴異鄉從事知識研究的無限層面中又往前穿過了另一層。伊恩知道這將是一次難得的機會。

伊恩靜靜地坐在靠牆排列的椅子上，沉浸在他的思考中。沒持續多久，他就看到史蒂夫從附近一群同學中向他走過來。

「伊恩，我們去酒吧，拿上你的夾克。」這個產學酒會即將結束，史蒂夫正在安排晚上的下一個節目，第二場續攤的歡唱派對。

●　—　—　—　—　—　●

生活中的一天。而且這一天過得很漫長！伊恩默想著。

唱首歡快的 *Fools Rush In* （《傻愛成真》）來展開今晚的夜唱課，唱得好這是意料中的事。開心的是伊恩有副好歌喉，漂亮的嗓音及對音樂調性的掌握，演唱一首貓王的曲子足夠增強大家對伊恩評價，特別是對女性聽眾。

製造之家 —— 東西文化角度下工業和科學成果的羅曼史

「事情是……」史蒂夫在說話，一個喝醉了的史蒂夫。「事情是……你知道你在楊竹可能會得到一個非常好的職位，他們知道如何使用你的才華。還有還有……辦公室裡會有……很多……漂亮年輕的女孩。」

「輪到你唱了，史蒂夫。」伊恩想換個話題。

史蒂夫說得對。加入史考特・徐的團隊感覺就像站上穩穩的臺階，爬上一塊不可動搖的岩石，那裡有穩定和安全。

我為什麼有這種感覺？在家鄉也應該是穩定的。

讓伊恩困擾的是與馬可斯的互動。*沒有人在那裡擁抱歡迎我。*

為什麼回鄉之路變得如此困難？

「撼動它們，帶領它們……羅海德（Rawhide）[26]！」史蒂夫抓著麥克風大聲唱著一首英文老歌。

伊恩笑了。在遙遠的夏湖市，有一個瘦瘦的功夫小子，大唱著「羅海德」，看來只缺了一頂牛仔帽。

超現實但真實，描述了我的日子。

---

[26] 羅海德（Rawhide）：皮鞭是 1959 年上映的一部美國西部電視連續劇，由艾瑞克・佛萊明和克林・伊斯特伍德主演。

他無法逃脫日復一日加深的生活經驗，每一次互動都充滿了深刻的情感觸動，透過外國留學獲得多彩多姿的生活必然會對他產生持久的影響。

在這裡是件好事，即使這讓我的嘴巴和尾巴位置錯放。他願意接受外國留學的代價。

●　━　━　━　━　━　━　●

孔廟位於一個與夏湖相鄰的城鎮，經過崎嶇的道路，全程需要兩個小時，司機似乎更喜歡走偏僻的小路。伊恩不介意，這給了他機會與王技術員有更多交流時間。他們談論了各種各樣的話題，包括最喜歡的食物、實驗室活動、夏湖無休止的建設，然後是更多個人話題。

不出所料，雖然他沒有詳細講述，但王技術員描述了一段困難的歷史，他談到在政治動蕩時期被捕、毆打，然後長年被監禁，他的語氣中沒有惡意，過去就是過去。他現在在大學工作，為了共同的利益做出貢獻，而且時代也已經改變了。

王技術員還花時間向伊恩講解了孔廟的歷史。在古代孔廟曾是考試和教學的中心，現在，這座寺廟在節日時會舉辦祭典和一些祭祀儀式。

這一天真是完美，溫暖明媚的陽光，充滿了春天的景象和聲音。除了一個中央大堂，還有各種附屬的廳室，上面都刻有幾個世紀以前學者的名字，還有一個寺廟花園。

製造之家——東西文化角度下工業和科學成果的羅曼史

204

其他遊覽團散落在寺廟的周圍,而王技術員與另一位遊客議論起關於牆上一個名字。

「一位著名的天文學家。」王技術員後來解釋他與遊客談論的主題。伊恩對東方占星傳統有一些了解,雖然他不認識王技術員解釋的那個名字。這位中國天文學家以一千多年前出現在天空中的「客星」(guest star)的觀察而著名,現代的分析推測這個客星應該是一顆超新星(supernova),古代人將這個發現視為幾個世紀觀察所收集到的全面且無可挑剔的天文資料數據的重大貢獻。王技術員的解釋總是實事求是,正如他之前談論過去動盪的話題一樣。好多個世紀過去,無論人類的朝代更迭興盛衰敗,來自天空的訊息還是會繼續積累。沒有最終的理性主義來說明一方應該優於另一方或是王朝的終結訊息就在眼前。對寺廟牆面上的學者來說,這意味著接受他們的客星應該被稱為超新星。

王技術員眼中閃爍著對發生的這一切持續的信心。*這是他想讓我理解的嗎?*

伊恩繼續思考這一點,兩人在一天剩下的時間漫遊寺廟的其他地方,然後在下午的品茶交換更多的故事。

回家的路上很安靜。王技術員在車上打起了盹,把伊恩留給了他的自我思考。伊恩再次想到了他曖昧的量子力學和科學理論。他確定今天參觀的寺廟和他在夏湖所處的現代科學版本之間存在著一定的聯繫。夏湖的科學堅守著古老的傳統。從天上預測王朝興衰的訊息已被原子、電場、基

因組等數據所取代，用來提供學習和科技。科學方法一路走來，但經驗主義核心仍然存在，受到這樣的信心鼓勵，看不到盡頭，遠處一定會有未知的山峰。這就是伊恩所處的現代科學世界。

量子力學很有趣，但它只是一個數據點。量子力學之外的數據點也會受到歡迎。

這是我的領悟，伊恩想，科學世界觀的基礎不同。如果西方的理性主義不能預測王朝的興衰，它又如何能夠解釋一切呢？

但這通向何方？對於他的苦學價值和畢業後的難題仍然存在。領悟可能很有趣，但它不能付生活開銷的帳單。伊恩想像著夏湖的祖輩們，也許是寺廟的居民，在許多年前遇到了西方思維模式。有著數百年記錄訊息和對天文的經驗的宮廷天文學家，被一些自稱為耶穌會教士的國外來訪新貴們所挑戰，結論是耶穌會教士的計算能力更好。這怎麼可能？一旦他們深入研究，他們就會發現完全不同的思維方式，不同的基礎和不同的邏輯。

寺廟牆上的天文學家也曾面臨著他們自己的領悟。

當時肯定有對耶穌會教士的魔法表示懷疑的人。他們的計算能力怎麼可能更厲害？但肯定也有其他人，也許像伊恩一樣，感受到了不同思維的層面，並在心中想像著，它通向何方？事實上，在接下來的幾個世紀中，耶穌會教士的魔法和它所代表的西方科學已表明了它們將

通向何處。結果就是，在夏湖及其周圍地區，客星最終變成了超新星。

對於伊恩回國後的未來提供者來說，關於他選擇在東方學習科學的道路的問題的答案是清楚明確的。學習始終是有價值的。誰能否認呢？語言和文化？當然，它們是學術。但是，作為科學事業，他方向的價值將會被邊緣化。最好的研究、最好的大學、最優秀的發明家都在西方。對他們來說，伊恩的方向最多只是有趣。

這樣的說法，我不買帳。伊恩感覺必定有一種反駁的觀點，即使他還不能找到合適的話語。

事實上，更深入的研究將顯示，歷史上已經多次證明，一個模式的提供者通常不善於對另一個的優點給出客觀評價。本輪（epicycles）**27** 擁護者不喜歡哥白尼（Copernicus）伊恩需要對價值進行自己的判斷，並確定自己的方向。來自西方模式的科學家們無法成為客觀的評判者。

---

27 本輪（epicycles）：是在天文學用來解釋月球、太陽和行星視運動的速度和方向的幾何模型；和哥白尼的日心說模型，提到太陽為宇宙的中心，二者理念不同。教會不喜歡達爾文（教會認為神造人及萬物；達爾文提出演化論，認為所有物種都是從少數共同祖先演化而來的。）

伊恩知道，像馬可斯這樣的人，沒有外國學術經驗作為參考，不能對他的方向做出客觀評價。他們只有對外國環境的膚淺理解。

車子到達了伊恩的公寓，王技術員在車門打開的聲音中醒來。

「非常感謝您，先生。今天真是相當有啟發性。」

「不客氣，伊恩。也許改天我們還有這樣的機會。」

說完，伊恩關上了車門後離開。

當他走上宿舍樓梯時伊恩決定，我會做我想做的事情，一邊思考著職業生涯，然後變得樂觀起來。他想，這不是第一次也不會是最後一次。

生活中的一天。

Chapter
15
我們變形的學術傳統

> 科學是真實的嗎？曾經堅如磐石的良知，如今它的邊緣已看出被侵蝕了一角。
>
> ——艾倫·布魯姆，《美國心靈的封閉》，1987年
>
> 以無偏見的眼光審視當今學術界：這是我們的歷史使命。
>
> ——中山茂，《中國、日本和西方的學術和科學傳統》，1974年

凡克特山（Venkatesan）教授怒了。他只能眼睜睜地看著碰撞在他面前發生。一股無法阻擋的力量正迅速的猛撞向一個不可移動的物體，他能想像到的唯一可能的結果就是他的設計完蛋了，計畫將在這個撞擊中毀了。

*我該做什麼呢？*他心裡想，向積聚的力量發出無聲的請求。

教授在北西技術大學擁有終身教職，專業是化學。他的專業領域是矽基材料的表面科學，應用於積體電路製造。矽對於他的團隊來說，如同金屬對於金屬匠。矽需要清潔、拋光、紋路或染色，根據先進化學的原則並配合積體電路製造的微型世界之需求進行操作。

他在這個領域長期的耕耘，發表過無數的論文，寫了多篇綜述文章，成為了無數論壇爭相邀約的講師，一談到矽的專業層面，凡克特山教授絕對是個搶手人物。他在科研領域的額外優勢更是在於他的個性，大家都喜歡聽他演講，他的學生更是喜歡聽他的課，他很會講好笑話，編故事更是一流，「一位物理學家、化學家和女演員被困在一個偏遠的島上一起……」

但是現在完全看不到這種愉快的氛圍。

保持冷靜。

他坐在辦公室裡，等待著電話來討論他的提議，同時思考他必須面對的各種挑戰。

引發他困擾的不可阻擋的力量和不可移動的物體是兩支法律團隊，兩群律師來自他所在的大學和來自艾斯頓的優科。他甚至不確定哪支團隊應該被歸類為不可阻擋的或是不可移動的，他們似乎根據辯論的具體觀點交換著位置。

即將發生的火花的根源是凡克特山教授的實驗室提出的研究資金建議。他的團隊準備了一個計畫，研究一些用於清潔矽表面的新化學物質。清潔矽表面是半導體界的熱門話題，而他提出的資金合作夥伴是對這個領域非常感興趣艾斯頓的優科公司。

事實上，這個提案早就不是凡克特山教授和優科的第一個研究項目，他們的合作工作關係跨越了很多代半導體技術，已經有十五年之久。他們曾共同發表論文，曾有段時間，凡克特山教授甚至作為訪問研究員在優科現場上待了六個月，他在優科的研發團隊中有熟人，優科的技術部門經理珍·居禮是他的朋友。

他的當前研究提案的構成內容甚至沒有什麼特別新穎的地方。半導體行業包括優科在內，正在啟動一個重大計畫，以突破到下一代積體電路技術。在優科這意味著超五代（Gen5.5）半導體技術。凡克特山教授和他的團隊計畫加入這一挑戰。他們剛剛完成了一個關於優科的第五代（Gen5）的項目，並提出了一個等同的下一代的挑戰，就是超五代（Gen5.5）挑戰。

教授感到第五代（Gen5）是一個臨界點。在第五代（Gen5）之後的下一步，進入了一個新的領域，是一個漫長旅程中的一步，身後的風景的標誌漸漸從視野中消失，新的景色在前方展開。他知道，對新的超五代（Gen5.5）方法的研究將肯定地跨入單一原子的尺度。他研究的化學領域經常遊走在原子層面，但最終，他可以將所有的原子集合起來，統合地將它們視為一個表面，一個

單一的物件。但這不再是恰當的觀點。他所處理的對象現在必須被視為單一事物的集合體，每單一原子都要分開考慮，這個問題類似於將數字圖片放大到像素替代了顏色的程度。教授的世界已經從處置照片轉變為組織像素本身。

對於他來說作為一個科學家，重新塑造他的行業，成為一個由微小原子組成的管弦樂團的指揮不是問題。然而，諷刺的是，實際上，這是一個艱巨的挑戰。隨著跨越第五代（Gen5）進入微小原子層面，凡克特山教授也感覺到自己平行跨入了一種他只能形容為「大」的領域。最後一躍到了一個長期以來一直朝他逼近的世界，一個明顯地更加複雜競爭的世界。這是一個「大」議程、「大」事件的世界。有許多的「大」人物和「大」項目。

問題就在這裡，雖然操縱原子的想法讓他興奮不已，但凡克特山教授知道，以他的性格，與不斷壯大的「大」世界相比，他不是大事件的仲裁者，他是微不足道的。事實上，他非常滿意自己相對的「小」環境；他喜歡自己實驗室的寧靜；他喜歡他的學生；他喜歡在與他相處了三十年的同事在安靜的角落裡交流技術問題，交換朋友和家人的故事；他喜歡人們覺得他很迷人而不是偉「大」。

但是這不再是世界需要的他。大學現在有了新的特色，新的角色。新的角色需要「大」。

我腳下世界正在變化。

「在全球知識經濟中，我們需要一種新的方法。」這是給他解釋周圍變化的理由，新啟發的根本原因和對「大」的追求。知識經濟－－這是他的新對手。

「知識經濟要求我們進行長期規畫，建立長期合作夥伴關係，」大學的行銷長最近在教職員工會上說。「我們必須為大學創建一個顯示我們掌握自己命運的人設，我們必須證明我們正在與產業和更大的社會協同管理發現過程。」

他記得當時想著，哪來那麼多的「必須」，我還以為我是那個負責發現過程的人？一個伴隨「大」的關鍵啟發是，確實有一個發現的過程而且它應該被管理。大學的立場發生了微妙的變化，面對科學奧祕的隱含部分，發現不再僅僅是一種結果，而是一種某種構造的一部分，一種立場。在「大」的世界中，立場至關重要，大學必須建立一個形象。

有了對科學角色的新認識，管理力量落到凡克特山教授身上，以確保發現的不可預測和自發性方面不會損害「掌控命運」的使命。如果錯過了一些提升人設的機會怎麼辦？那看起來會變成如何？當然最好透過積極管理過程來提前解決這個問題。

對凡克特山教授來說結果就是，發現可以繼續進行但必須受控制的一個新世界。

對於行銷長和新議程的倡導者來說，這是一種直白的計算方式，一個無畏的新世界就擺眼前，學術機構必須挺身而出，大學只是學習鏈中的一個匿名環節，把凡克特山教授和「為科學而科學」看作在世上有著某種注定的角色，這是一種「老思維」。在輿論民主的社會中，邊界條件（boundary conditions）[28]已經改變，學術傳統不再有內在價值的基準線，也不再具有來自舊世界的，讓我們在面對神祕智慧之前保持謙卑自然而生的那種可信度。

在現代的競爭中，大學必須建立和捍衛一個角色。還能有其他方法嗎？這是在機構層面上為個人制定的規則，在相同的邊界條件下工作，這是競賽規定，最後留下來的智慧是「市場智慧」。心態早已改變，重要的是從外部的觀點，立場的聲望至關重要。對人們和機構來說共識的社會契約都是「我看起來怎麼樣？」以市場為仲裁決者，不允許其他仲裁者。每個人，包括大學在內，都需要忙於磨練他們的人設。

對於大學來說，這意味著執行「大」的議程。不幸的是，對於教授來說，行銷長等人在市場智慧的運作下，有更好的本領。教授被困在他的「小」世界中。行銷官、管理者和律師們必須幫助他，必須提供父權管理，以使他的工作

---

[28] 邊界條件（boundary conditions）：決策的結果必須能夠達成當初設定的目的，決策才有效益。邊界條件設定得愈精確、愈清楚，這個決策就愈可能達到效果，也愈可能達成當初所設定的目標。

符合大學的角色。對於優科的眼前問題，父權管理意味著需要在聯合工作合約進行一些調整。優科的反對只是一種成長的痛苦，時間過去會得到解決的。

與此同時，教授的科學將必須與新議程保持一致，淡淡的退到模糊化，或者找到其他方式。

- ● — — — — — — ● -

教授坐在辦公桌前，過了一會，不再考慮碰撞的事，而是專注於某個艱難晦澀的化學問題。此時他的電話響了。

是大學的技術轉讓移辦公室（Technology Transfer Office；TTO）的保羅・約平（Paul Jopin）打來的。「您好，教授。我正在跟進您關於合約談判進展的電子郵件。」

教授對技術轉讓辦公室有自己的想法，這個單位完全是在做浪費時間之類的東西。他又一次變得憤世嫉俗，但無論如何，保羅只是團隊中新職員，在他面前表現出刁難是沒有意義的。如果他要發火，他最好還是留著給技術轉移辦公室的主任。

「凡克特山教授，我們理解您的擔憂，但出於大學的利益，我們真的需要對這個的管理設定一個新的基準。」保羅在他的長篇大論中所說的「這個」是指凡克特山教授的研究提案，更廣泛地說，是大學向優科提出的新工作方式。

「讓我們看看優科對我們最新提案的回應，」保羅繼續說道，「這個提案相當合理，也非常符合整個國家的其他機構正在進行的工作。」

隨著話題轉向戰略夥伴關係和「克服文化差異」的努力，凡克特山教授的注意力開始游離。

「謝謝你保羅，我非常感謝你的參與，」凡克特山教授在結束通話時說。他試圖保持積極。「你知道我的擔憂，目前尚不清楚如果優科放棄該提案的話，我們會有什麼選擇。」

一場毫無意義的對話。

至少嘗試一下也會讓他感覺好些。他就像是一隻被沖上岸的魚，在放棄之前，試著在乾地上翻動幾下，試圖找到水，也許他的命運不是游在優科的超五代（Gen5.5）水塘裡。

凡特克山教授很了解優科，他認識優科的決策者。對於當前討論的話題，優科的研發副總裁泰勒・韋斯伍德（Taylor Westwood）會做出最終決定。在合約的主要議題上，教授知道泰勒不會讓步。泰勒是老派的，不喜歡「大」的概念，如果他真的理解了的話。

在切除所有關於策略參與，長期合作夥伴關係和產學研究基礎的談話後，合約的核心問題是智慧產權的所有權。與優科合作時，如果凡克特山教授和他的團隊發明了一些新東西，誰將擁有它？擁有權意味著商業化的權利，這可能

是一筆大交易。無論是誰擁有這個發明，都可以將其轉化為一項生意，或者授權其他人做同樣的事情。

到底什麼改變了？這個好教授想到過去的事。他在大學研究了三十年，開始時幾乎從不討論智慧產權的問題。我猜我們在早期沒有發明任何東西。他笑了。

凡克特山教授在早年進行了一些突破性工作，開發了用於衛星的高效太陽能電池。事實上，他當時發表的論文為他後來的研究和在該領域建立聲譽做出了重要貢獻，更不用說幫助許多衛星在軌道上快速運行時為其電腦系統提供動力。

我們現在更具創業精神。他前往學校餐廳買杯咖啡時在心裡想著，如果他不能把自己扔回去水裡，那麼至少一點咖啡因可以有更高的容忍度來適應乾燥的陸地。人必須適應。

在穿過走廊時，他看到了一張宣傳即將舉行的研討會的海報，「企業家的本質」，由新設立的創新辦公室主辦。

他嘆了口氣。*創新辦公室？毫無疑問，與技術轉讓辦公室和營銷長辦公室位於同一棟樓裡。*

必須承認，一些備受矚目的初創公司是由大學的發明和發明家創立的。由學生或教職員工創辦的新公司把在大學內部醞釀的想法商業化，從而取得了巨大的成功。有了讚

譽，更不用說財務回報了。試問有哪家大學不想加入這波一浪潮呢？

現在，大學積極尋找初創公司的創建者，成立「創新辦公室」或「創業中心」，並配上了社交媒體頁面，提供現代化的公開展示基礎設施，它漸漸變成一種自我實現的預言。

海報對老年人來說也不錯，教授笑了笑，比起在社交媒體頁面上按「讚」，像我這樣的老年人可以用筆勾選「喜歡」。

管理這個追求「大」的發現過程，需要不斷挑戰舊思維方式，發現的焦點曾經僅限於研究生，而現在知識經濟需要更廣泛的覆蓋範圍。也要在本科生中尋找，就像職業體育的球探一樣，盡早發現人才，好好使用！名譽和財富只差一步之遙。想像一下，上帝保佑這樣一個的大好事件在學術殿堂中沒被發現？這是對大學的損失！而且不公平！那個可以留給簡單的命運操弄的時代已經過去，那個只是純粹的科學的時代也已經過去了。

新策略是新的、被管理議程的一部分。

大學需要建立及捍衛一個自我的角色。

我必須知道我的位置。

他到學生餐廳，買了杯咖啡，坐了下來。

「可以跟您談談嗎？凡克特山教授？」是史蒂夫・葉，一名來自夏湖藝術與科技學院的訪問研究生。與夏湖學院的關係是教授的一個亮點。最初是由優科推動的，這種合作關係發展成了幾個聯合研究項目。史蒂夫的訪問是其中的一部分。

「請坐。今天如何？」

史蒂夫坐了下來。「我還好，再次謝謝您讓我進入您的研究計畫，我很喜歡這裡，而且你們有很多優秀的設備，我認為這些互動對學院真的很有益處，希望您也這樣想。」

「當然，這有很多互惠互利的地方。順便問一下，伊恩最近怎麼樣？我已經有一年多沒有見到他了，我猜他已經開始考慮畢業後的事情了。」教授曾多次在訪問夏湖時見過伊恩。

「是的，雖然我認為他還沒有決定。他收到了一些當地公司的工作邀請，但仍在考慮中。」

「你呢？你也快畢業了吧！」

「是的，沒錯。我爸爸催著我加入附近地區的一個公司，那家公司正在研究一些新的存儲技術，主持這個項目的是我爸爸的同學，順便說一下，你也許想見見他，他叫翁信義，他似乎對基礎研究非常感興趣。他正在與我們學院合作且看起來相當積極。」

「謝謝。既然你提到了,我會給學院發封郵件查詢一下。」

可考慮另一種選擇。

●───────●

「不,如果我們資助這項研究的話就不行!」泰勒怒吼,再次露出他臭名昭著的氣呼呼的表情。珍正在泰勒的辦公室裡討論凡克特山教授的研究提案。「這是我的最後回答,如果他們不喜歡,那好,這是他們的損失,不是我們的損失。」

珍是優科中凡克特山教授的擁護者,正在努力爭取泰勒對合約中引起最多麻煩的一行的批准。碰撞的根源,實際上很簡單,就是一件小事情。

新的規則引起了優科和凡克特山的大學之間的騷動。過去的合約規則相對簡單。優科的立場是,這項工作是由優科提供資金,專注於解決優科所同意的技術問題。因此,優科應該擁有智慧產權,更具體地說,優科將擁有優先購買權,如果優科想要這個智慧產權,它就屬於他們,如果優科決定這個智慧產權不是優先項目,那麼大學有擁有權,可以繼續進行商業化出售,或者保留到未來的某一天。無論如何,所提出的架構都將由優科牢牢掌控在手中。

但是時代已經改變了。

「別這麼快，」大學表示。「這次跟之前比起來是有細微差別的。在我們的人明顯採取主動的情況下，我們需要保留所有權，這是我們的價值。」

但如何定義主動性呢？什麼時候它明顯屬於大學？爭論很快陷入了狡辯之中，而泰勒對此毫無耐心。對泰勒來說，這件事已經結束了，沒門兒。

大學也需要堅守立場，行政人員知道自己的工作，專注於解決。失去一些研究資金要比在某一點上退讓要好。泰勒和教授同樣堅定。他們認為大學是鏈條中的一個環節，價值來自作為一個環節的角色，無需再證明什麼。商業化技術是泰勒的工作，他在競賽中的角色；新構想和基礎研究是教授的工作。

大學知道以環節做比喻已經不再適用，在新世界中，大學不再是一個環節，而是市場中的一個角色，需要相應地保護自己。

● — — — — — — — ●

一個星期後，凡克特山教授坐在辦公室裡，看著一篇篇的研究論文。

他看到技術轉讓辦公室的會議安排在他的行事曆中彈出。*我知道為什麼。*

珍已經打電話給他，談到她和泰勒的會議。研究提案已經死了，只需要跟技術轉讓辦公室來個會議就可以正式埋葬。有禮貌的解釋和一些道歉的暗示，甚至可能表達出仍然可能有一些希望可以解決。也許可以提出一個更小促進雙方聯結合作的研究項目？

他們只是在執行自己的工作。凡特克山教授的氣已經消了，他接受了現實，作為一個優秀的學者，他擅長於診斷自我的精神狀態。我需要透過接受，然後轉向下一步。他笑了笑。「我該怎麼辦呢？」的階段。

這是一個新世界，他必須學會在其中生活。簡單的學術傳統可信度不再掌控一切，教授的科學必須找到另一種方式。

即使在新的限制內，還是有前進的跡象。技術轉讓辦公室正在進行其他能夠為大學帶來資源的合約，這些合約符合「展現我們掌控自己的命運」的考驗。

也許我可以在這些合約中偷偷地加入一些東西。

儘管有新的規則，總是有一個後門，另一種方式。外國機構並不受相同的約束，可以建立合作關係並獲取資源。

凡特克山教授仍然充滿希望，他對自己微笑。與夏湖學院的關係充滿活力並不斷強化。他們甚至制定了一個計畫，教授可以使用夏湖的超級計算資源。成本低且容量充足。

不過，局勢已經改變。我應該很快退休，讓那些更了解它的人接手。教授歎了口氣，讓肩膀稍微下垂些，就一點點。

新的限制結果對他來說並不清楚。實際上，他的一些「創意能量」將花在其他地方。第五代（Gen5）之後的研究將在優科進行。教授現在就是一個較少的貢獻者，大學已經決定，他的科學方式需要做出一些調整，不幸的是，這意味著一路上需要做出一些犧牲。

我們是否放棄太多？

與行政人員的爭吵、地盤爭奪戰、自尊心的競爭，這些在任何機構中都是現實，大學總是有其公平的分內額度，但是現在的不和與比賽的方式已經變味，基本假設發生了一種危險變化，當普遍理解認為科學現在應該被管理時，對於科學事業意味著什麼？神祕感消失了，隨著智慧一起被拋棄，只剩下了商業流程掌控。比賽和爭吵的焦點在於實踐「大」目標流程的效率。

大學作為科學發展鏈條中的一個環節只在有更大的敵人存在時才有意義。那個敵人就是神祕，無論以何種形式存在，科學將透過揭示秘密來挑戰神祕，但是神祕的共同敵人定義了該機構的角色。對神祕的謙遜不再被認定為一種職業，正如大眾的新思維所決定的，管理力量必須接管並在角色市場中占有一席之地。

科學意指什麼？科學問題仍然存在。迄今為止未知的真相仍然會被揭示出來。揭密需要什麼樣的能量？我會繼續向前走。但他知道，一些活力已經喪失。

教授仍然是教授，他仍然有自己的想法。但以前的能量共同體現在已經分散了，這意味著他只能靠自己了，建立大想法的舊根基已經不復存在，沒有共同的敵人，只有共同的商業流程。的確，超五代（Gen5.5）是教授對轉變成一個新現實的隱喻，他的科學正在走向新的方向。

別想太多了。

無論如何，教授需要處理一封電子郵件。他花了時間聯繫了史蒂夫建議的翁信義，並且令教授高興的是很快就得到翁信義的回應了。

也許那裡有另一個機會。他坐直了身子，開始打字。

他別無選擇，對於大學的「大」議程，優科的這塊正在枯竭。

Chapter

16

發明的不變性

立場的聲望開始決定我們可以
接受什麼樣的現實。

——查爾斯‧泰勒，
《世俗時代》，2007年

梅向左走，羅傑向右走，那是多年
前對他們狀況的最佳描述，他們兩
人都有機會留在優科，轉而擔任新
職位。但作為夫妻，選擇不同的方
向似乎是減少風險的最佳選擇，特
別是當腳下的板塊似乎在晃動的時
候；當時優科正在將製造業外包，
誰知道未來還可能發生什麼？在他
們長時間的工程師生涯中，梅專注
的方面是工程設備，而羅傑專注於
製造流程。如果比喻成烹飪界，梅
是管理廚房，而羅傑則是創造食
譜。無論如何，由於新經濟的力量
決定製造業最好在別處進行，這兩

個工作都變得過時了，他們的職業正在遷移，他們需要新的家園、新的工作場所。

優科為他們提供了轉職機會，梅將轉移到供應鏈部門，羅傑則獲得了研究小組的職位。這兩個機會都不錯，選擇的十字路口提供討論和思考的時機。優科是一個很好的工作場所，但製造業的轉移是一個訊息。未來並不能完全確定，把所有的雞蛋都放在優科的籃子裡可能不見得明智。他們還有孩子要撫養。

「我覺得我們其中一個需要考慮離開。」是梅先提出的。

羅傑是一個願意傾聽的好聽眾。「我也在考慮同樣的事情。」實際上，他已經對外部機會考慮一段時間了。

最終他們制定好了計畫，羅傑離開，梅留下。這個答案對兩人來說是正確的，A型人格的梅喜歡優科，並且適合供應鏈部門；好奇心大的羅傑看到了能用到他的技能的其他方式，提議轉移到研發部門非常適合他的性格，但其實他還有其他發展的想法，就是離開優科大門。

因此，重新為自己定位的思考繼續進行。

羅傑確實是打算進入技術發展領域，但他期待把自己多年的經驗應用於不同的方向。

「我知道我的技能，」他向梅解釋。「我知道自己擅長什麼，我打算嘗試原型工程設計（prototyping）**29**，專注於創建智慧產權，這個我在行。」

羅傑是一個愛動手的人，他擁有很少人才有的天賦，在適當的工具輔助下，他會全神貫注並堅持改進完善，直至找到問題的解決方案，問題愈複雜愈具冒險性，他愈開心。在優科，這意味著接受產出一個新材料或高級清潔流程的製程配方（process recipe）**30**，並按需求修改內容，調整氣體流量和溫度，也許更改一些閥門或軟管，使一切達到完美。最終，他將製程配方調整到一個新的完美水準，使得晶片製造工作現場將變得稍微更好一些。

羅傑的計畫是重新進到他的發明方向。

「與一些人共同籌措一些錢，我們可以獲得一些低成本空間來做原型工程設計，我打算專注於過濾技術。我可以從不同的地方收集零碎的東西並將它們組合在一起，一定會成功的！」

---

29 原型設計（Prototype）：是指某種新技術在投入量產之前的所作的模型，用以檢測產品素質，保障正常運行。在電子技術、機械工程、車輛工程、航空工程及建築工程等方面廣泛運用，實驗產品相應地被稱為樣機、樣車等。廣義上來講，透過計算機模擬技術也可以實現這一目的。

30 製程配方（process recipe）：定義了生產線上的設備所使用的機器設置，以一致的方式處理材料並生產產品或子組件。它是生產過程的重要組成部分。

梅是一個實際的人,對此保持較少的熱情。剛開始工作時的現金流(cash flow)[31]怎麼辦?儘管如此,計畫仍在進行,羅傑將他的技能投入到了新的世界中。

那麼,新世界到底是什麼?技術開發無疑是描述該計畫的一種方式,但更正式的商業術語是「智慧產權貨幣化」。羅傑將開發技術,以創建專利,統稱為智慧產權(IP)。這些智慧產權將會帶來收益。

從智慧產權中賺錢絕對不是什麼新鮮事。錢和專利一直是工業中的靈魂伴侶,公司透過申請專利來保護他們的投資,並要求其他公司支付專利使用費,一旦有爭端,訴訟就隨之而來。有了專利,錢就會從各個方向流過來。

但新的正式制度正在發揮作用。商界人士為智慧產權的資金流動創建了新的渠道,一種賺錢的藝術。新智慧謀略加上商業傑作將智慧財產權從舊傳統中拉出來,帶入一個注重充分認識發明價值的新世界。羅傑打算跟上這股新浪潮。

「我跟幾家智慧產權公司有聯繫,其中一家是由從優科出來的人經營的,」羅傑向梅解釋。「我已經與他們談過了,他們會跟我簽約,如果我答應給他們在接下來的三年內優先購買我們建立的任何智慧產權的權利。我感到很興奮!」

---

[31] 現金流(cash flow):是指一定時間內,持續、穩定的現金流入與流出。

羅傑提到的智慧產權公司是易知公司（Epic Knowledge），也位於艾斯頓。執行長唐尼‧麥扎特（Donny Makzat）十年前離開了優科，並創立了易知（Epic）。他是早期的有遠見者之一，也是科技業中發現新的管理發明領域機會的人。

唐尼和其他人在這項商業中看到了什麼？

較舊的智慧產權傳統認為，發明者也是生產者，申請專利只是通向將某些產品或服務交付到市場上的一個步驟，焦點放在了產品上，專利非常重要，絕對如此。但它們是一個產物，是發現過程的結果，最終目標是造出某物，並且專利將與整個產物綁定在一起。

一直以來都有發明家，出於各種原因，從未將發明帶到市場。也許他們沒有足夠的資金來增大發展，也許他們缺少完成產品所需的關鍵部分，或者他們只是想從一個好主意中賺點錢，專利脫離任何產品或服務而獨立成為金錢收入的方式並不新奇。

但是這種舊的傳統，對賦予發明和相關智慧產權的立場正在演變。現在，智慧產權已經成為一種正式的貨幣，從「我擁有這個」的意義上來說，成為了可以觸及的東西。智慧產權將不再是開發過程的任意結果，也不再是製造企業牆壁上的一塊磚塊，而是一個產品本身。作為一個產品，它將擁有自己獨立的市場，獨立於可能與之相關聯的商品和服務市場之外。將會有買家和賣家，授權方和被授權方，智慧產權可以轉化為像抵押債務之類的投資工具。資金將在智慧產權的獨立市場中流動，就像在任何其他市場中一樣。

事實上，正如唐尼和易知所展示的那樣，可以將市場的完整營銷策略，都投入到作為產品的智慧產權中。對現代發現過程的理解，新方法是合乎邏輯的延伸。發現不再是對未知的無限追求，它具有懸念和冒險的內在價值，如果發現有價值，那麼應該在市場的眼中證明這一點，一旦證明了價值，就可以管理價值。將智慧產權從發現中獨立出來，只是價值增值過程的一部分，在這當中給予智慧產權巨大的可信度，就不辜負世界上像唐尼和羅傑這樣的人想出的這個好點子。

事實上，發明擁有新的聲望，這決定了一個新的現實。這就是羅傑的計畫，筆直的站在新的立場上。

羅傑全身心地投入了這個競賽。他的改進發明有了出口，一個有報酬的出口。

● — — — — — ●

現在，三年後，羅傑和梅已經投入了大量的精力，情況對他們來說正在好轉。梅正在認真成為供應鏈專家，從新的角度處理製造業的潮起潮落。羅傑比他想像的忙碌。智慧產權的工作進展順利。

「我喜歡奈米薄膜技術，而且易知也認為它會有價值，」羅傑在一個晚上的晚餐上告訴梅。「它有各種過濾應用，包括一些在半導體領域，易知說甚至可能有機會與優科討論授權。那將會很諷刺。」

「好的，羅傑，你說什麼都行。」梅帶著輕微的嘲笑說。在這個冒險的孵化期間，她喜歡不時戳戳他的銳氣，但漸漸地不再擔心現金流問題，因為羅傑已經成功地進行了相當多的顧問工作，甚至出售了他的第一個智慧產權。這份工作支付了他們外出享受昂貴的晚餐。

事實上，羅傑與易知的合作雙方都進展順利，唐尼找到了多種使用羅傑技能的方式。

唐尼幾年前告訴羅傑，他決定進入新記憶晶片技術的業務，當然是智慧產權方面的業務。這個話題引起了廣泛關注，因為未來的手機和電腦將需要新的晶片，唐尼的想法是使易知處於一個強勢地位，以便當市場起飛時，他們已經準備好。

易知透過之前的交易，已經擁有一個新記憶晶片的核心智慧產權的基礎。唐尼的計畫是聘請一些專家來編寫額外的專利，並尋找要購買的專利。世界各地的研究企業，其中一些像易知一樣專注於智慧產權，都在研究新的記憶晶片技術，智慧產權將以適當的價格提供。唐尼正在進行交易，並請有專業知識的羅傑來幫助評估他購買的品質，羅傑可以幫助淘汰較弱的智慧產權。

事實上，在此過程中，羅傑找到了更多的幫助方式。透過優科的關係，他意外地找到了一條新的連結，就是翁信義，這可能是唐尼從他的設計中獲得回報的一個途徑，因為翁信義正在進行新的記憶技術的項目，而且在尋找這方面的智慧產權。

羅傑跟進這條線，為確保關係而打了電話，並把唐尼介紹給翁信義，翁信義似乎對這個議題的討論相當感興趣，計畫不久之後來拜訪易知。翁信義的同事，華基的西蒙・洪也將一同前來。之後就有了一個羅傑、唐尼、西蒙和翁信義四人的晚餐安排。

幾個星期後，在排定的晚餐見面會上，羅傑看著唐尼進行銷售講解。「我們的一些核心智慧產權來自優科。幾年前，當他們決定停止開發新的記憶晶片時，我們從他們那裡購得了這些智慧產權。自那以後，我們透過各種方式加強了這一組合。如果你要進入新的記憶晶片領域，我們這裡有一個非常出色的智慧產權組合，可以使你進入智慧產權的優越位置。」羅傑感覺到唐尼和翁信義挺合拍的。

另一方面，翁信義的同事西蒙似乎對整件事情相當冷淡。西蒙參加晚餐只是為了促成他們的相互認識，明顯地對購買智慧產權的討論並沒有看到相同的價值。

羅傑很確定，*無論如何翁信義才是關鍵人物。*

唐尼很興奮，這讓羅傑也很興奮。對羅傑來說，又多了一個途徑來在智慧產權市場上推銷他的產品。

●　—　—　—　—　—　●

「我們透過當地一家從事奈米材料的研究實驗室製作了一些超級細小的原型，他們專門從事外加工工作。」又是一個日子，羅傑正在向伊拉・帕頓（Ira Patton）解釋他的工作，伊拉是他合作的律師夥伴，將幫助讓他的發明轉化為

合法形式，就是申請專利。與翁信義的生意往來已經進展到談判階段，使羅傑能夠重新專注於他的奈米薄膜工作。「我們自己做了過濾測試，」羅傑說。「我們能夠獲得一些測試溶液，將其流經薄膜，進行前後分析。」

在優科工作期間，羅傑積累了在液體過濾方面的專業知識，主要是水，但也包括化學品。他的奈米薄膜設計使用新材料進行過濾，羅傑能夠將通過這個奈米薄膜的髒汙液體變得潔淨。

這是一個明智的選擇，充滿了值得發明的目標，羅傑是做這件事的人。改進的過濾技術有需求，因為高科技工業需要愈來愈純淨的水和化學品，以及愈來愈好的過濾系統來處理製造過程中產生的液體排放物，世界需要優秀的過濾技術。

作為奈米材料的一類，奈米薄膜在羅傑尋找財富的過程中，受益於兩個巨大的優勢。首先，正如前綴「奈米」所示，他以超細材料為起點，建立在奈米尺度的規模上，這意指原子的尺度，精細過濾不太可能達到比這更細。其次，奈米技術是一個熱門話題，奈米技術－－包括奈米粒子、奈米管線、奈米薄膜、奈米膠片和各種奈米事物，都成為科技發展的新興領域。如果羅傑打算做一些要出售的東西，最好選擇一個具有活力的市場。

不過，問題存在執行面。如何執行自己的發明工作？與同事一起，羅傑可以獲得一個小型實驗室，即「乾淨」的設施。羅傑正在告訴伊拉一些最近的工作，他如何測試他的薄膜，將準備好的溶液通過過濾來確認他可以將髒水變成潔淨水。

羅傑繼續向伊拉解釋，「關鍵在確定正確的流速、薄膜厚度和滲透性。」「有了正確組合，我們可以展示一些相當不錯的結果。當然，我們也必須要求奈米材料的專家進行一些不同的操作。」他解嘲似的笑了笑，確定適當的材料的種類也需要一些技巧。

確定正確的組合條件是羅傑專業知識發揮作用的地方。如何充分發揮羅傑的改進技巧，組裝經濟高效和能夠滿足功能的設備？這是羅傑的功夫，重新發揮。

羅傑實驗室工作的目標是「實際應用」。一項專利如果沒有一個明確定義的方法來實現這個想法，那麼它就不是一個專利，必須展示某一種實際做這件事的方法。羅傑的原型實驗將透過實驗性地展示一種方法來達成實際應用。

當然，實際應用有各種不同的層次。羅傑的目標是展示「實驗室樣機」，即小規模示範，而不是可以進行現場測試的東西，距離最終的大規模製造步驟還有很長的路要走。透過實驗室樣機本身可以獲得很多價值。這是他在生態系統中的利基市場（niche）[32]。大規模的實際應用和相關事情就是其他人的工作了。

一旦羅傑的樣機測試獲得令人滿意的結果，下一步將是由律師伊拉展示他的技能。伊拉也是某種程度上的行家，將羅傑的發明建立正式法律紀錄，就是「專利」。「專利」

作為正式文件，它遵循一個規定的格式，但仍然需要專業能力來正確建構內容，包括描述，具有圖紙的完整操作說明以及最後的索賠清單等，一系列法律專用措辭，建築起語言之牆來包圍著發明。

在專利的主體內，索賠是關鍵。一個簡化版本可能會這樣寫：我聲稱我將執行甲，然後乙，然後是丙。如果有關發明出現任何爭議，爭議的焦點將圍繞著索賠語言所築起的牆壁是否能被突破。某人不應該在未經許可或未支付權利金的情況下執行甲，然後乙，然後丙。此外，伊拉將盡一切努力確保索賠是盡可能的更大範圍。例如，他可能會添加一個索賠條款說明某些情況下，我將執行甲，然後丙，然後乙，以防萬一。堅固實在的索賠條件的建立是伊拉的核心貢獻。

專利一直都很沉悶和無聊，但，無論如何，它的功能是發明的紀錄。撰寫專利是必要的工作，隨著智慧產權市場的正式化，專利生態系統本身已經開始蓬勃發展成為一個更高技巧的場域，而這行中佼佼者們也不斷的將技能和方法精益求精。

撰寫專利成為一種藝術，使得索賠語言可以涵蓋更多、更廣的侵權行為，像一個延伸出去的網，希望捕獲更多的魚。維護專利也成為了一種藝術，以便專利的壽命可以延長超出規定的限制，隨著時間的經過網需要進行修復，甚至有一種專門為專利而發明藝術，有點像羅傑在做的。事實上，這個生態系統正在以多樣性的方面蓬勃發展。

從概念上來說，羅傑和伊拉正在做的工作並不有別於過去。新的是他們面前的機會，可以專注和完善已經成為新市場的技能。他們兩人完全在現代發明的維度內運作。

現在，三年過去了，由於他們的共同努力，羅傑和伊拉已經開發了一系列產品組合。現在是時候去看如何將這個組合轉化為金錢了，所以輪到唐尼在這個競賽中展示他的技能了。

● — — — — — — ●

唐尼示意羅傑坐下，他正在打電話。他在掛斷電話前說：「謝謝你花時間聽我說明，並請代我問候翁信義」，對方是翁信義團隊的律師。在他們的團體晚餐之後，翁信義決定購買唐尼的產品組合，談判進展順利，輪到翁信義的律師進入艱難的討價還價階段，但隱約已經能看到終點了。

唐尼從他的桌子上拿起一個文件夾，然後轉向羅傑。「這是不錯的材料。」文件夾裡包含了羅傑奈米薄膜的作品組合。「我們這個領域的專家們喜歡你做的事情，也對未來的索賠結構有一些建議，可能甚至有一些擴大覆蓋範圍的附加批註。」作為專家，唐尼提出了擴展專利的方式，以覆蓋發明可能被應用的更廣泛的方法。網中可捕獲更多的魚。

唐尼的審查是羅傑企業的下一步。唐尼需要決定易知是否會購買或獲得羅傑專利的許可？它們是否足夠好？可以符合易知的計畫？

到目前為止一切順利，羅傑心想。

對羅傑來說，將他的產品組合出售給易知，當然是他一直以來的打算。原因很簡單，發明是一回事，但在將它貨幣化的過程中需要完全不同且新的技能。

成功的貨幣化不過多依賴發明本身，而是更依賴於發明的語言。唐尼和易知專注於索賠範圍，試圖評估他們的價值，然後制定提取價值的策略。這是他們對競賽的貢獻。

這可能是一個複雜的任務，這個充滿活力的生態系統正在穩步變得更加活躍。不僅在國內，而且在世界各地的司法管轄區申請了數以千計的專利，因此存在許多相互競爭的語言，此外，似乎是為了應對對詞語的爭論，專利正在逐漸增加更多的語言。索賠中有更多的詞語，以及對同一核心思想的重述版本也更多。解開所有語言以確定誰在何時發明了什麼，這可能會成為一個相當模糊的過程，通常會陷入對解釋的無休止的爭論循環中。

這種迷霧會對易知有利。長時間的訴訟戰爭來消除霧氣是昂貴的，公司通常寧願透過相互授權協議來解決，而不是冒著在沒有明確結果的情況下，花大錢進行長時間的法律鬥爭；或者他們可能會透過購買來增強專利，作為「籌碼多者就贏」策略的一部分。不管怎樣，易知的產品組合都會在這場鬥爭中有所幫助。易知就在那裡提供服務。

以羅傑為例，易知更傾向於將他的專利捆綁在其他相關的專利中，創造一個用於許可或出售的智慧財產權套裝。

唐尼繼續從索賠往下說，「我們需要找到另一個翁信義」，唐尼希望找到一個版本的翁信義，他將購買新創出來的智慧財產權套裝。「你最近從優科那裡聽到了什麼？你認為那個路行得通，可以往下追嗎？」

「是的，我認為有可能，」羅傑說。「我從朋友那裡聽說，他們的下一代縮小技術需要新的清潔技術，這會需要用到新的過濾技術，我再次核實一下。」

不管結果如何，是優科還是其他，都需要動用易知的資源和經驗，易知要進行爭取，從羅傑的代表作品中提取價值，從發明中提取價值。

羅傑知道他不是那個人。他將轉向下一個目標。

● — — — — — — — ●

「幾個星期前，我聽到羅傑・特納（Roger Turner）的消息。」珍正在與馬可斯每週一次的會議中交談。「他深處於他的智慧產權艱苦策略中，還似乎很享受。他正在與易知合作，我想他很快就會帶著他的東西來找我們，我猜他有更多的力量了。」馬可斯說「是的，他已經變成了一個徹頭徹尾的專利蟑螂（patent troll）」 **33**。珍無法分享馬可斯對羅傑的消遣，她感到不舒服。

---

33 專利蟑螂（patent troll）：又稱專利流氓，用於形容一些積極發動專利侵權訴訟以獲取賠償，卻從沒生產其專利產品的個人或公司。

她不能確切地指出為什麼，她的不安感超越了對專利蟑螂的稱號。她也不特別擔心羅傑的發明產品組合，珍相當確定是垃圾。

我會把他踩扁，就像捏死一隻蟲一樣，她想。

不，這不僅僅是一個專利流氓在兜售他的商品。珍有更深層次的不安。唐尼和羅傑的經營方式可能會被一些人譴責，但毫無疑問的是行為的聲望和發明的聲望，就像發明穩坐在某個卓越的高峰，發明內容是什麼並不重要，可以完全是荒謬的。但發明對於工業已經變得與大學校園的目的一樣重要。

這是一種侮辱。我為什麼還要處理這個？

「別擔心，珍。如果羅傑來找麻煩，我們會把他踩扁，就像捏死一隻蟲一樣。」珍微笑著表示同意。

「我期待著這場鬥爭，」馬可斯繼續說。「我認為我們的法律人員會準備好，會好好的與羅傑和唐尼這幫人周旋。」

珍知道，馬可斯所說的壓扁不是原則問題，而是競爭問題，他的自尊心喜歡這場鬥爭。無論如何，馬可斯以及大多數其他人，都充分的尊重著發明的聲望。發明在科學傳統的頂峰上占據了一個不容置疑的地位。發明和智慧產權與珍和她的科學並肩，獲得了同樣的莊嚴尊重。即使是羅傑的發明代表產品組合，不管它可能包含什麼，也都獲得了頂峰的地位，也許不是在最頂尖，但至少懸在附屬懸崖上。頂峰確實在視線範圍內。

即使它沒有用……

發明的絕對威望具有更廣泛的意義。就像我們遠離製造業一樣，珍帶著一些心痛確定了這個感受，珍在發明方面的工作曾經與製造東西相關。不再如此了，她現在是原型企業的一部分。

事實上，現在許多公司正在發明原型，然後在其他地方尋找製造。這些原型中的大多數超越羅傑的實驗樣機版本，無論如何，只是原型，市場認為原型的價值在於其專利，而不在於其製造。本來可以為製造業提供資金的資本市場，透過將資金引到不斷發展的智慧財產權生態系統，來強化這新方法自身。

發明的聲望在管理發現的新世界中是合理的。被管理的發現認為發明可以與發現過程分開，並相應地賦予價值。不擔心發現和科學會產生更高的價值，而這些價值可能會有所不同。例如，在科學或公共利益面前，沒有任何智慧可以任意貶低發明。不，一切都是市場規則，而市場了解發明處於頂峰，與科學的神聖頂峰共享。在這種情況下，當然是受到管理的科學。

發明的聲望及其智慧財產權早已作為一項經營方式，對於唐尼和羅傑和企業來說，這種新的現實已經制定好了。企業可以安心的離開製造業，唐尼和羅傑可以將智慧產權視為全職職業。有效性的黃金包裝智慧產權做到了這一點。此外，參與智慧產權的個人和機構企業會獲

得社會的讚譽及價值，包括馬可斯在內。事實上，人設市場喜歡智慧產權所給予的新的尊重。這是一種低風險的方式，看起來不錯。

科學發明的聲望所做的確切事情可能沒有那麼容易理解。珍只能表達出一種不安，這說明了人們對科學具有更高使命的某些模糊觀點存在著疑慮。

不管怎麼說，新的觀點已經踏踏實實地發揮了作用。科學可能仍然具有更高的使命，但對於珍來說，科學的底座似乎已經稍微的降低了。新的現實確認了科學的價值可以被切片分割，發明是其中之一。羅傑和唐尼可以相應地發揮他們的能力，並完全有信心完封獲勝。

「可惜羅傑不再是團隊的一份子。」珍正在想像一個不同的現實，在那裡他的能力可能會更有建設性地發揮作用。羅傑是個有才華的傢伙。「我猜是吧！」馬可斯回答。他對這個話題不感興趣，他迅速轉移了話題。「嘿！泰勒要求我向董事會彙報超五代（Gen5.5）的最新情況，我在考慮是否稱之為第六代（Gen6），雖然有點欺騙，但聽起來更好。你怎麼看？」「對我來說沒問題，但你認為我們應該徵求華基的意見，以便我們保持一致嗎？」珍一直都扮演和事佬的角色。「不，沒必要。在我看來，華基他們對所有這些都感到不知所措，這基本上是我們的技術。」在討論了幾個話題後，會議結束了。珍告辭離開，帶著馬可斯的觀念架構，就是發明的不變性以及華基對該發明的依賴。這是馬可斯和唐

尼不可動搖的立足基礎，珍也是如此。珍盡職盡責地傳達了這個訊息，但她愈來愈懷疑它的優點。

●　—　—　—　—　—　—　●

「非常感謝，請讓您的法律團隊將他們的反對意見發送過來。」唐尼再次在電話中客氣的回應。

混蛋，他心想。

對於易知來說，生活並沒有變得更輕鬆。由於實際的製造工作大多已經遷移到國外，唐尼被迫與許多海外客戶進行業務往來。今天也一樣。

因為不同的時區導致的奇怪時間是一回事。但更煩人的是，授權討論發生在似乎對智慧產權有不同看法的司法管轄區內，這造成了相當大的問題。易知生意的模式依賴於每個人看事情的方式都是相同的。就好像需要回歸基本，並再次向他的海外客戶徹底解釋發明的角色。有些人，比如翁信義，他能見樹又見林能看清局勢。但另一邊的還有許多其他人有不同的想法，發明僅僅展示了一條路徑是不夠的，他們有一些不同的價值層次。或者他們只是不尊重智慧產權，他們只會偷竊並拒絕支付。

易知的情況特別困難。易知是發明新立場的先鋒，是將更高階的利基市場確定為智慧財產權市場的供應商。不幸的是，海外客戶並沒有充分認識到唐尼在市場中所扮演的角色。唯一幸運的是，他有翁信義。

翁信義有正確的方法。

但唐尼真的能指望找到更多像翁信義的版本，來持續易知的成功嗎？即使是唐尼也會產生一些懷疑。翁信義之所以購買易知的發明組合，更多地是基於智慧產權導致的法律爭議原則，而不是基於發明優點的原則。在翁信義面臨的更大挑戰的狀況下，智慧產權購買只是小錢，與他的兩百名研究人員的資金相比；與完全製造所需的資本相比；與相關基礎設施的貢獻相比；與最終將產生的產品設計公司的價值相比；與所有的這些比起來，花在購買唐尼的發明組合的錢真的是微不足道，一場小遊戲。也許翁信義更在意的是對他作為更高使命宏圖大業的好處。

唐尼面臨著一個挑戰。羅傑也一樣。如何長期取得成功？更擅長於語言？更多的華麗詞藻？如果翁信義真的只關心他的宏圖大業，怎麼辦？易知需要找到發明的先驅。收購公司可以是一個選擇，額外的規模有助於激起更多的塵埃、更多的迷霧，並在法律和商業競賽中投入更多資源。羅傑需要找到快速移動的市場，他可以繼續進行他的改進發明工作。儘管如此，長期成功並不能保證十年後的道路是什麼樣子？翁信義和他的同輩人正在熟練地參與這場競爭。

在某一方面，每個人，至少在唐尼這邊的每個人都同意這件事，發明的聲望是不可改變的。

有一天稍晚時，羅傑和唐尼一起喝著啤酒，一邊惋惜著，一邊策略性的討論著他們的合資企業。「也許我應該聘請

一名可以講這種語言的海外律師,」唐尼建議著,好像他的所有問題都僅僅是一個誤解的結果。「我們需要找到一種方法讓那些人按照規則來玩。」

「是的,毫無疑問,我完全同意。」羅傑回答。「順便說一句,我從我的優科熟人那裡聽到消息,我的發明組合,可能引起一些興趣。」羅傑和唐尼一邊喝著啤酒,一邊專注於智慧產權的宏偉建築,在高科技的頂峰上建造辦公室,優科在其中。此時,世界各地的翁信義繼續進行所謂虛晃一招,並繼續前進。

Chapter **17**

轉型中的企業

> 我的人民不是天堂的人……我的人民會來到天堂，不知所措的站在門口。我們會想，「這裡比我想像的要大多了」。我們會說，「不，謝謝，我們不能永遠待在這裡，我們只會和你們一起坐下來，享受幾分鐘的幸福，然後我們就得回去了。」
>
> ── 加里森・凱勒，《離家出走──沃貝貢湖故事集》，1987年

肖恩和約瑟夫・習（Joseph Xi）是同儕，年紀相仿的同輩，也是各自技術領域的資深貢獻者，境遇和多年的經驗使他們不僅在公司中是科學家，還成為觀察者，有種經驗豐富的睿智，他們將歷史和傳統應用來解釋正在他們面前發生的事件。

有很多事情值得觀察。

華基有一支強大的團隊，約瑟夫想。他們擁有足夠的關鍵人才，他以前曾見過關鍵人才。

約瑟夫坐在優科的餐廳裡，與同事們一起大口吃著當地的食物，在桌上除了平常的閒聊，還熱烈討論著正在進行的超五代（Gen5.5）聯合開發工作。約瑟夫是華基派遣到優科的團隊成員，共同推動最新、最先進的晶片技術。

雖然約瑟夫算是新來的，但與華基的關連卻相當多。其一是因為他在優科是華基團隊的成員身分，其二則是因為他正在夏湖藝術與科學學院唸書的女兒瑞秋，會為他傳達各種在夏湖有關華基的事件。

約瑟夫的新人身分是兩年前的一次職業轉變，他在遠東半導體公司工作了十五年後，約瑟夫決定是時候跳槽了。當時華基正在大力提升其晶片能力，約瑟夫迅速加入了聯合開發工作，並將他在遠東半導體公司的工作經驗帶了過來。此外，華基的故鄉夏湖也是他父母的故鄉，他在那裡長大，女兒瑞秋也在那裡上大學。加入華基對他來說算是回歸。

約瑟夫的轉職還得益於他與華基總部資深高管文斯・葉的關係。多年前職業生涯開始時，他們曾在一個政府研究機構共事，文斯只待了幾年就轉到華基，追求技術的商業活動。約瑟夫專注於研究，在該機構工作了五年，然後轉到了遠東半導體公司。儘管職業道路分歧，交集早已過去，但他們的關係依然牢固，屬於同一代人。

文斯幫助約瑟夫進入華基，而約瑟夫也會為文斯做出貢獻。

那麼久以前……

「他們怎麼吃這種東西？」一位工程師抱怨著，戳著一盤麵食。「有點肥皂味道，吃起來像塑膠。」

「我覺得還不錯。」約瑟夫笑著說。這是真的，他並不介意餐廳的食物，儘管幾乎所有的華基同事都對餐廳的食物感到厭惡。對於那些偶爾不帶午餐的同事來說，抱怨當地的食物是標準程序。

事實上，午餐時間是一個討論的好時機。華基和優科的團隊已經習慣了由上面制定政策的合作研究，但午餐和休息時間被默許為超出了政策的範圍分離點。畢竟，每個人都需要他們自己的空間。

總是有各式各樣的資訊可交流的。

「有時我不理解他們在說什麼。」「他們為什麼不停地談論裝修房屋？」「還有狩獵。他們不停地談論狩獵。森林裡還有什麼動物嗎？」

午餐時間也是更廣泛的技術討論的場所，關於他們高科技世界不斷演變結構的八卦閒聊。今天也不例外。

「潘妮（Penny）留了一則關於她新工作的訊息。」潘妮是一位曾經在華基工作後轉向另一家技術公司的前同事。「她似乎找到了一個很好的職位。」

「我的朋友剛剛被一家做記憶體新技術的公司聘用了。你聽說過翁信義嗎？我敢打賭，那裡有很多機會。」

「我聽說優科跑了一批人，他們去了夏湖南部的一家初創公司。一次聘用了十一個晶片設計工程師，薪水漲了百分之二十！」

這個團隊也有問題問約瑟夫。「遠東半導體公司宣布擴廠。我認為他們現在已經遠遠領先，約瑟夫你認為呢？」

約瑟夫願意參加閒聊，特別是有關遠東半導體公司的事。「是的，遠東半導體公司的業務能力真的很驚人，不用擔心！我們也不差，我們會迎頭趕上，打進比賽。」儘管周圍的人對此表示懷疑，約瑟夫仍對華基有信心。同時，他對遠東半導體公司的成就深感自豪，曾經身為遠東半導體公司的人，這也是他的一部分。

其他時候，約瑟夫大多保持沉默，相互亂談打趣是年輕人的專利。然而，他也會關注他們的談話內容。

大多數的名字都是我認識的。

事實上，所討論的工商巨頭和商業領袖的名字在很大程度上都是約瑟夫這一代的人，像文斯一樣的戰友。這些熟悉

的名字是早期就入行摸爬滾打的，隨著時間的推移，在生態系統中有了一席之地，聽到他們的成就讓約瑟夫也感到與有榮焉。

下一代正在崛起，約瑟夫帶著來自早期時代的複雜信心想著。不再專注於金錢，一切都是新的，更專注於手頭的任務。這是約瑟夫對年輕人，包括華基代表團的建議。

他想像著瑞秋未來的職業。約瑟夫與瑞秋經過長時間的拉鋸談判，才決定安排進去夏湖學院，當時瑞秋在大考中表現得相當好，吸引了幾所頂尖學校的關注，約瑟夫本來更希望瑞秋攻讀會計學位，因為她有很好的商業頭腦，但瑞秋堅持要往科技方面學習。

「我可以自己學習商業，」瑞秋告訴她的父親。「畢業後，我要創業，所以我需要了解技術。」

「你太自以為是了！」約瑟夫反駁道。「其實你攻讀會計學位成功的機會更大。」

最終，約瑟夫妥協了。年輕人想要走他們自己的路。

至少她幫助我了解家鄉的活動。

學院及其周圍地區，受到周圍的新投資的催化作用，發生了很多事情。約瑟夫喜歡對這些事時時保持了解，而瑞秋以她年輕人理解的方式，為他提供了更多的連接，進入一個不斷發展的技術網絡。

在餐廳的另一個角落，肖恩正在和來自優科一方的同事們閒聊。

肖恩和約瑟夫是同行，他是優科一位經驗豐富的科學技術研究人員，同樣被優科指派參與與華基的聯合開發工作。

優科的工程師，包括肖恩在內，也對華基的合作夥伴有自己的八卦。

「他們在會議中從不發言。」

「我認為他們完全不懂我說的任何一句話。」

「上週末我帶了一些人去玩漂流活動。很好玩，但我覺得他們從來沒坐過船！」

肖恩的午餐伴是西北技術大學的凡克特山教授。

「我聽說我們無法跟你們達成協議，」肖恩說。「太糟糕了，但我猜最近這樣情況很典型。」肖恩對這位教授最近與優科就贊助該大學研究工作的談判表示同情。

「謝謝關心，肖恩，很遺憾我們沒有取得進展，我們會繼續努力，也許下次會更好運。」凡克特山很不高興，但似乎沒有陷入無可挽回的心煩意亂。

製造之家——東西文化角度下工業和科學成果的羅曼史

顯然，教授也非常忙碌，午餐時提供了一些相關細節。肖恩知道他有跟夏湖學院合作的工作。肖恩似乎感到，華基已經採取主動，透過夏湖學院拉回了這位教授，而不是脫離生產製造業。教授提到的其他關係對肖恩來說都是新的，他從來沒聽說過翁信義這號人物。

「我聽說過他，」肖恩的優科同事之一艾迪‧譚（Eddie Tan）說。艾迪一直安靜地坐著，從塑膠餐盒中吃著豬肉飯。「我爸和翁信義，唸同一個大學，但不是同年進大學，他們也是同一地方的人，翁信義最近成為了名人，是我爸他們那一輩的熱門話題。」

「你從哪裡聽說的？」肖恩問。

「從我父親那裡。因為記憶晶片初創公司，翁信義經常出現在新聞中和各種媒體中。」艾迪是就事論事的。在艾迪的科技世界中，有著無數的關係點，只需加入其中即可。

「嗯！我想我還沒看到這些。」肖恩只感到有點驚訝。他本想追問更多有關艾迪消息的來源。他想知道，但進一步追問似乎不合適，這是艾迪的事情。在科技世界中，肖恩和他的團隊互相連接的關係較少一些。

從艾迪那裡獲取資訊也不是一個實際的選擇。有關科技業相關的對話被隨機散布在多個論壇上，就像政治運動中的一些潛在的討論一樣。而且這些都是以中文進行的。

肖恩感覺到這個關係網絡的存在，它是一個看不見的網，它起到了黏合劑的作用，將如此多不同的部分聚集在一起，形成一個以工業實力為中心的整體。顯然，進入的代價很高，不僅僅是因為語言。在某種程度上，它需要接受一種世界觀，將關係網路視為不斷發展的生態系統的基本力量。

肖恩想，伊恩・史密茨可以把我們帶進去，伊恩可能已經在這個關係網絡中了。

肖恩曾在夏湖見過伊恩，並立即對他的境遇感到驚訝且印象深刻。事實上，肖恩曾敦促他的資深經理馬可斯考慮招募伊恩加入優科。馬可斯只是稍微感興趣，但感覺這沒什麼價值。機會過去了，伊恩毫無疑問會轉向其他地方。

在這各式各樣的對話引發了肖恩一個熟悉的擔憂，我們就是不能像他們一樣協同作戰，共划一艘船來到達河的彼岸。

午餐結束，肖恩將凡克特山教授送到了優科園區出入口處。

● — — — — — — — ●

當肖恩走回他的辦公桌時，他繼續思考著我們與他們之間的問題。他所能面對的只有空空蕩蕩的走廊。

肖恩擁有先天的觀察天賦，或者他喜歡這樣想像。他早就意識到他看待事物是現實的，而不是人們希望它們應該是的樣子。一方面，這種洞察力可能是一種祝福，更廣闊的前景具有啟發性；但另一方面，從優科的職業生涯的角度來看，這份禮物很可能是個詛咒。他的觀察結論並不是他要負責改變的，表達這些觀察只會讓他的老闆們感到煩惱，他們既不需要也不想聽。他們會說：「專注於工作。」這就是為什麼他被稱為「牢騷肖恩」。

肖恩的工作是在優科的超五代（Gen5.5）研究團隊擔任科學技術研究員，該團隊負責在晶片技術的最新領域奮戰。而這確實是一場戰鬥，開發最新技術是困難的，競爭激烈。肖恩和團隊需要努力保持優科的技術領先地位。

保持競爭力是一個真正的重點，除了優科之外，還有兩三家公司參與了類似的競爭，這些相似的團體組成肖恩頭腦中方程式的「他們」一方。「他們」通常來自東方，儘管來自多個司法管轄區，但肖恩認為「他們」擁有共同的世界觀，為集體的技術工業世界注入生命。在職業生涯的二十五年裡，肖恩領悟到，在一個與我們不同的世界裡存在著一個強大且不斷發展的生態系統，這是肖恩的頓悟與擔憂。現在，隨著華基聯合開發的進行，肖恩每天都會想起他分析的威脅。

今天，這又成為他在走廊自說自話的演講主題。

「他們的陣營正在結集動能。」他對牆壁說，這種動能表現在凡特特山教授輕快跳躍的步伐中；在他的同事艾迪低

聲不經意的暗示中；在西蒙的強烈自信中。還有更多。肖
恩以前從未聽過的設備和材料供應商的名稱出現在他的雷
達上，通常是來自多年來遇到的同事或熟人，他們決定
「回家」。多年來，本來腳下的技術基礎一直是安穩狀
態，但現在正發生變化。

而我們在面對這一切時正在減速。

肖恩不喜歡正在發生的事，卻無力阻止。肖恩之所以被稱
為「牢騷肖恩」，是因為沒有人想聽關於死亡和災難的預
言，儘管領悟是可以接受的，但他的老闆們不喜歡聽肖恩
的唱衰論調。然而，肖恩無法省略那些更加陰暗的預測，
這些是一大包問題的一部分。

彷彿在暗示一樣，肖恩眼角的餘光中出現了一些更負面的
公司政策來源。

肖恩正走過一個曾經是吸菸區的地方，現在改建為乒乓球
和遊戲室。肖恩不喜歡休息室變革的想法，並不是因為他
是吸菸者，只是感覺不對勁。

吸菸當然是不好的，這是理所當然的，消除菸草氣味是好
事。但引入乒乓球的樂趣是什麼？乒乓桌放在休息室中間
為啥？這就是肖恩遇到的問題所在。

這種變化是人力資源部門的想法，顯然他們想找個機會，
讓工作場所變得輕鬆並為員工提供額外空間。在這種情況

下，是頑皮的那種。除了健康問題外，現代的觀點使得一個一直以來提供壓力大的工作人員抽菸的公共避難所失去了合法性。這完全是錯誤的形象，工作人員也不希望被這樣看待，他們需要一個更好的天堂。

現在，賦權是關鍵，幸福也是。員工需要看到正面的工具來自由表達自己，需要考慮個人形象，吸菸傳達的是壞訊息，除非在某些情況下，有爵士音樂、黑暗有情調的環境、昂貴的服裝，以及正在進行的嚴肅討論，就像在一個晚間電視劇中一樣，可以在那時看到正在吸菸的他們。

人們在那裡吸菸，肖恩思考著，回到了他方程式的「他們」一邊。他曾多次出國旅行，甚至加入吸菸者的室外避難所，以便他們可以繼續進行當下的討論。

在那邊，他們也必須在室外吸菸，但之後的意圖就如同一個金星一個火星大不同了。吸菸的人是戰鬥後的休息一下，工作絕對是壓力巨大的，大家都同意，吸菸完全的滿足了一種需求。但乒乓球行不通，除非在員工俱樂部，那裡乒乓球隊員們可能要穿隊服，定期比賽與聯賽，分組和季後賽，以及在比賽結束時的團體照片，因為每個人都想知道哪個隊贏得了比賽。

無論如何，在這一邊的觀點，優科的人力資源理解了新知詮釋，並積極啟用自我賦權的新表達方式。「我可以自由遊玩乒乓球，或者在午餐時間攀岩，因為這是我的方式。」優科還在尋找攀岩牆的空間。

肖恩不是不贊成企業的倡議，他只是看不到結果。顯然，所有這些活動都是為了保持優科的領先地位。

但我們還在落後。

肖恩強迫自己聽企業家有限公司的演講，該公司是優科僱用的顧問，以「發現優科內部的企業家潛力股」。他試圖保持積極。顯然，這場演講的關鍵是讓每個人展示他們內在的企業家精神，那將保證優科能夠保持領先地位。

以前這只是工作的一部分。我們想要的不再是企業家，而我們需要的是確認我們都是自己的企業家。

事實上，這家顧問公司正提供工具箱中的另一種工具，來展示在優科這個科學企業的賦權形象。

成功的處方箋已經發生了改變。在科學技術的挑戰面前，簡單的集體服務不再有安全感，科學不享有那種可信度。現在需要新的方法。

在科學世界中，我們需要專注於看起來重要。

這就是問題所在。肖恩無法看出如何鼓勵每個人站在船上來展示他們最好的一面是比下去划船更好的方式。

● — — — — — — ●

這天到了下午。

「本課程的目標是了解您的製程開發工作與晶片電性能之間的關聯……」

肖恩剛剛參加完一個小組會議。他決定觀看公司影像圖書館中的一部課程舊影片，坐在辦公桌前戴上了耳機。在早些時候，當公司規模還較小時，泰勒・韋斯特伍德（Taylor Westwood）曾給工程師們講授課程，目的在培養工程師，期望他們能有朝一日使優科成為一個強大企業，這部影片就是其中之一。

肖恩想，為什麼我會再次觀看它。

也許是因為他剛剛參加的小組會議是由泰勒主持的。肖恩有種懷舊情緒，因為泰勒正在準備退休的態勢愈來愈明顯。

我喜歡泰勒。他是我們那一代的人。

「而且，大部分工作你絕對需要使用統計設計實驗來進行，」年輕的泰勒正在講課。「這裡有我們其中一個人提出的新型晶體管配置的例子，相當具有開創性……」

我也是這麼想的，那時候我們也有企業家，但沒有乒乓球桌。

肖恩在影片中走了神，偏離了影片內容。

今天下午的會議主題是與華基的聯合開發項目，這次會議僅限優科內部人員參加，每個人都要提供有關聯合開發進展的反饋意見，泰勒想聽聽大家的看法。

肖恩相當確定泰勒不是聯合開發安排的忠實支持者，泰勒不理解華基，因此也不理解參與的價值。他的保留意見將很簡單，在泰勒看來，優科，他的優科，有落後的危險，而他會建議採取不同的策略。

泰勒會建議每個人都拿出更大的武器槍枝，然後指出要進攻的方向。

但現在，在長時間的職業生涯後，泰勒正在準備退休。這裡不再是他的戰場。

肖恩欣賞泰勒的風格，他有一種純粹、明確的意圖，去做科學，就是這麼簡單。有一場仗要打。

泰勒的憤怒也很明確。

肖恩以前見過這種憤怒，如果有人觸怒了泰勒，他的回應是迅速的，有時會致命。肖恩曾見證過同事們被無情地解僱，因為他們犯了不可饒恕的過錯。

肖恩倖存下來，因為他了解泰勒一心專注於未來科學的邊界條件。泰勒產生了恐懼，一種集中在科學上的集體恐

懼。那些理解這一要點的人會獲得勇氣，有勇氣嘗試任何事情來擊敗他們面前的敵人。無論成功與否，泰勒都不會對想要努力「攻頂」提出任何批評。

泰勒當主管時是充滿振奮的美好日子。

泰勒已經在這段時間漸漸交出控制權，而且明顯的，馬可斯是下任接班人。

*會變得不一樣。*肖恩將背向後靠在椅子上。

他不是馬可斯的崇拜者。馬可斯是屬於在面對敵人時不會產生敬畏的一代。在馬可斯的世界中，這裡沒有敵人展示出同樣的敬畏，因此也不需要共同持有恐懼或勇氣來應對。如果馬可斯激發了恐懼，那一定是個人的類型，是那些尋找內在企業家精神或尊重細微不平等的人所感受到的恐懼。

在泰勒發表了一些總結的話語後，影片結束了，肖恩摘下了耳機。他需要繼續下一件事情。

● — — — — — — ●

幾天後，肖恩召集了幾位同事討論泰勒的行動項目。華基和超五代（Gen5.5）的情況如何？

像往常一樣，杰拉德反應最為激烈。「會議、聯合工作，這些鳥事都在分散我們對研究的專注力，我們只是在教導和傳遞知識。一點都沒有價值。」

「我不敢相信我們得要處理這麼多文件資料。」另一個抱怨說。「浪費大把時間，就像在試圖證明這件事有價值，我們是怎麼從一開始做到現在的？」

其他人則為華基辯護。「他們做了很多模擬工作，我們能夠利用他們的資源是好事。」

「他們有些人真的很聰明。」又有人說。

肖恩保持沉默，選擇傾聽並記錄筆記。他的職責是總結討論給珍，上一級負責人。肖恩同意他所聽到的許多內容，但認為這種討論是對戰術問題的評論，真正該關心的是划船的問題。

艾迪‧譚（Eddie Tan）是這個小組的成員，大部分時間保持沉默，偶爾丟出一些無關痛癢的意見。

*我好奇艾迪是怎麼想的？*肖恩想著。

艾迪在二十多年前來到大洋的這一邊唸研究所，畢業後加入了優科，就一直留在這裡，有相當出色的貢獻，是優科的一流科學技術研究員。

考慮到他的出身背景，艾迪可能被認為站在文化分歧的中間，但實際上並非如此。他的兩個女兒現在都已經上了大學，牢牢扎根在這片土地上，這是他們熟悉的世界。她們的生活就是他的生活。再者，很明顯地艾迪喜歡優科，他欣賞這份自由奔放。

不過，正如肖恩所懷疑的那樣，艾迪對於傑拉德和其他人的言論也未能完全免疫。事實上，肖恩對他在這個話題上的立場有一個相當明確的概念。圍繞著華基的話題議論紛紛，艾迪無法不提到這個話題。

「看一下這個，」他曾一次請求肖恩和傑拉德。這是來自他的家鄉的一篇研究發表論文中的一段。「『幾個世紀以來，人類對現實的知識主要是透過理性主義而不是經驗主義獲得的。然而，在歸納邏輯或經驗學習方面，經驗主義變得愈來愈重要，對於人類知識的構建愈來愈重要。』我只是覺得這很有趣。」

好像這一切都是誤會，當時肖恩沉思著。

艾迪沒有理會優科的抨擊，認為他的科學傳統存在根本性的問題。在家鄉的學生們也沒有理會，似乎和平的艾迪希望家鄉的學生們能以更廣泛的視角來幫助澄清問題。

我們低估了情況。肖恩牢騷病又發作了。

艾迪今天的沉默更突顯了他的觀點。與華基的合作開發可能存在一些問題，但合作夥伴的根本弱點並不是其中之一。至少，華基那邊不是這樣看的。

之後，肖恩在向珍總結討論時，忠實地報告了每個人的評論，然後添加了他自己的看法。「珍，他們並不軟弱，他們團結一致，不斷前進，我們沒有；他們有一個明確的目標，而我們沒有。我們應該想辦法如何參與其中及如何利

用。我認為這太危險了！」肖恩太激動了，以至沒有好好解釋「他們」的完整定義或「危險」是什麼。

「我明白了。」珍回答。

肖恩能夠看到她臉上的尷尬。那種「他又來了，他有完沒完啊？」的表情。

●　—　—　—　—　—　●

約瑟夫・習對於聯合開發也有自己的看法，屬於更傳統的老派觀點。

他目前正在進行一個電話會議，夏湖那邊也參與在其中。由於沒有立即輪到他的發言，他回想起午餐時的閒聊，就像肖恩一樣，約瑟夫也對早期工作的日子有一種懷舊情懷。

我想念當初的激情。

對於約瑟夫來說，「早期」是他的職業生涯開始的時候，當時他的家鄉正在晶片製造產業嶄露頭角。約瑟夫和文斯在政府研究機構工作，一起度過了幾年的時間，然後他進入了遠東半導體（FES），當時的興奮感是令人陶醉的。半導體將成為「下一個產業」的決策已經做出，幾乎「人人」都加入了這場激戰，不顧一切的去爭取自己的機會。

「人人」就是真的是指每個人。政府部門參與其中，確保適當的資金用於研究機構，並為這項產業提供低息貸款政策。工商產業參與其中，不僅利用貸款，還重新組織，投入最優秀的人才來解決這個問題。學術界參與其中，成立了新的部門和研究論壇，以支持新的技術開發方向。即使是生活在國外的學生和科學家也以自己的方式參與其中，自然地融入到充滿工業和技術更新的網絡。綜觀當時的一切，是一種對技術工業大規模投入能量的無政府狀態。

當然，這個新冒險存在著風險。在配置了如此多的財力和人力資本之後，面臨的風險會是什麼？失敗將帶來地位的喪失。面對風險需要勇氣，而勇氣來自於作為社會契約的企業，來自於對社會穩定的下一個貢獻者——積體電路產業即將到來的理解。

我們全都完全投入。

在所有利害關係人之間達成共識後，消除了最初對被社會秩序拋棄的恐懼。當然可能失敗、可能調整。但對於個人來說，從船上被扔下去不是一種可能的結局。在集體勇氣和集體力量的支持下，他們抓住了機會的世界。約瑟夫回想起這段驚險過程，他的每根汗毛都豎立起來了。

我們戰勝了。

這種無名能量的集中，頭也不回的前進，透過多年的努力，確實累積了一系列成就。遠東半導體就是一個例子。華基可能需要進行大量的技術追趕工作，但遠東半導體及其能力展示了什麼是可能的。集體的努力可以產生技術領導地位。

「約瑟夫，可以請你專心一下嗎？」西蒙・洪嚴厲的聲音把約瑟夫從思緒中拉回現實。「你覺得，我們應該在這個設計中計畫50%的超壓餘量嗎？史考特的團隊想知道我們的意見。」

這次通話是與楊竹企業（Yangzhu Enterprises）的一組工程師進行的，他們參與了超五代（Gen5.5）開發領域的另一條線。楊竹企業正在提高其先進設備的水平，並著手一些應用在超五代（Gen5.5）的開發設計。今天的話題是超臨界二氧化碳的硬體設備，對於每個人來說都是一個新領域。設計需要極高的氣體壓力，這需要約瑟夫的專業知識。

儘管約瑟夫不太專心，但他還是給出了答案：「從技術的角度來看，30%足夠了，所以楊竹企業需要決定穩定的硬體設計還缺些什麼。」

「好的，我們這邊已經給出建議。楊竹是否能在下週之前提供我們測試模型的建造時間表？」西蒙正在推進。一個極具創造性想法，使用生物科學領域的技術作為超臨界「肥皂」問題的解決方案，使得大家都感到很興奮。優科主張需要在艾斯頓進行概念驗證硬體開發，西蒙不會接受這些，因為他對優科的能力毫不信任。

通話結束後，根據行動項目進行了總結，約瑟夫被允許離開。

西蒙是個不留情面的人，約瑟夫回想著他的話語，回到了自己的辦公桌。儘管他的資歷和年齡都比西蒙高，但他並沒有對如此迅速的請他離開而感到生氣。

約瑟夫知道西蒙的角色，並理解他的身分。西蒙是華基事業帝國中催化如此多活動的代理人之一，被賦予關鍵的主要部分。約瑟夫可以在各種管理討論會議中，西蒙和文斯‧葉之間安靜而堅定的交流中看到這一點。

西蒙的氣場讓約瑟夫想起了他在遠東半導體的最後日子。那些日子很難熬。眾所周知，約瑟夫之所以離開遠東半導體是因為他已經筋疲力盡了。爭奪領先地位是艱難的，西蒙的遠東半導體版本用力地推動大家，非常用力的推。這就像是如高山般的技術問題和人員精力之間的消耗戰。最終，人們獲得了勝利，遠東半導體成為了一個奪冠熱門。但有些人無法忍受這段旅程的煎熬，其中包括約瑟夫，他失去了跟上的能力。

約瑟夫轉到了華基，這是遠東半導體和華基管理階層共同同意的調整。約瑟夫仍然在這輛巴士上，只不過走了不同的路線，他有了像西蒙和其他人這樣的新主管，較低的職位可以讓他從最激烈的戰鬥中得到喘息。與此同時，下一代將繼續這個循環，推動華基前進。

*即使如此，還是不一樣。*約瑟夫這樣的老人又重新感到擔心。

空氣中彌漫著一種失序的不安。瑞秋在忙著自己的事情；華基團隊焦急的思考著未來；西蒙的積極主動，尤其是對外國合作伙伴，這絕對是新的，早期的邊界條件似乎正在淡化。

這種失序感足以讓世界像約瑟夫這樣的人，感到自己生活處於穩定的邊緣。而相比之下，瑞秋、西蒙和其他新浪潮上的成員似乎並不擔心這些，他們把自己看作是虎口中的尖銳牙齒。

●———————●

肖恩的這幾個星期沉悶的過去了。

也許是時候試試其他事情了。

他感受到了比平常更多的失望，不僅對於優科的研究科學技術，而且對於他自己，同時也產生了一種個人的恐懼。

我需要控制自己。

他的歇斯底里控訴對珍來說，肯定沒有帶來任何正面的影響。

肖恩常常想知道自己是否當初應該做出不同的選擇。十五年前，他拒絕了一個相當大的海外任務，或許正是這個轉折點，導致了他現在的處境。在過去的十五年裡，他並沒有進行任何新的冒險，而是一步步的深入自己的頭腦，及

一路惹惱管理階層。他在本週早些時候問馬可斯：「你真的認為我們在第五代（Gen5）之後還能領先嗎？你真的認為五年後優科還會處於領先地位，華基的合作夥伴將有所幫助嗎？」問這些問題是一個錯誤，尤其是問最近在公司的地位提升的馬可斯，他以一種高層管理人員的方式生氣了，輪不到肖恩來質疑大局，沒有答案可提供。肖恩只是在發牢騷。

我需要閉嘴。

然而，肖恩的疑問仍然存在。今天再次如此，每天都是如此。第五代（Gen5）是否是轉折點？我們失去了領先的能力嗎？這是他失去信心的來源。

畢竟，直到最近，領先一直是優科的傳統。在晶片技術不同世代的漫長歷史中，優科始終是實力的霸主，也許偶爾會下降到第二，但永遠處於競爭行列之中。事實上，優科工程的實力在如此長的時間內一直擁有主導權，以至於它成為了行業的一種默認基準。行業中的口號是「優科在做什麼？」

這就是我們的文化。肖恩又再度懷舊起來了。

在工業的研究中有一種軍事化的精神，是在大學中找不到的。當一家企業處於危機之中時，「我們正在攻占那座山頭」作為一個比喻是有道理的。優科就像一支軍隊，這是一場戰爭，對於優科技研發部門來說，這意味著前往未知的地方，無論發生什麼，帶著只有相信命運的信念才能提供走向未知的信心。

但變化正在發生。突發的靈感不再足以支撐無畏的攻山行動。作為一種安全措施，受啟發的人需要花時間檢視他們攀登過程中的立場。與此同時，優科正在變成一個技術遲滯者。

肖恩在這個行業待了相當長的時間，他還記得那些現在爭奪技術霸主地位的新興競爭者們的早年歲月，那些「他們」的陣營，遠東半導體就是一個很好的例子。當時的觀察者，包括肖恩在內，對遠東半導體的努力表示尊重，但也可能是帶有一種父權般的高傲，當時的普遍態度是：「去爭取吧！」新興競爭者在科學方面是學生，而學生也有他們自己的位置。世界早已決定了在科學和創新方面的優越傳統，而這是歷史所定下來的。

然而，現在「他們」在這裡。與此同時，我們準備乒乓球桌，並在追求幸福的過程中尋找內在企業家精神。

肖恩知道反駁的論點。馬可斯和他的同事們都同意，優科作為創新的源泉，是不能落後的。在敵對陣營中，充其量只是有政府資金和「他們只是在複製」，這樣的手段而已，還有其他答案的可能嗎？而且無論如何，這家公司已經轉向了一個新的世界觀，透過接受了共同的理解來模糊問題，即某種替代傳統的未知挑戰在邏輯上是不存在的。

肖恩也知道，繼續提出優科面臨的危險將會導致他垮臺。
因此，這也是他的恐懼。

馬可斯不會解僱我，他會放逐我。

馬可斯不是泰勒。馬可斯生活在一個不需要解僱的企業
界。畢竟，這不是戰爭，不是那麼嚴重的事情。而且，公
司需要專注於真正定義成功的新賦權原則。馬可斯將解開
肖恩的束縛，就像放出一個泡泡飄向天空一樣，這是一個
適當的、屬於人設市場的不帶偏見的下一步。

此時，華基正向前推進。

肖恩當然對自己感到擔憂。但對現代企業來說，更廣泛的
挑戰仍然存在。

Chapter

18

團結的力量

這個男人引爆了人類歷史上最大規模的戰爭，他建立了一個擁有人類歷史上疆域最大的國家。他把戰爭藝術推向前所未有的高峰，直到冷戰時期也沒有被超越。他是歷史上最具影響力的人；他是歷史上最成功的人；他帶來了一些歷史上最大的災難；他留下了一些歷史上最大的爭議。在中國歷史中，他是影響最大的皇帝。他就是成吉思汗。

——《十大帝王》，作者不詳

已經過去一年了。對約翰來說，這本可以是重新回歸正常生活的機會，也可以是把在夏湖鈦矽科技緊張生活拋在腦後的機會，但結果卻正好相反。他又陷入了另一場爭鬥之中。

他坐在自己的艾斯頓辦公室裡，沉思著自己的處境，等待一通電話。

這是有趣的一年，他反思道。他從一開始就知道這一點，離開鈦矽後的歸國之路從來都不容易。五年的時間很長，離鄉背井的生活有些出乎意料。比如揮動鐵錘的感覺，誰知道在五年的間斷之後，這會是多麼有趣？在夏湖幾乎沒有任何需要自己動手的事情。

而開車也不一樣了。道路上仍然競爭激烈，但不是到處都是車，也不是隨時都要搶道。在這裡開車需要穩重有禮，不再是每日的競爭，表現太自我中心是有風險的。

他心想，我可不想引發任何交通糾紛，在艾斯頓，人們有槍。

與老朋友復聯相對容易。一切都似乎有點回到過去的感覺，儘管約翰感覺自己已經過了另一個完整的一生，但在艾斯頓的朋友們卻都未變。他可以毫不費力地接續之前的生活，就像沒有中斷一樣。高爾夫、晚宴聚會、參觀酒莊，所有這些都很容易的就恢復了。約翰的妻子貝絲也有同樣的感覺。難以避免地，這種時光錯位引發了一點遺憾。他和貝絲都知道，他們現在深切地懷念已經過去的冒險，還有那些來自世界各地的外派朋友們，雖然大家的聯繫可以保持，但現在生活已經回到了艾斯頓。

與老朋友復聯是一回事，但重新與優科連結卻不是那麼容易，這也有同樣的回到過去時光，但卻有如坐針氈的感

受，畢竟，約翰賴以為生的工作在優科，雖說只是回到之前的工作並將海外經歷拋在腦後，但其實不那麼簡單。

約翰帶著在鈦矽生活期間培養的一套想法和熱情回到了艾斯頓。他認為這套想法是新的學習。但正如他在鈦矽的幾年中所明白的，優科並不這樣認為，或者更準確地說，優科並沒有認識到還有什麼可以學習的，約翰應該繼續之前的工作就好。

忘記和放下過去繼續前進並沒有發生。

然而，約翰的偏見根深蒂固。

工作和生活該做什麼？這是一個未知的問題。

儘管有將近一年的時間來計畫，但優科實際上並沒有真正為他準備好一個位置。事實上，在回國之前，向夏湖的同事解釋他的計畫或缺乏計畫，已經演變成了一場悲喜劇。約翰只能支支吾吾地編造一些解釋。同事們期望約翰的經歷能使他獲得一個「萬事通高級主管」的職位，但他所能報告的只是一個「待定的某種」頭銜，或者根本什麼也沒有。夏湖的朋友們會微笑著試圖祝賀他，他們不知道要祝賀什麼，但表現出困惑會顯得不太禮貌。

沒有明確的事情，約翰覺得自己應該休息一段時間。新房子需要進行一些調整。五年前存放的所有東西都需要被拿出來，現在去上大學的梅根不再需要她的中學運動裝了；之前他沒穿過的褲子，現在可以重新再穿回去，其實那些

帶有秋季狩獵樣式的褲子很不錯，是一位已故的姑媽送的
禮物。又一次有回到過去的感受。

有一段時間，約翰曾考慮過離開優科，但最終決定留下
來。最重要的是，他沒有找出其他更好的選擇。最終，他
被安頓在一個「臨時」的職位上，監督優科和華基之間超
五代（Gen5.5）的開發工作，一個高級的項目協調員。毫
無疑問，在經營海外合資企業之後，這是責任上的一個
下調。

*觀察者的地位，這就是我現在的地位。的確，協調員的
角色是觀察，而不是影響。這可能是最好的事情。優科
和約翰需要時間來弄清楚事情。*

然而，監督超五代（Gen5.5）聯合開發並不是沒有挑戰
的。將兩個不同的團隊聚集在一起，做他們從未做過的事
情，這是令人興奮的事情。派約翰參加聯合開發項目有一
定的道理，他可以貢獻自己的一份力量，他認識這些參與
者，他了解這些背景。

*我可以做到這一點，他當時相當確定這一點。如果有工
作要做，他就應該全力以赴。*

但問題在於他的包袱。在結束鈦矽科技的最後的工作讓他
感到焦慮。事實上，也正是結束第五代（Gen5）談判，
引發了最持久的印象。對約翰而言，第五代（Gen5）談
判幾乎像恐怖片的結局，是一個高潮的結尾。在某種程度
上，整個故事證實了他對對立陣營力量強大而他自己力量

薄弱的最深刻的恐懼。他記得那時候的自己內心在尖叫，我們在做什麼？他甚至創造了自己的術語：「新工業世界的秩序」。一個透過資本、勞動力和領導的協調合作下，顯現逐步占領領土並重新定義工業世界的自我創造怪物。對約翰來說，似乎沒有任何阻礙，也沒有任何防禦，只是簡單的放棄領土。

現在人在優科，儘管遠離了鈦矽的喧鬧和鬥爭，約翰仍無法擺脫競爭的氛圍。而且他的幻想敵人仍然存在，仍然在背後潛伏。儘管第五代（Gen5）談判或許標誌著他在鈦矽生活的結束，但它卻是優科正在發展的故事的前奏。

主戰場已經由科學研究取代了工業製造，約翰仍可以感受到鬥爭的氣息。這場戰爭不像在鈦矽那麼明顯。在大多數情況下，優科並不認為是危險的挑戰。即使面臨嚴峻的挑戰，優科也不會讓步。科學和技術是他們的傳統遺產，優科會堅守陣地。

但約翰看到的不是這樣，約翰看到了鬥爭，約翰看到了嚴峻的挑戰，以及再也阻擋不了潮水的壁壘。鈦矽的力量，如此龐大且集中，明顯地瞄準了優科的家園。一年過去了，蓄積所有小衝突的能量給約翰帶來了壓力。

一個似曾相識的兩難。約翰再度看到了一場優科看不到的戰爭，約翰又來到了搖晃的立場。

●　—　—　—　—　—　—　●

「你好，麥克。這週過得好嗎？」約翰說。麥克‧江（Mike Jiang）打來了，這是他們預定的每週會議。

麥克已經離開了在鈦矽原財務經理的職位，成為了約翰的對應方，華基方負責安排聯合開發項目的工作。每週的通話是為了讓他和約翰討論，確保各方都有共同的理解程度，保持一致性是協調的重要部分。

「我很好，謝謝。我們開始吧？」麥克回答。

「當然。我們從簡單的話題開始吧！你們是否對高層主管審查的日期已達成協議？你上次的電子郵件說你這週會有消息。」

高層主管審查是一件大事，約翰正在面臨確定日期的壓力。根據優科和華基之間的合約，在聯合開發的十八個月後進行一次審查，以評估聯合開發的效果。審查的目的是提供一個安全閥。根據結果，任何一方都可以制定終止工作的退出條款。

什麼狀況可能導致退出？這項工作沒有按計畫進行；對於金錢或人員的貢獻存在爭議；或者也許是策略上的簡單改變。任何一件事情都可能促使一方決定離開。如果確實做出了分道揚鑣的決定，那麼退出方需要以現金支付一筆相當可觀的數額，離婚本就不該容易。

「是的，下個月中旬應該可以，就像你建議的一樣。我們的管理團隊計畫在審查的前一天抵達優科。也許我們可以安排當天晚上的晚餐作為開場。」

「當然。既然日期確定了，我將在本週提出一個議程給你。」約翰今天非常專注於業務。

「太好了，非常感謝。我們可以繼續討論天鷹（Skyhawk）的議題嗎？你有時間與你的管理層談談嗎？他們的意見是什麼？」

顯然，優科的競爭對手遠東半導體公司已經啟動了一個名為天鷹（Skyhawk）的二十四小時研發計畫。研究工程師將全天候的工作以加快開發速度。他們全力以赴，要讓遠東半導體公司技術處於領先地位。在麥克所在的地區，遠東半導體總是成為新聞中的焦點，他們是明星，天鷹計畫是最新的熱門話題。

「我們應該也這樣做嗎？」麥克提出了看法。「我的管理層擔心我們的研發活動，應該加快速度。遠東半導體的速度愈來愈快，我們可能會有遠遠的落後的危險。」

約翰可以想像天鷹計畫，他在鈦矽製造機器的翻滾中看到過它的一種版本。天鷹計畫將動用一支匿名工程師組成的大軍，日以繼夜地推動發展，鑿石破土，以在晶片宇宙中占據一席之地。在這種情況下，這領域就是晶片技術的前沿。

「我今天下午有一個關於這個主題的會議，明天可以給你發送初步回饋。」約翰說。

約翰確定要做同樣的事情並不容易，雖然他不是科學研究人員，但他直覺這樣在優科是行不通的，我想我今天下午和馬可斯一起找出答案吧！

不管是否有天鷹計畫，優科的科技研發人員們都無法否認競爭發展迅速成為焦慮的來源，數據是公開可見的。在其悠久的歷史中，優科一直以自己是技術領導者為榮，優科的科技研發人員們在研究實力上樹立了標竿，優科的研究成果為產業確定了方向。然而，風向正在發生變化，曾經是技術後進的遠東半導體和其他公司正在威脅著爭奪優科的領導地位。

通話還在繼續進行。

「謝謝你提出來，麥克。還有其他事情嗎？」

「沒有什麼重大的。我正在與你們的財務人員共同處理一些成本會計方面的問題。」

「好的。我還有一個問題，」約翰說。「優科的法律部門要求對華基與第三方公司進行的開發工作進行一些解釋，他們想了解一些細節，你知道他們的擔憂，該合約對於第三方工作有明確的限制。」

事實上，根據合約中明確寫明，任何一方都不能在未經對方許可的情況下，與外部公司第三方合作，這可能涉及技術轉移。作為聯合工作一部分，開發的任何內容都需要保留在合作夥伴之間。否則在某種程度上就是竊取技術。

「我明白了。你有更多的消息嗎？是哪個第三方公司？」

「史考特・徐和楊竹企業，其中之一，似乎有一個設備開發項目。」

優科完全是碰巧得知了這件事。來自西北大學的凡克特山教授在最近訪問優科時，無心地提到了這項工作。

「謝謝。這對我來說肯定是新聞。我會調查一下的。」約翰能聽到麥克假裝驚訝的聲音。

對於非母語的人來說，細微的差別很難掌握。「請在你得到消息後，立即發送跟進的電子郵件。」

●━━━━━━━━●

下午晚些時候，約翰找到了馬可斯。

「馬可斯，你認為呢？天鷹計畫的想法有沒有價值？」與麥克不同，約翰是母語使用者，可以微妙的假裝，他的問題聽起來很真誠，儘管他已經知道答案。

「你知道，那些傢伙真的需要專注於做他們自己的事情就好。我們已經在開發技術很長時間了，我認為我們知道自己在做什麼。」馬可斯根本不贊成這個想法。天鷹計畫不是研發工作的方式，也不是研發應該呈現出來的樣子。他深深嘆了口氣，接著說：「好吧！告訴他們這個。我們願意聽取這個建議，但他們應該知道我們已經擁有二十四小時的研發團隊。負責徹夜運作開發的技術人員都是頂尖的，這應該可以滿足他們，我不需要讓博士們上夜班。」

他沒有理解問題的核心，麥克不是在詢問如何進行研發。那艘船已經啟航。

約翰看出了這個認知的缺口。馬可斯認為天鷹計畫只是一種媒體炒作，缺乏認真嚴肅性，類似於遠東半導體和同類其他公司在技術方面製造的媒體炒作，這種炒作導致了馬可斯和他的同事的譏笑嘲諷。他們會說，*為何他們總是誇大他們的技術？它並不像他們說的那麼好。或者他們需要準確的陳述，他們說的與第五代(Gen5)一樣，其實根本不同。好像科學的神聖領地正在被廉價的廣告所玷汙。*

「好吧。我會傳達這個訊息的。華基對如果我們不改變策略，遠東半導體會領先的論點，你怎麼看？」約翰進一步刺激馬可斯。他知道提及遠東半導體這個話題會讓馬可斯跳起來，很難忽視遠東半導體在技術方面的明顯進展。

「聽著，如果華基想坐下來審視我們的技術與競爭對手相比的優勢，我隨時準備好。」馬可斯現在生氣了，約翰是對的，這是一個敏感的話題。

「知道了！我會告訴他們。我相信華基會放棄這個建議，當作他們並不認真的事情。」

實際上，情況正好相反。

約翰一直關注著這個熱門話題。他的語言能力已足夠好到可以從華基的技術交流中得出一些意義。他們的炒作議題離開了優科，已經轉移到了一個新的戰場。超越優科的歷史領導地位不再是長期戰略關切的議題。遠東半導體可以看到自己地區的其他競爭對手正在快速崛起。其他競爭對

手也會啟動天鷹計畫，甚至更多，這是華基正在關注的競賽。而這一切都離艾斯頓很遠。

華基並不是在徵求優科如何保持領先地位的意見。約翰感到一種挫敗感重新湧上心頭。

將華基技術世界中的熱門話題定義為媒體炒作，意味著他們在科技方面的言論，就是語言的一個子類別；往好的方面說是不值得認真對待的東西，往壞的方面說是對神聖傳統的玷汙。怎麼能這樣談論科學呢？

實際情況卻截然不同。所謂的「炒作」是一種圍繞著科學和企業的新術語。遠東半導體、華基及其相關媒體正在訴諸他們的傳統。「高舉旗幟！」「前進，征服！」這是需要爭奪的領土。炒作是一種新的語言、一種奪取常識，也是一種正在奪取西方在技術領域領導地位的新傳統。

約翰離開了馬可斯的辦公室，回到了自己的辦公桌上。

泰勒就會進行天鷹計畫。

約翰過去在製造業工作時認識了泰勒・韋斯特伍德。偶爾有人會將製造業中的技術不佳歸咎於研發部門。作為該技術的研發人員之一，泰勒會持續前進，靜靜地接受指責，然後帶著復仇之心爆發。由此引發的後果會帶來不幸的附加傷害，有時使抱怨者難堪，但結果將是一支重新聚焦於「占領山頭」的軍隊。

約翰笑了。泰勒版的天鷹計畫。

如今，是馬可斯負責，泰勒近來已呈退休狀態了。對於馬可斯來說，如果要進行天鷹計畫，它將是一個更友善、不那麼緊張的版本，要是一個看起來更好的東西。

約翰在現代對科技的追求中看到了與他在製造業競爭中看到的同樣的能量消耗。馬可斯生活在一個將危險限制在現代市場智慧觀點所能看到範圍內的世界裡。炒作應該放在主頁上，使人一目了然，還有什麼其他版本是重要的？另一方面，泰勒生活在一個仍然奉行「在科學面前要謙虛」的世界裡。謙遜教導人們商業應該圍繞科學而建，而不是圍繞人而建。

在企業的世界裡，科技領導地位是一場生死攸關的鬥爭。失敗者將被淘汰，只能去收拾殘局，否則就腐爛。就像比賽中的跑步者一樣，沒有時間東張西望，沒有時間自我意識，擔心追求認可是一種分散精力和一種失去專注力的危險。

遠東半導體和華基都沒有分散精力。

正如約翰所預料的那樣，一個熟悉的敵人正在走上前來。他在優科看到的應對措施是萎靡不振，低估了正在集結的力量。生活在個人自我中心的每個人都不能建立有效的防禦方式。

「馬可斯，也許天鷹計畫的意義超越了我們的理解。」約翰在一天結束時再度追上馬可斯，走出大樓時他又做了一次嘗試，但馬可斯只報以茫然的表情。

公平地說，約翰斷定馬可斯沒辦法理解。

*给法務部門打個電話吧!*第二天,約翰意興闌珊地決定,其實他並不想在這個地方多做努力。

麥克已經發了一封關於第三方工作的跟進郵件。他確認與華基的合作夥伴在夏湖有項目,特別提及楊竹,但正如麥克所主張的,這與合約的邊界條件完全一致,華基並未披露任何聯合開發的內容。約翰剛剛轉達了麥克的訊息給智慧產權團隊的保羅・喬平(Paul Jopin),「謝謝你的更新,約翰。」

約翰不認識保羅。他是最近招聘的,是為了加強優科的智慧產權法律執行工作。顯然,保羅對現代智慧產權業務非常熟悉,他會加入一個龐大且不斷壯大的團隊,智慧產權已經受到了優科管理層的高度關注。

「無論如何,請要求麥克提供詳細資訊,我很難相信沒有某種訊息泄露,當然他可能會反駁,但我認為我們要求解釋是合理的。」

這就是事實:考慮到正在開發的各種技術,很難想像其中一些問題沒有與楊竹的史考特・徐討論過。

「當然,保羅。我會告訴他我方的要求,再給我幾天時間。」

毫無意義的努力。

約翰在今天令人沮喪的午餐互動之後變得比平常更加憤世嫉俗。他恰巧與行銷資深副總裁一起吃飯時，話題就到了華基的第三方工作。顯然，高管們正密切的關注這一點。「總是有太多我們看不到的事情發生。」副總裁說，臉上帶著遊客般含糊的微笑，他的驚嘆就像敘述的是某種感性的風景，他的好奇心僅限於讚美這個蒙太奇（Montage）**34**。轉而討論起了一些個人話題。「我的女兒正在參加一個非常棒的中文課程，這將讓她為未來做好準備。」

你在開玩笑吧！未來就是現在，約翰想，接著是一些熟悉的苦澀：那我呢？我會說這個語言。我可能就是那個知道發生了什麼的人。

但約翰深知肚明的是，他在優科的時代已遠去了，他沒有正確的資格證明，而且他還有著完全錯誤的觀點。如果有一天，遠在那裡的華基，除了眾所周知的、有據可查的技術竊取之外，出現更深層次的戰略或更危險的力量，在這情況下，副總裁的女兒就會準備好做這場戰鬥。對女兒來說幸運的是，這個父親有遠見。

約翰了解智慧產權的事情，不是他認為與華基的後續行動毫無意義，如果他們向第三方洩露訊息，那就是錯誤的，

---

34 蒙太奇（Montage）：一詞源自法語，指一個物體或建築體被「組裝」、「建構」起來的意思。用於電影上，蒙太奇組合一系列不同地點、不同距離、不同角度、不同方法拍攝之多個短鏡頭，編輯成一部有情節之電影。

需要得到糾正。約翰對整個智慧產權主題提出了異議，雙方沒有共識。對優科來說，似乎是一種全身心的痴迷，然而，對華基來說，只是一行事項。

而且他們繼續向前奮進。

他在鈦矽科技看過這個故事的版本。在追求科技領導地位的過程中，每個人所起的作用都不一樣。事實上，保羅・喬平和他的同類，以發明來防禦面臨的進攻，就像印第安人爭取土地權利一樣，當安裝軌道的軍隊拿著斧頭和錘子接近時，他們還喋喋不休在爭論土地權利。

約翰看到了力量的匯聚，但也注意到優科並不太關注他們的規模和力量，神話般發明的力量顯然足以作為防禦的主要組成部分。

這起不了作用的，約翰知道情況確實如此。

●━━━━━━━━━━━━━●

「嗨，史考特，有一段時間了。希望你一切都好。」約翰決定直接給史考特・徐打個電話，詢問有關第三方工作的情況。畢竟，他們是鈦矽時代的好朋友。「你的團隊怎麼樣？我想你們應該很忙，因為鈦矽的第五代（Gen5）升級正在加速進行。」作為鈦矽的供應商，楊竹會部署各種新設備，作為鈦矽的技術升級的一部分。

「一切都很好,約翰。謝謝你的來電,很高興聽到你的聲音。是的,鈦矽的事情很忙碌,升級工作幾乎完成了。團隊狀況不錯,也在不斷擴大。此外,我必須告訴你,我們招聘的新人,伊恩·史密茨加入了我們的團隊。他剛從夏湖學院畢業。你還記得他嗎?」

史考特深知約翰會記得伊恩。約翰曾經是想讓伊恩加入優科的,曾經的同黨,史考特正在挖苦他。

「哇,恭喜你,史考特。伊恩會有巨大貢獻的。」

這令人失望。

對話繼續進行。「史考特,我有個問題問你。我們聽說楊竹正在開發一些新的超臨界二氧化碳處理設備,您可以跟我說說最新情況嗎?」

「當然,約翰。是的,這是真的。我們正在開展超臨界二氧化碳以及其他一些新模組的工作。我們認為這些是巨大的成長領域,而且由於華基現在對新技術投資如此積極,這項新技術為我們帶來一個很好的本地合作夥伴。」

史考特繼續提供更多細節,包括邀請優科參與。畢竟,優科也是潛在的客戶。

他顯然不打算隱瞞任何事情。

畢竟，歸根結柢，有什麼需要隱瞞的呢？可能有更多盤根錯雜的內情，但試圖找出答案將是一段穿越迷霧地帶的旅程。

這不是重點，如果楊竹和華基正在開發最新、最偉大的半導體設備，那是由遠比單純的智慧產權竊取更大的力量所操控的。

對話轉向了其他一些話題，然後，在沒有提示的情況下，史考特自行提出了智慧產權的話題，好像在說，我知道你為什麼打電話來。

「我們對創新採取積極的態度，正在開發多種產品組合。」

約翰在心中想，誰知道該相信什麼？約翰在聽的時候清楚地知道，史考特了解智慧產權之事，並正在加強他的防線。他甚至已經將更大的生態系統納入範圍，並打算從國外的一家公司購買一些智慧產權，儘管他不會透露購買來源。

我認為他是想製造一些法律上的迷霧。

整個話題讓約翰感到煩惱。他可以看出史考特的意圖並不是走向智慧產權的聖壇。

「謝謝你的時間，史考特，感覺你很忙！我會嘗試有一天過去拜訪你。」

「是的，請過來吧！我們很樂意為你展示我們的新設施。保重。」

約翰掛斷了電話，一段有趣的通話，還有很多需要了解的地方。

有關伊恩的消息令人失望，還有與西北技術大學的合作，我應該問問珍究竟發生了什麼事。

史考特是一個充滿活力的人，比約翰可能猜測的要多得多。楊竹正在前進，這並不奇怪。但史考特的多樣而巧妙的應對，表明了有更深層次的東西。一場全方位的攻勢正在醞釀中。

● ─ ─ ─ ─ ─ ─ ●

麥克確認了這一次的十八個月審查日期。因此，約翰著手做準備，審查會討論成本、預算及時程表。但主要問題很簡單：技術的狀況如何？

約翰需要召集一些預備會議，確保在高管面前沒有意見的分歧和不一致。在高管面前明顯的脫節看起來並不好。幸運的是，每週的會議已經變得愈來愈順利，某些發展甚至有點令人驚訝，比如珍和西蒙之間逐漸增長的尊重。

事情是如何變化的？當聯合開發工作剛開始時，雙方工作人員處處都心懷怨念。約翰直接從優科陣營中感受到了不

滿。例如，珍和她的團隊會在會議結束後抓住約翰，像對心理治療師訴苦一樣。

珍的懇求總是最溫和的。「約翰，你真的認為我們從這種關係中可以得到東西嗎？」與傑拉德形成對比。「這都是垃圾。幫助我理解為什麼我們要浪費時間？他們不是技術人員，我們只是在對華基的人教學。」

有些人則介於兩者之間，例如肖恩，「我們低估了他們，約翰。我們應該更仔細地考慮後果。」

隨著時間過去，雙方關係變得較為融洽，一些尖銳的元素變得較緩和。然而，互動的某些元素並未改變。午餐仍然是分開的，總是兩個明顯不同的陣營分開坐著，不互相交流。約翰總是聽到一些相同的抱怨，始終是同樣的論調。他們不創新，只有領導者發言，其他人都不發言。

在上次小組會議後，約翰聽到了抱怨的新版本：「你看到西蒙對他的工程師大吼大叫了嗎？服從心態扼殺了他們的創新能力，領導者需要讓他們的人民能自由發出言論。」

一年過去了，更多的專業診斷被提出，要是華基的工程師們能夠擺脫他們壓抑的領導，他們就能大聲發表意見並創新。約翰需要去解決這個問題。

約翰自言自語地笑道。不太可能。

他回想起他在夏湖鈦矽科技工作時的一次意外事件。由於汙染，工廠的燃氣管線爆炸，摧毀了一臺昂貴的設備，並將彈片噴射到幾十米遠的距離。當時純屬幸運，沒有人受傷或死亡。這是一個非常嚴重的事件，需要進行外部調查，董事會要求提供訊息，可能會被罰款，並可能受到紀律處分。

約翰按他工作的要求進行調查，對於到眼前來的詢問是困難的，結果無疑的會對他的職位造成風險。在這之中，令約翰震驚的是他的工程團隊十足瘋狂的反應，沒有他的要求，事故現場一片狼藉就被清理乾淨，執行了盡量減少對生產影響的計畫，完成了事故調查，確定了原因，並製定了補救措施。這場全天候日以繼夜無休的努力，是為了確保在詢問電話來臨時，約翰所需要的一切答案都以無聲、高效且適時的方式出現在他的桌子上。事後他深有體會，無論發生了什麼事情，他的工程師們都在保護他。他們是出於對約翰的本能行事，他不應該有任何連帶損害，不應該有灰塵落在他身上。工程師們正在執行社會契約的一半，約翰的一半，他也承諾遵守，保證他的工程師們在搶椅子遊戲中有一席座位。作為回報，他的工程師會自信愉快地及時介入，即使空中有噴飛的彈片。

約翰現在微笑了。*我無法阻止西蒙的大吼大叫，我們不希望他停下來。*

西蒙的吼叫正是西蒙社會契約的一半，華基團隊保證了對當前任務的努力工作和無私承諾。

約翰也不接受有關創新的診斷。借鑑遠東半導體和其他公司的高超技術實力，這的確看起來像是一個老掉牙的故事。

他笑了。我確信遠東半導體經理們也會大吼大叫。

不，約翰建議傑拉德和其他那些執著於複製和缺乏創新的人，採取更加冷靜的觀點。

優科正在遭受打擊，除了我們自己外，還有其他不是我們自己的方式。

這就是數據所顯示的。顯然，在驅動領先技術方面，有不止一種方法可以達到目標。

約翰感覺到他不是唯一一個願意考慮不同診斷的人。其中之一就是肖恩。另外就是珍和西蒙之間的友情，純粹敵意開始的關係已經轉變為相互尊重。顯然，珍認為她在西蒙身上看到了超過她早期批評目標外的東西；也許同時西蒙也在珍身上看到了類似的東西。約翰很了解西蒙，西蒙是一個知道自己來自何處的人。

珍和西蒙今天要開一次預備會議。經過一番解釋後，西蒙提出了一些友好而堅定的要求。「你在化學合成方面沒有投入足夠的資源……」

我們已經從一年前沉默的憤怒邁出了一大步。西蒙正在學習聯合開發環境的訣竅。他絲毫沒有放棄自己的傳

统。西蒙是一名正在前進的士兵，他對自己的傳統所能提供的力量和支持充滿絕對堅定的信心。

約翰觀察到珍能夠看到事情更大的背景和全貌，但他知道這是不夠的。優科陣營的大多數其他人仍然像胡克的軍隊一樣處於荒野的危機之中 **35**。約翰知道，他以前見過。

隨後，約翰如實向保羅匯報了他與史考特的對話，而保羅則迫切希望弄清楚事情並追根究柢，珍被邀請來協助技術方面問題的討論。

保羅立即切入了對話重點。「我們怎麼看？我們應該積極地從華基獲取更多訊息嗎？我對目前的情況感到不安。」

珍的回答有點模擬兩可。「我親自問過西蒙有關這個工作的情況。是的，他們正在進行一些事情，但他們不會承認任何事。比如，他們告訴了楊竹新的脈衝摻雜技術，他們一旦宣布他們的設備的性能，我們就會知道，到時我們可以證明他們違約的事實。」

「重點是，根據合約，不應該有任何東西能被使用，」保羅說。「一旦建造出一臺設備就為時已晚，我認為我們需要傳達一個訊息。」

---

35 第十章，胡克與傑克森的戰役，對敵人悄然來到的未知。

「我明白，」珍說。「就楊竹而言，也許更好的選擇是參與。根據約翰的說法，他們願意與我們合作。」

珍在充分了解馬可斯將會否決這一計畫之下，還是提出了該選項。對馬可斯來說，楊竹只是外圍噪音的一部分，走向認真對待噪音的方向，根本不用考慮。

閒談繼續進行，還是沒有明確的結論，保羅決定提出一封警告信。優科的高管們必須批准再發送給華基。

約翰繼續，「還有一個問題，你們認識一個叫唐尼・麥扎特（Donny Makzat）的人嗎？前優科的？他聲稱擁有一個對優科來說非常理想的智慧產權組合，是有關奈米薄膜和超臨界二氧化碳之類的東西。別問我他怎麼知道我們的開發工作，他正在推銷這個組合，有興趣看一看嗎？」

「羅傑・特納（Roger Turner）的東西，」珍乾脆地說出：「我們這邊是一點也不感興趣。」

「你看過嗎？」保羅問。

「不，我沒有，」她不得不承認。「但是，我們甚至還不清楚是否真的需要奈米薄膜來過濾，我認為該拒絕。」

「好的。唐尼實際上已經承認如果我們不要，他就會賣給楊竹，我們希望楊竹擁有嗎？」

約翰幾乎感覺到珍想說，「沒問題，去吧！」但又不能自信地說出來。對話已經超出了她的舒適區，進入了以智慧產權為業務模式這個不屬於她領域的世界。

約翰可以說出該做什麼，他對這個領域的了解已經進步相當多了。「如果珍說我們不需要它，為什麼不讓楊竹買呢？」

保羅皺起眉頭，思考了一會兒。「如果你這麼說的話，我會看一下這個投資組合，只是作為預防措施。」

會議結束了。

又是一次時間的浪費，約翰想。

楊竹是否購買了唐尼的投資組合並不是重點。關於智慧產權缺乏的共同願景，對約翰來說總是很清楚的，現在他開始明白為什麼。優科正在將發明賦予不可更動的規則性，雖然楊竹、華基及其同行對此並不買單，但在優科管理的創新和市場規則中，沒有比這更高的使命了。

後果漸漸變得清晰可見，華基方不僅不理會這個想法，而且正在學習如何玩這個遊戲。迷霧和混淆，這就是目標。因此，作為一個商業模式的智慧產權，對優科及其同行來說非常珍貴，看起來不過是在講堂上一些聲音和憤怒的展示罷了。

我們需要現在問一個不同的問題。

文化沙文主義（chauvinism）[36] 起不了作用，華基因採納優科的發明架構並將智慧產權視為一種業務，會獲得什麼可能的優勢？

我們專注於叛變者而不是競賽，約翰警惕的毛都豎起來了。

確實有叛徒，華基陣營內外的人，他們就是違法，他們將西方的智慧產權視為另一個容易圍攻的防禦土牆，違規者總是被放在教材中當例子：「看，他們偷了我們的發明！」

歷史上充滿了背叛者，每場比賽都孕育了他們，繼續抱怨吧，呵呵。

撇除叛徒這件事，還有一個更深層次的問題。對於華基來說，有什麼好處呢？在他們的世界中，對科學和發明的追求都服膺於社會契約之下。他們應該將智慧產權置於某個無爭的高位嗎？有什麼好處？對搶椅子遊戲有什麼貢獻？對前進動作有什麼貢獻？

沒有好處。

這可能是約翰的外交官病在說話，但這是事實，無論如何，使智慧產權不可更改的規則將使華基的能量分散，還會削弱更大目標的關注。

---

[36] 文化沙文主義（chauvinism）：即種族或民族群體相對於其他群體所具有的優越感，特別是在國際關係背景下。

這是一種薄弱的策略，他知道華基不會參與進來。

除了市場規則之外，再也沒有更高的使命，可以使世界各地的唐尼和易知（Epics）能夠在這架構之下，以智慧產權來定位他們自己。但作為一種作戰策略，將導致進一步的弱化，就是更多的精力花在了贏得戰鬥以外的事情上。

●━━━━━━━━●

一位優秀的科學家離開了。肖恩的離開，表面上是肖恩和優科共同協議的結論。

約翰審慎地衡量形勢。誰離開了，以及如何管理離開的整個過程只是強化了他的觀點，即一場競賽正在眼前，這過程需要妥善處理。

首先，肖恩的離職是在十八個月評估的最後階段出現的意外狀況，有人必須補上。

晚餐之後再來考慮吧！

事情發展的迅雷不急掩耳，肖恩宣布他要離開，然後在下週就走，歡送晚宴安排在兩天之後。

約翰參加了晚宴。他喜歡肖恩，某種親近的感覺。除了愛發牢騷之外，他們在某種程度上看事情的方式是相似的。或許我也是一個愛發牢騷的人，約翰心想。

送別晚宴與優科團隊的類似聚會沒有什麼不同，只是有幾個華基的人也參加了。與午餐時間不同的是，華基和優科的人共同坐一張桌子，儘管自己人仍然擠在一起。

約翰決定稍微改變一下，坐在約瑟夫和西蒙中間。肖恩坐在他對面，晚宴上有十二個人。約翰對馬可斯的出席稍微感到有些驚訝。馬可斯並不多說話，但當他發言都非常友善溫和。

「肖恩，接下來有什麼計畫？」有人問。

「我還在計畫，正在考慮一些選擇。」他的聲音有些緊張，幾乎每個人都知道肖恩和優科之間的隔閡。

很遺憾看到你離開，一些人表示好幾次，沒有太多深入探討細節，似乎這樣做是不對的，更重要的是，肖恩沒事，跌倒不會致命。例如，*哇！你惹毛了誰*？這似乎不太合適放在談論清單上。

一度約瑟夫低聲對著約翰，用他自己以莊嚴隆重的口音說出對肖恩的離開感到遺憾。約瑟夫的臉上一本正經，真誠地試圖增加這一刻的嚴肅感。

約瑟夫詳細講述了華基的一個類似情況，似乎是試圖產生一種共感。他們的一位計畫主持人宣布了要去遠東半導體的打算，他說：「當員工決定離開時是不幸的，不是嗎？我們已經與我們的工程師討論她離開的計畫有一段時間

了，但她似乎很堅定。她認為遠東半導體會對她更好。她的家人也在催促她。」約瑟夫並不知道肖恩的具體情況，但必須假設情況相似，變動是正常的，這是生活的一個事實。「我們已經接受了這種情況，她將在我們這裡多待幾個月，直到她為她的孩子安排好學校。」

約翰知道最後的步驟，他在夏湖的鈦矽見過。其中一個自己的人要離開，然後啟動了一個使他們離開的準備過程，會有學校、住房、搬遷等等的繁重工作，一旦一切準備就緒之後會有一個最後的晚餐，也可能兩個晚餐。有悲傷，也許有未說出的憤怒，但在搶椅子遊戲中順利轉移仍然會感到滿意。促進順利轉移是首要任務，整個過程的完整性給了那些留下的人勇氣。

與此同時，還有肖恩和他的離職版本。

馬可斯在這裡給予了鼓勵，個人對個人的那種。

每個人都應該放心，肖恩的離開並不是全部。對使命的信仰不再占據絕對立場，更重要的是，肖恩的人設還是完好無損的，他可以尋找符合他人設的另一個歸屬。如果送走肖恩的過程有一個目的，那麼它的嚴重性也頂多只有影響到大家主觀認定的效能。這是現代社會契約中勇氣的公式。

然後有華基，穿戴著他們的傳統，宛如盔甲一般。

約瑟夫・習和華基將以他們世界的方式送走他們的工程師。

與此同時，優科已經加入現代的陣營，並丟棄了舊傳統，轉而支持了一個新東西：一個軟弱且效果不佳的過程，如同濕麵條（a wet noodle）[37]。不幸的是，在科技霸主的激烈爭奪戰中，「每個人都是贏家」的公式並沒有同樣的威力。

對約翰來說，肖恩的解脫是另一個例子，新世界中個人泡泡逐漸削弱活力，顯然，儘管在門口看到了敵人，優科仍感到自信他們可以處理傷到的元氣。預算中有足夠的空間滿足個人泡泡。為什麼？是因為科學和技術領導的傳統永遠不會丟失嗎？以前的勇氣已經不再需要了嗎？

約翰離開晚宴時，腦海中充滿了各種想法。他可以找到肖恩的替代者，但更具體的擔憂在他心中浮現，*為什麼我們不害怕得要死呢？*

力量正在聚集，這是明顯的。科技領域爭奪戰正在上演，就像在夏湖鈦矽時的日子一樣。對約翰來說，之前只是一種感覺，現在已經成為清晰真實。受爭奪的領域不僅僅是在超五代（Gen5.5）方面更出色，或者擁有更多專利。科學作為人類努力掌握的領域正受到威脅，對歷史霸權如此自信的優科，他們對自己施加的弱點，怎麼可能毫無察覺呢？更糟糕的是，此時華基及其傳統自信地利用著一切優勢乘勢而上。

---

[37] 濕麵條（a wet noodle）：是指與麵條相比，麵條在浸入水中後變得柔軟和鬆軟，而麵條在乾燥時是直的和僵硬的。主要用作比喻一種不切實際且沒有傷害性作用的機制，或者指那些沒有樂趣或懶惰的人，作為非生產性動作的隱喻。

「文斯，見到你真是太好了。」約翰有點隱忍熱情的問候著。

十八個月的高層主管審查會議即將開始，由約翰和麥克・江主持。許多訪客前來參加，文斯也在其中。

「也很高興見到你，約翰。希望一切都好。」

見到文斯很高興。約翰離開鈦矽後還沒有再回去過夏湖，而文斯加入晶片設計公司後也沒有來到過艾斯頓。

文斯不再直接參與聯合開發，但作為表示支持華基與優科合作夥伴關係而參加本次會議。在鈦矽的幾年中，他一直是監督小組的核心成員，擔任鈦矽的聯合總裁，他認識雙方的所有參與者。

他來艾斯頓的第二個原因純粹出於商業考量。文斯的晶片設計公司目前有很好的進展，並希望為優科提供一些服務。

約翰在聽文斯的計畫時觀察到了更多的領域，現在這已經成為一個老故事的一部分。文斯已經轉向新的領域。

會議以技術審查作為開始，預算討論、管理和法律問題則被推遲到會議的最後。整個會議將持續兩天。珍和西蒙帶領最開頭的技術回顧階段。

到目前為止一切順利。

珍和西蒙讓約翰看起來很出色。協調工作進展順利。約翰正覺察到自己有一種隱藏的才能。當優科和華基在同一個房間時,馬可斯只能激怒人們,而約翰能使每個人都安靜下來。

使人和睦的人有福了! [38] 約翰喜歡這個角色。

十八個月的審查會議進展得相當順利,足以使約翰肩上累積的一些負擔得到了釋放。他能感覺到進展之輪的轉動,二個正交文化(orthogonal traditions)[39]的團隊,不同傳統可以共同合作。

當然,約翰在優科的地位實際上並沒有提高。他知道馬可斯認為順利運行是由於不同的原因,華基就是明白了他們的位置,如此而已。合理的領導者仍然處於領先地位。

我將很快離開,順利運轉是不夠的。

就像在鈦矽的最後幾天一樣,內心正在醞釀一種改變的動力,這股新的動力是不同的。約翰離開鈦矽時知道,他不是

---

[38] 聖經:馬太福音 5:9。

[39] 正交文化(orthogonal traditions):認同理論認為,在多元環境中,個體可能認同多種文化,而不必為了另一種文化而犧牲文化認同。「正交」的性質是指兩者之間毫不相干,風馬牛不相及,你走你的陽關道,我過我的獨木橋。

回家，就是留下並適應新的工業世界秩序，也許加入華基。
他無法適應，所以他回到了家，希望能找到前進的道路。

現在，他面臨著更加根本的不相容性，主要是圍繞著孕育
產業的科學上。

馬可斯和他的那一群採取的繼承和不容置疑的領導立場不
會改變，而約翰不會保持一致，所以是時候接受現實，該
離開了。

*假設我們有一萬個去東方學習的伊恩·史密茨會是怎麼
樣的局面呢？那將是一個相當不得了的事情。*

鑄造一萬個伊恩，甚至是十萬個或一百萬個，約翰知道這
個想法很愚蠢。首先，不會有人接受。即使人們克服了西
方學校「更好」的概念，也很少有人願意冒險。為什麼會
這樣呢？當然，談到有關缺乏創造力、經驗至上、死記硬
背填鴨式教育、奇怪且令人窒息的等級制度；再加上不同
的食物、人群，以及嚴重的英語不足。

*一大堆一大堆的廢話和倒胃的藉口，沒完沒了。但……
如果這些人贏了怎麼辦？*

從遠東半導體的世界來看，科學技術之道並不是神聖不可
侵犯的教條。出去走走也許能學到一些東西。

約翰對珍關於凡克特山教授的跟進也並未提供任何寬慰的
表示，尤其是在與教授本人交談後。兩人談到了夏湖，並
開了保羅·喬平（Paul Jopin）的玩笑，當然他們消費了

一下保羅。他們有一個新的共同朋友翁信義，根據教授的說法，大學並沒有真正關注他與夏湖學院和翁信義之間漸增的關係，反而是專注於更大的計畫，這也同樣妨礙了優科與教授簽訂合約。

優科人對伊恩和凡克特山教授的這類話題感到不安，表現出的是一種盲點，正是這種盲點導致了優科完全錯失了他們對科學的控制。

大學的遊學計畫也是一種盲點，儘管都實在達成了。西方學術界不否認長期的外國研究價值，反而是對這種可能性一無所知，較長時間的逗留簡直無法理解。

此外，如果學生去了海外其他地方，他們就賺不到錢了。約翰還在對梅根的大學學費感到不滿。

決定參與管理創新的業務也是一個盲點。大學忙於根據最有利於機構形象的方式來裁定、編排目錄並出售他們的創新。與此同時，凡克特山教授卻投入了與夏湖和翁信義合作的工作中。大學未能意識到他們現在是創新的管理者，而不是服務者，未能意識到由於這種原因，創新正在悄然消失。

正如約翰充分了解的那樣，對於優科和大學來說，情況恰恰相反。有來自東方的一萬名學者，後來還有更多的人，從很久以前到現在仍然如此。這裡不存在盲點，也不存在助長盲點的酷愛飲料 **40**。華基人充滿好奇心。他們的

---

40 本書第四章，指人無條件接受任何事物。

社會契約，對穩定的追求，強化了對神祕和未知的深切關注。因此，華基人整束裝備，翹首引領為競賽做好準備。

而且，他們每一步都更有信心，對他們自己傳統的優勢有信心。

基礎科學和技術領域，還有工業，都完全處於爭奪之中。沒有人能否認這一點。然而，儘管面臨挑戰，西方的模式就是進一步扎根，相信身處高峰的功效及其成就，西方進入了清理模式並瘋狂地自我關注，管理從內到外的各個方面。

約翰有種目睹一場失敗事業的感覺，就像在鈦矽的最後幾天一樣。不過，他感受到的不是憤怒而是放棄，不是對工業命運，而是對科學命運的傷感。

我們有一個新的共生關係。

科學是人類社會中的一項活動。面臨著在界定人類價值方面的巨大困境，西方選擇了一條消除神祕和智慧的道路。人設文化的下一步是一個合乎邏輯的進展，人類價值將透過市場而不是某種任意的社會架構來建立。酷愛飲料。誰能預言，科學促進人設文化效果？創新必須變得可預料？這兩者是相互關聯的？

以管理的方式處理人設和發現，取代了過去純粹以理性思考處理未知的方式。在現在，這是一種新張力，較為軟弱無效的那種。

與此同時，另一個傳統不顧困難地持續奮進。

Chapter
19
巨型企業增添的一抹優雅

在我看來，科學以最高和最有力的方式教導偉大的真理，這真理體現在基督教完全屈服於上帝意志的觀念中。像個小孩子一樣，坐在事實面前，準備好放棄一切先入為主的觀念，謙卑地追隨自然所引導的任何深淵，否則你將一無所獲。

——托馬斯・亨利・赫胥黎，
《給查爾斯・金斯利的信》，
1860年

知道自己不知道，這就是高深的智慧。犯錯的人之所以犯錯，是因為他們認為自己知道。而實際上並不知道。在很多情況下，現象看似相同，但實際上它們屬於完全不同的類型。這導致了許多國家的衰敗和許多生命的損失。

——《呂氏春秋》，公元前239年

劉俊立露出了笑容。他結束了協商。他花了七年的時間，作為一名自動化工程師，使晶圓盒更有效率地在鈦矽的工廠裡傳輸，現在是時候轉身了。離開原來工作環境的過程需要一些努力，但最終計畫確定，他準備著手迎接新的事物。

「終於！」他喊了聲。空無一物的新辦公室是他唯一的觀眾。

對於劉俊立來說，下一步是在附近的夏湖藝術與科學學院擔任教授的職位。他一直是一個夢想家，儘管在鈦矽的生活令人興奮，但在很多方面，並不完全適合他。

沒有時間思考，只有時間工作。

俊立是一個思考者。他對鈦矽的批評並不是災難性的，但足以促使他不斷尋找下一步。即使在鈦矽的工廠緊急情況中，俊立也在夢想著神祕的事情。學術界的生活將與他的天馬行空完美契合。

並不是在鈦矽工作是一個不好的經驗。

他確定，我會想念它的。

朋友、高科技、充滿活力的氛圍。在鈦矽，他可以使用最先進的設備做出最令人驚奇的事情。此外，鈦矽在過去八年中為他支付了博士學位的費用，讓他能夠同時學習並賺取薪水。告別鈦矽，是的。但懷著一份衷心的感恩之情。

儘管如此，我準備好向前進了。

他的興奮對所有參與其中的人來說都是可感覺出來的。

離開鈦矽並不是一個小事。與家人、夏湖學院和鈦矽的討論幾乎花了一年的時間。鈦矽很包容，儘管需要一段培訓期來準備劉俊立的接替者。學院也願意，甚至很興奮，因為他們已經透過他的博士生研究認識了俊立。

他與家人的溝通是最困難的。轉向學術界意味著較少的薪水及較少的晉升機會。華基和鈦矽都在取得成功。為什麼要離開？為什麼要冒險？為什麼要放棄艱難地贏得的職位和薪水？俊立的提議引發了母親和妻子之間的罕見聯盟。歷史上的仇敵聯合起來了：*你正在將家庭置於風險之中！*

俊立知道他們有些過分戲劇化，轉向學術界不像跳下懸崖那樣危險。這確實會讓他賺得較少，這是真的。但在七年的時間中，他已經存下了足夠的錢了。

家庭的溝通似乎持續了很長一段時間，但最終達成了正向的結論。雖然轉向學術界是一種劇烈變化和非同尋常的行為，但家庭中還有一隻更糟的害群之馬，劉俊立的弟弟弗雷德，他才是一個使父母糟心，更大的焦慮和不穩定的來源，他是俊立在整個過程中的一張王牌。

弗雷德剛剛完成了他的大學入學考試，成績不佳。這與劉俊立形成了鮮明對比，俊立在當時入學考時考得很好。弗

雷德該怎麼辦？預期的路線是拼下去，堅定的繼續用功，並為下一輪考試做好準備。但弗雷德提出異議，弗雷德不喜歡這樣的考試制度，他對自己有更大的期望。他一直計畫著上醫學院，如果國內的醫學院容不下他，他將追求其他道路。弗雷德計畫申請波蘭或比利時等地的醫學院，並跳過下一輪的考試。在小心翼翼的父母眼中，這是一個異端的選擇。

暗地裡，劉俊立為他的弟弟加油打氣，不僅作為異端的夥伴，還有實際原因。弗雷德的革命版本正好足夠分散母親和父親的注意力，使他能夠將自己的計畫變為現實，因為父母親的戰鬥力是有限的。

這個策略是有效的。討論結束，生活繼續。劉俊立心情愉快，變化是有趣的。然而，正式開始在學院工作之前，他還有一個家庭義務需要履行，一個與母親的先前協議。

● ― ― ― ― ― ― ●

俊立對紅酒的誠摯熱愛是來自於他愛好紅酒的母親。

他的認真態度體現在他成為一名訓練有素的侍酒師，然後獲得了碩士學位。他母親的熱情卻更進一步，儘管是一種安靜且不引人注目，她對葡萄酒的狂熱的表現，要求俊立在去學院之前參加她的法國葡萄酒之旅，俊立同意這作為進展的一個不可拒絕的先決條件。

於是，他們出發了。

「這次完整的七天，俊立，時間剛好夠用。」俊立和他的母親坐在座位上，繫好安全帶，準備飛往法國。他們上次的旅行只有五天，這次他們多加了兩天，以涵蓋更多地區。當然，俊立剛換工作，有條件可以多加兩天。甚至還有半天的時間在巴黎逗留，俊立也會趁機進行自己的額外之行。

「可惜弗雷德不能來。」俊立的母親在整理她的東西時說，弗雷德的法語可以派上用場，儘管他的母親從不會明確承認這種技能有價值，畢竟，英語是家中核准的第二語言。無論如何，弗雷德都被困在家裡，時間選擇不太巧，這次旅行也剛好是他每月樂團排練的日子。

飛機起飛，他們上路了。

嗶！安全帶指示燈熄滅了。俊立的母親站了起來，從她的包中取出一些物品，然後回到座位上。俊立看著她，看著她在原本是一張嶄新的法國地圖上畫濃濃的黑色線條。似乎是將先前確定的路線重新再看一遍，進一步的優化行程。

俊立知道接下來會發生什麼事。他們將會按照預定的路線和時間從一個地方再到另一個地方，在選定的葡萄園逛了一番，品嚐一些酒，表現出一些蔑視的神情和沉重的嘆息之後，他身材矮小的母親會流露出猶豫不決，並表現出因價格的高昂而憤怒，然後最終下訂單，要求一箱這個，兩箱那個，也許再多一箱。家裡的客廳，已經改造成葡萄酒

存放室，將以某種方式容納這個額外的負擔。俊立估計，以他的母親每天消耗一杯半的速度來看，家中的葡萄酒存量足夠供應二十五年。

俊立喜歡法國和歐洲。他的父親不太喜歡品酒，更傾向於追求歷史，所以催促俊立在葡萄酒地區之間參觀著名景點。由於健康原因，他的父親無法旅行，但他喜歡看到母子倆在城堡、教堂或雕像前的風景照片。俊立的父親尊崇儒家思想，也是自己國家歷史的專家。他和俊立會討論各個停靠點的重要性，儘管對於他們來說，解開歐洲歷史的謎題：羅馬、查理大帝（Charlemagne）**41**、亞維儂（Avignon）**42**等等，基本上是超出了他們的能力。俊立的父親會說：「持續的宗教戰爭，而不是一個文明中王朝的興衰。」

俊立回到觀察地圖標記，同時提醒母親，「別忘了我的行程，媽媽。」

「不會的，不會的。按照你的計畫安排日子，我們會送你到靠近火車站的地方。」

---

41 查理大帝（Charlemagne）：歐洲中世紀早期的法蘭克國王，又被稱為羅馬人的皇帝，文明的啟導者。

42 亞維儂（Avignon）：南法歷史古城。

俊立的旅行是參觀位於法國和瑞士交界處的大型強子對撞機（Large Hadron Collider）[43]。他以前從未參觀過，但現在，由於他計畫轉向學術界，這次旅行變成不可或缺。俊立不打算研究大型強子對撞機背後的基本粒子物理，但是不會離太遠。他的領域將是一個實用的分支，即量子通信，這足以讓大型強子對撞機的基礎物理學成為他的靈感來源。

俊立的母親繼續專注於畫她的路線圖中的黑線，故意忽略他擔心的目光。最終，她深深地嘆了口氣，說：「別擔心，我們會把你的旅行安排進去的。現在，讓我們休息一下吧！」

法國戴高樂機場一如既往地繁忙，夏季旅遊旺季增加了額外的遊客負擔。俊立跟隨他的母親排隊等候入境、海關等程序。在這種時候，他往往會發呆。他的母親會領著他，穿越隊伍，衝進任何可以加快過程的空隙。畢竟，即使距離她中心活動領域這麼遠，她也想要抓住世界。

取回行李後，他們離開了機場。葡萄酒之旅開始了。

●　—　—　—　—　—　●

---

[43] 大型強子對撞機（Large Hadron Collider）：是一座位於瑞士日內瓦近郊歐洲核子研究組織的對撞型粒子加速器，作為國際高能物理學研究之用，也被稱為 LHC。

俊立感到高興。他高興是因為母親高興。到目前為止，這次旅行進展順利，葡萄酒採購過程也進展順利。

至少又可以供應十年。現在是該去看大型強子對撞機時候了。

俊立在日內瓦（Cornavin）下車，離他的目的地還有一段輕軌電車路程。大型強子對撞機的參觀只能透過預約，他需要準時抵達。

離開母親一切順利，沒有任何事故。她發出了幾個預料中的離別嘲諷：「你總是想隨心所欲」，然後故意發出哭腔說：「別擔心我，我會好好的！」

她會好的不得了的，俊立對此非常確定。

俊立笑著上了輕軌電車。這是父母親的錯，他想自己和弟弟弗雷德，我們被教導要好好做自己。

這是真的，他和弗雷德正在走一條略微偏離常規的路線，是自己制定的路線。但這不是從一開始就是家庭的規則嗎？對俊立來說，他的父母似乎特意讓他們接觸到各種不同的經驗，這份清單包含：語言、藝術、音樂、科學、外國研究，這份清單可以在網路上找到，是虎媽的指南，教你如何「打破孩子的框架」。作為家庭培養包裝的一部分，俊立和弗雷德的父母甚至允許二個孩子一起在美國背包旅行一個月，就他們自己。畢竟，那是一段瘋狂的時光。

這是一個新時代，而我和弗雷德不是唯一奇怪的人。

的確，俊立有一些朋友走向各種非傳統的方向，如創業或整個職業大轉變，就像俊立的情況一樣。顯然，有夠多的虎媽們在看網路育兒工作清單，在文化結構中製造出一種尖銳的張力，充滿活力，也營造了無數的機會。俊立從半導體行業轉向了量子通訊。其他人也會採取更大膽的方式。隨著新一代的青年們的成長，社會將獲得現代先鋒所承擔風險的回報。新時代正在崛起。

當然，隨之而來的是對新領導人的一些不安，並不是每個人都喜歡他們所看到的。年輕人不再有紀律了！沒有傳統的感覺！他們都很自私！新事物的反對者通常是舊時代的那一輩人，以上一代人對下一代的抱怨形式提出了他們的批評。金字塔中的象形文字記錄了相同的抱怨，古書中也同樣的有記載。

如果年輕人正在自由化，那麼自由化只是程度上的問題。老一輩可以放心，天不會塌下來。畢竟，一個人可以把老虎帶出森林，但不能把老虎精神從媽媽身上帶走。創造力，是的，但是一種有紀律的方式。對有些歪理邪說，甚至最強大的新思維也無法強加改變。弗雷德需要通過考試，仍然需要良好的數學成績。畢竟，這個搶椅子遊戲仍然是當今的規則，對傳統的尊重仍然是獲得椅子的保障。連弗雷德也知道這一點，生活的規則需要一些謙遜，新的前衛是有限的。

俊立微笑著。別擔心，媽媽。我離開三十六個小時，然後我就回來了。

●　—　—　—　—　—　—　●

俊立很享受這次旅行。大型強子對撞機不愧是人類了解宇宙前沿的設施。大型強子對撞機的規模和功率遠遠超過地球上任何其他粒子加速器，它以讓人想起宇宙最早期時刻的能量將亞原子粒子撞擊在一起。這就是粒子加速器的目的。用像原子彈爆炸或恆星中心的能量，將東西撞擊在一起，只是為了看看會發生什麼。

我想知道我們國內的什麼時候會建成。

建一個比大型強子對撞機大得多的設施的計畫已經宣布，但我已經記不清進度了。作為一個實際問題，要成為物理研究的領先者，需要高能加速器。當然，家鄉計畫建造的加速器將是世界上最大的。物理學充滿了未解決的問題，俊立期待著加入解決這些問題的行列。

俊立想，父親會對所有努力理解宇宙的煩惱微笑。

當他們花時間討論這個話題時，俊立的父親會讚揚國家在推動知識前沿和解開宇宙基本規律方面的努力，即使他不理解細節。然後，他會引用一位古代聖人的話來告誡人們：「保護和管理九河四湖的堤防航道，他們治水的本事，古往今來都是一樣的；他們不是向大禹學的，而是向

水學的。」長久的歷史教訓告訴我們，對於某些事情，只能由自然教導我們以經驗為答案。

俊立在看完大型強子對撞機的這趟單獨旅行後再度與母親會合，剩下的行程中沒有發生任何意外，只希望飛機能把所有葡萄酒運回家。

●　—　—　—　—　—　—　●

數週後，俊立坐在他的辦公室裡。他已經開始了在學院的生活。他已經將自己的物品搬到了辦公室，正在進行安頓階段，現在需要休息一會兒。

那將會很有趣。

俊立正在閱讀一本西方流行書《我們了解上帝》的翻譯本，該書歌頌了現代科學的成就，將上帝變成了數學問題。他覺得有趣的地方是，提出的一些計算方法來解釋宇宙「暗能量」的分布。暗能量是現代物理學中的相當棘手的問題之一，它阻礙了最終將宇宙聚集為一體統一理論的形成。

他微笑著。如果計算是錯的呢？如果有上帝呢？

在物理學界，有關暗能量理論存在著很多爭議。俊立不了解西方的上帝，但他非常確定，如果有人出現在一個地方，期望見到一位數學上帝，但最終卻找到了完全不同的東西，那將會超不爽的。

確實會令人不愉快！他確定。

這些思考使他分心，讓他忘卻了一個不愉快的早上，俊立與學院管理者的會議開始了他的一天，最終確定他的整體工作及其內容。當他坐在管理者辦公室外等待著輪到他時，他可以聽到電話一端的尖叫聲，「為什麼要花六個月才能獲得許可證？為什麼沒有早點把風水大師叫來？」顯然，請來的風水大師審查新辦公室計畫後，剛剛告知學院需要進行徹底的重新設計，以克服格局中能量流動的問題。這需要新的建設許可證，這意味著延誤。

當會議開始時，管理者仍然在發火。潛在的緊張情緒與手邊的工作比起來，他說：「你的文件有問題，我還沒有最終批准薪資報酬。」

俊立結結巴巴地解釋如同在試圖迴避，由於他已經獲得了足夠多的好評，所以管理者在額外的發發牢騷之後，恢復了一些冷靜，工作的細節得以最終確定。

之後，俊立踱著緩慢的步子的回到了他的辦公室。*我很高興這事結束了。*

他的新事業的後勤作業正在形成，現在是制定工作計畫的任務了。他早就知道自己的研究領域了，量子通信領域在早前就俘獲了他的想像力，因為它是物理學、先進硬體和軟體的夢幻組合。透過量子通信的加密方式被認為是最安全的通信方式，一個相互聯接的世界迫切需要更多改進的

方法來保護天空中傳播的訊息。每個人都同意,量子通信可以達成此項任務。

俊立所在的環境最近充滿了興奮,因為政府發射了一顆完全專門用於量子通信研究的衛星,這是全球首次,俊立有完全充分的機會成為尖端研究的尖端。

「讓我們拭目以待,看看我們能做到些什麼。」他迫不及待地告訴他的父親。

確實,衛星的發射是一個里程碑,也是一個巨大的機會,可以在一個新的工作領域進行開創性的研究。這顆衛星將實現量子通信概念的遠距離測試,這是實際應用的一個步驟,無法破解的通信現在觸手可及,政府、軍方、金融機構等等都理所當然地感到興奮,並且此領域的生態系統正在成長。

俊立冒出自信的泡泡。我在正確的時間出現在正確的地方。

要使通信無法破解,處理資訊加密的關鍵,即代碼的處理方式,必須是無法破解的,沒有人能夠存取密鑰並破譯代碼。在現代通信中,密鑰是一串由一些非常複雜的數學隨機生成的0與1組合。問題是只要數學進步到改進加密技術,駭客就會弄清這些數學,或者這個0與1組合的密鑰可能會被竊取或洩露,無法保證絕對的保護。

量子通信透過將問題轉交給一些奇特的量子力學特性來解決這個難題。這串0與1組合數字將被加密為量子狀態，按照定義是完全隨機的。此外，由於它們是量子狀態，因此一些駭客無法在不改變它們的情況下讀取這些0與1的二進制數字。駭客行為無法不被察覺。這兩個特性，完全隨機和完全可追蹤，都是與物理世界相關的，正如量子力學所預測的那樣，完美的解決方案。

還有一個實際的問題，那就是創建和傳輸可在現場使用的量子加密代碼。實際實施測試是俊立的目的。一串加密字符透過雷射光束射出傳到地球上，觀察者將確定加密字符串的代碼在長途旅行後是否能被讀取，由硬體、軟體和底層方法的調整來完成這項工作。

也許瑞秋‧習的算法也能幫上點忙。

這就是不斷發展的生態系統中的能量，透過鈦矽科技的聯繫已經開始作用，將新的想法帶到他的辦公桌上，包括來自學院的初創企業提案。一切準備就緒，俊立可以踏上他選擇的工作道路，成為量子通訊專家將是他對尖端科學研究的貢獻。

全球正進行著一場科學領導權的角逐賽。憑藉金錢可以買到的最好的設備，並得到社會各界的支持，俊立和他的傳統與任何其他人一樣，都有機會來定義科學的未來。

結語 另外一步棋

約翰再度移開了步伐。這可以說是一場和平的分手，優科與約翰即將分道揚鑣。

把這次的分離稱為解綁其實太過。「解綁」首先需要符合個人泡泡中的社會契約（social contract）[44]，但這並不適用於此情境。約翰和優科生活在互不可見的宇宙中，所以他們之間也沒能互相同意融入。

這都是我的錯。

約翰認為他支持和助燃了這兩階段關係的疏遠，首先是在優科稱之為家的新工業世界中危言聳聽，其次認定優科的科學技術方法是日薄西

---

[44] 社會契約：是一種概念，用作解釋個人和組織之間的適當關係。社會契約主張個人融入組織中是透過一個相互同意的過程，當中，個人同意遵守共同的規則，並接受相應的義務，以保護自己和組織中其他人不受傷害。

山的看衰悲觀。優科透過將科學轉化為工業來賺錢，如果約翰已經確定工業與科學這兩個領域優科都沒有贏面，那他就沒有留下來的理由了。與此同時，優科再次將他視為一隻嘴和尾巴都長錯地方的鳥。

最終，他們的分離是透過文件簡單地正式化了他們的關係。約翰就是離開了，走出了門，就這麼簡單。對於優科來說，等同於打開和關上一扇窗。真的只是一個事後的想法，如果沒有個人自我想法作為參照，還留下什麼社會契約為指南呢？

作為對約翰的最後諷刺，夏湖的領導階層已經成為他的朋友，他們發出各式各樣的消息：我們知道變化會發生。你和優科決定了什麼？你的下一步是什麼？領導者約翰肯定有其他的機會，對穩定性和搶椅子遊戲需要明確清晰。

約翰無法開始解釋他從優科毫無波瀾的離開狀態。夏湖的同事可能會理解一位僧侶有如此最終離開社會的決定。但約翰呢？憑他多年的經驗？這就是水到渠成，肯定有一些計畫商議已經到位。

如果史考特能理解的話，他肯定會對此幸災樂禍一番的。

約翰在優科的最後一封郵件是來自夏湖的朋友，劉俊立。俊立即將進入學術界，邀請約翰有機會到新的工作場域來探望他。

俊立這個搗蛋傢伙。很高興收到他的消息。

約翰還記得，當鈦矽從一次電源衝擊中恢復過來時，俊立曾罕見地展示了他的反叛精神，寫了一些家常的電腦代碼來給工廠中的晶圓盒重定路線。然而當時事情沒有如他所希望的那樣發展，晶圓盒發生碰撞或走失，導致一場又一場的混亂。

約翰笑了。天哪！當時生產經理真的很生氣！俊立在工廠打破了指導準則還製造了不穩定。

學術界將非常適合俊立。

俊立是新時代的叛逆者。諷刺的感受並沒有消失在約翰身上，他對俊立的傳統來做科學充滿信心，但是對自己的傳統已經失去了信心。

3 PART

我們的美德

Chapter

20

最後一步

一段對話：

君厲：很高興認識您。我叫君厲，我是跟隨我師父來見習的學徒。可否請您自我介紹？

艾斯基勒斯：我叫艾斯基勒斯，也是來見習的學徒。如果我沒有記錯的話，您來自東方，有些人稱之為契丹。

君厲：上天告訴我您來自西方，一片被稱為古希臘的土地。您如何看待下面的事件？看起來我們的教育正在經歷一些動蕩。

艾斯基勒斯：人類的歷史是一場競賽。另一場正在我們面前上演。

君厲：我同意。上天之子的興衰，世界的運作方式是循環往返的，人沒有改變。

> **艾斯基勒斯：**但是，先生，這些競賽帶來了改變。當然，您一定看到了千萬年帶來的思想和設計發明的進步吧？
>
> **君廂：**設計發明？是的，我認為我們有很多。思想進步了嗎？人類的歷史是由那些只是重新學習古老儀式的人所引導的。
>
> **艾斯基勒斯：**在取得一些進展之後可能會有所下滑這我同意。但您肯定看到了，那些人透過他們的心智力量，已經達到的高度？憑藉思考和決心，人就能成長⋯⋯
>
> ——佚名

「我會告訴你們，我們應該對我們的大學做什麼。」遠東半導體公司的崔德善開始在他的同儕面前發表那套熟悉的長篇大論。帶著與遠東半導體的崛起相關的聲譽，他可以自信地談論晶片產業之外的話題。今天的主題是關於高等教育的策略，這個領域是他特別喜歡的。如何培養思想領袖策略制定者？隨著他的職業生涯即將結束，崔德善希望確保適當的勢頭。社會和產業都在向新王朝的勢力前進。崔德善致力於幫助加速這一崛起。

「西方有一定數量的學校，其目的是培養領袖，」他繼續說。「像海佛商業學院、皇后鎮這樣的知名大學，我們需要創建同樣的學校。這樣做我們將能夠進一步培訓我們的青年領袖，並推動我們的產業和社會，以迎接當前時代的挑戰。」

這是一個年度商業晚宴會場，國內工業界的所有大人物都在場。約翰應邀參加，也在觀眾席上。他新的顧問工作的一部分讓他搭上鈦矽時代的順風車，熟悉的臉孔使晚宴感覺平實愜意，儘管約翰並不是本地工業界的固定成員。

約翰聽著，試圖接受崔德善的計畫，就像他所說的那樣。他喜歡崔德善，欣賞他的成就。但是，今天崔德善走向的新領域不可避免地煽動過去舊的偏見。

我才不吃這套，約翰篤定。他並不認同崔德善提出的策略。更確切地說，約翰不同意這個目標。策略無疑地是沒問題的。

約翰很清楚像這樣提議的背景。崔德善向他的同行提供另一個結構吸收的詮釋方式，這將有助於一系列已經存在的吸收：文斯對商業流程的關注，虎媽對創新和創意的關注，科學群體採用理性主義來美化經驗主義，以及年輕人老是在拉近的西方流行文化。

崔德善的世界裡到處都是吸收的例子，它們總是遵循同樣的模式。這些吸收的浪潮不是由長期計畫驅動的，而是源於原始本能釋放出來的人類能量的表現。崔德善和其他人可能會用合理的策略來增強努力，但到底是一種本能，對領地的本能。無論是有形還是無形的領地，在搶椅子遊戲中，都意味著更多玩耍和操控的空間。領地提供了一個更廣泛的基礎來穩定社會秩序，並為下一步做好準備。吸收只是擴大基地的磚塊。

崔德善今天宣布了新潮流。

他只是繼續創建未來，約翰想著，也同時被成功的氣息所激勵。

強大而成熟的領導力是任何人努力的基石。從崔德善的角度看，建立他的大學並培養領袖的努力是完全有道理的。崔德善看到了加固城牆的方式，在他的世界裡，能幹的少數人在被放入政府、企業和學術領導崗位之前，可以再進一步被打磨擦亮。

崔德善使命的問題是在解釋問題，他賦予作為創造領袖的角色並不存在，他關注的機構制度還沒有到位，無法創建一個篩選少數人的篩選路徑。

這不該是這樣運作的。

約翰看到了一個熟悉的畫面。同一件事的兩種觀點，但完全不同的理解基礎。

西方對崔德善的領導計畫的看法是什麼？健康西方自由教育應該產生一個批判性思考的基礎，這是社會的基礎。領導人的出現是一個自然的結果。作為基礎，批判性思考是普遍存在的，甚至對於那些出身最卑微的人來說也是如此。這是全部的要點：民主啟發的批判性思考使得特權結束。土地所有者不再存在。領導的機會應該向所有人開放，並由所有人平等規定。任何孩子都應該想像他們可以成為土地所有者、執行長、參議員，或者甚至是總統。任何機構都應該能夠提供準備工作。

有些大學，包括在崔德善的名單上的，可能有較好的教學紀錄，這是歷史的產物，而不是任何特定機構固有的東西。西方文化仰賴這樣的信心：領導力可以在任何地方產生，而不僅僅是在「領導力學校」。事實上，除了基礎和普遍可用的東西以外，整個想法都是精英主義的，甚至是冒犯性的。

無論如何，崔德善會用他的方式。

西方教育的基礎可能是崔德善關注的論壇，但它肯定不是他的目標，至少不是以赤裸裸的形式。

根本差異的詮釋源於崔德善已經有了基礎，而不是在尋找替代品。他只是想在他所擁有的基礎上再向上疊加些東西，崔德善的世界已經建立了一個較高階的篩子，這確立

了進入大學的邊界條件（boundary conditions）**45**，領導力培訓應該只提供給那些符合這些條件的人。

邊界條件是什麼？遵守社會秩序的規則、全身心投入於搶椅子遊戲，尊重傳統帶來的一切，還可以繼續列出更多。這份列出的清單主要包括了占據制高點和保持控制的行為方式。最符合這些行為的人可以成為領導者。激進分子是不被允許的。崔德善希望的是課程、修辭技巧、加強的批判性思考，在他的宇宙中給那些已經展現適當基礎的人錦上添花。

是有一個篩選機制。

老經驗的約翰熟悉崔德善的邊界條件。他之前多次遇到了同樣的行為方式。當約翰迫使凱文・趙（Kevin Zhao）撤換掉一位經理時，他可能會微笑同意，但這一撤換必須等到凱文透過他的高階的篩子來處理這件事。約翰的民主是次要的。

崔德善最近的追求是在更大的舞臺上對約翰的民主再一次的削弱壓制。

那麼，這會讓崔德善和他的追求走向何處呢？西方與東方的對立？互相脫鉤？一方看到基礎的倫理？另一方看到增

---

45 邊界條件（boundary conditions）：是解決邊界值問題，所必需的限制；而邊界值問題的解通常是符合約束條件的方程式的解。

加的領地？約翰心理隱約有了答案，他在其他場域看到了對領地的追求。

我相當確定崔德善會取得進展，約翰想，*他為他的憤世嫉俗找到了發言權。*

理論上，崔德善不應該取得任何進展。基礎是基礎，不是可以競標的東西。但是，正如約翰已經意識到的那樣，目標的重新定位可以使最不可能的概念變得可能。

●━━━━━━●

一週後，約翰從他的亞洲之行回來。他決定回家途中繞去華盛頓特區的大學探望他的女兒梅根。

自從離開優科之後，約翰開始過著一種結構較為鬆散的生活，擔任顧問並到處接一些短期的工作，這意味著他有自由安排想去哪兒就去哪兒的行程。

梅根在杜勒斯機場接約翰。「嗨，爸爸，見到你真好。」

每次見到梅根都讓他很高興。她正在完成大三的政治學課程，她已經離家三年了，但從沒跑得太遠。

在開車的途中，一向活潑的梅根，滔滔不絕興高采烈地向約翰講述她最近的大學經歷。男朋友、女朋友、派對、考試、糟糕的教授、優秀的教授。大學時光的味道從約翰的時代到現在並沒有太大的變化。

還有些理由，像是對行政管理的抗議、對地方政客的喜愛或討厭以及對環境的擔憂。永遠都有環境問題。列在清單上的社會問題從沒減少過，然而健康的行動主義永遠是組成大學生活中不變的部分。

這就是崔德善所說的那些領導學校中的一種版本……即使不在他的名單上，當約翰聽到梅根一長串的故事時，他就相當確定了。

確實，年輕的思想正在為引領未來做準備，但如約翰所認為的，目標正在進行重新定位。

稍後在前往華盛頓市中心的途中，這個想法被加強了。

「你知道，爸爸，我教授說自由民主在人類歷史中將被視為一個小光點，只是暫時性的。」約翰正默默地看著窗外出神時，梅根的話把他拉回現實。由於當天的行程，梅根正在刺探約翰的想法，因為此行的目的是參觀位於國家檔案館的憲法，之後可能還會去有關史密森尼學會（Smithsonians）**46** 的其他地點。

---

46 史密森尼學會（Smithsonians）：也譯作史密松學院，是美國一系列博物館和研究機構的集合組織，其地位大致相當於其他國家的國家博物館系統。該組織囊括十九座博物館、九座研究中心，和國家動物園以及 1.365 億件藝術品和標本。

「告訴我，我想聽聽。」約翰接受了誘餌並笑了起來。「嗯，其實也沒什麼好說的，」她說。她甜甜地笑了。「就只是這樣而已。」

話題漂移開了，但約翰的思緒依然逗留，還剩下什麼可以立足？似乎輿論民主已經進步了如此多，以至於現在可以將民主本身降級為僅僅是另一種想法。

梅根再次笑了。「別擔心，爸爸。我會有我的判斷力的。」梅根試圖舒緩她憂心忡忡父親眉頭中的皺紋。「那位教授太自以為是了。」

「是的，請保持理智，」約翰笑著說。「讓我們談談其他的，我們很快就到了。」

他們的談笑轉向了更輕鬆的話題：假期、實習計畫，以及梅根男友的更多細節，戀情變得認真起來，使得那男孩不想見到約翰，整個事情就太嚴肅了。

過了一會兒，他們到達目的地並開始了他們的旅遊行程。除了他們預定的計畫，他們還找時間參觀了林肯紀念堂。「八十七年前，我們的父輩們在這塊陸地上建起了一個新的國家，它孕育於自由，並奉行人人生而平等的主張。……」**47** 當天氣候宜人，談話輕鬆，旅遊結束，約

---

47 蓋茲堡演說（Gettysburg Address）：一八六三年，第十六任美國總統亞伯拉罕 · 林肯最著名的演說，也是美國歷史上為人引用最多之政治性演說。

翰送梅根回她的宿舍，在門口輕輕地親親她的臉，然後回到了他的酒店。

● — — — — — — ●

當天晚上，晚些時候的翰確定梅根是理智的，大部分的時候是。

儘管大學很努力。

總是有些事情讓人覺得很蠢。梅根對於因耳環尺寸引起校園騷動的議題感到興奮，真的無法對這些大學有信心。顯然，耳環款式正在傳播跨種族及性別，還有文化挪用的議題（culture appropriation）**48** 這正是大學花費精力培育的偉大想法。崔德善計畫的大學正在變化。

她會好好的，約翰說服自己。

也許在國外度過的幾年給了她足夠的觀點，以至於她不會對新智慧照單全收，而會保持理智的判斷。

大學確實有一個明確的方向，帶領梅根和其他學生在冒險中前進。梅根的教授大學時是新方針中的一名戰士，他

---

48 文化挪用（culture appropriation）：或稱文化誤用，一般來說是指較強勢的個體或文化群體面對相對弱勢的個體或文化群體時，以未充分理解、誤解、取笑、歧視或不尊重的方式，直接採用、侵占、剝削、抄襲或複製弱勢文化。

是裝備了相對真理的超新星（supernova）**49**，到處培養了個人泡泡，然而當每個人的泡泡沒有得到妥善的尊重時，教導憤怒作為最高原則。有一種智慧可能會判定泡泡裡的真理是愚蠢的，在約翰看來往往是如此，但並未被認可。相反，儘管爭論激烈，但約翰觀察到事情已經進入了完善模式。在最新的版本中，學生們被提供了如觸發點（trigger points）**50**和文化挪用之類的術語作為更先進的工具，以提高身分認證效率，改善個人泡泡的流量。

從崔德善的角度來看，大學的變化可能不那麼顯而易見，也不真的那麼有趣。他在研究那些顯示從西方而來的領導者源頭的歷史數據。

此外，崔德善大學的未來學生將會以品格來篩選，即使是輿論民主的最先進的社會也無法持續這個力道。崔德善的學生不會帶著觸發點回家，也不會感到憤怒。即使他們這樣，這些概念也不會留下來。沒有任何新的東西能對抗崔

---

49 超新星（supernova）：恆星演化末期的一種現象，星體因爆發而光度突然增加，甚至超越整個星系。有如天空中突然出現一顆極亮的新恆星，故稱為超新星。

50 觸發點（trigger points）：或激痛點，是骨骼肌上特別敏感的區域，並且與肌纖維上肌肉緊繃帶的結節有關。在激痛點施壓會出現「激痛點現象」。

德善的邊界條件。有一個更高級別的倫理覆蓋了所有意見，個人泡泡並無法定義他的社會契約。

崔德善追求他所理解的部分。修辭、邏輯、辯論，其餘的都是多餘的。

同時，我們得保留其餘的部分。對於每位學生二十五萬美元的學費，我們需要做得更好。

對於約翰來說，所有智慧被人設文化所取代的新中心思想，是使產業和科學失去力量的主要原因。

但這只是約翰的個人觀點。當然，大學應該想要捍衛他們作為自由民主思想先鋒部隊的角色，新人設文化思想也被包括在內。當崔德善的大學只挑選他喜歡的部分來提供，而留下大部分無價值的東西時，大學應該如何反應？這對於對機構的尊重或對訊息的尊重說明了什麼？大學需要奮起迎接挑戰。

● — — — — — — ●

這是可以預測的，約翰沉思著。只是時間的問題。

現代競賽的緊迫性使得實地的數據就近在眼前。約翰正在理髮店，讀著一本新聞雜誌。

有證據顯示，東方對領導學校的追求任務正在取得進展，市場正在產生。新加坡，一直是與西方接觸的先鋒，已經開始執行崔德善的策略。新加坡已經確定要舉辦崔德善高端領導學校名單中的一個分校的計畫。甚至崔德善可能會嫉妒，這個城市國家已經深入地推進他的領導學校策略了。

木已成舟。約翰看到了正式確定新方向的最後一步。

他去過很多次，他知道新加坡是一個有著和善人民的美好地方。

然而新加坡不是完全的民主國家，很難是西方領導道德興盛的環境。

事實證明，考慮到現代大學的新的關注焦點，這真的不是一個議題，搬到新加坡有點像是一種出櫃（coming-out），展現出真實的自我本質。現代中心思想已經將自由民主的地位降級，且大學正在執行新的美德。在新加坡建立校園看起來很不錯。

顯而易見的，新加坡的動機與崔德善完全相同。對約翰來說的木已成舟，新加坡的舉動代表了最後一跳；像搾乾檸檬的最後擠壓，或者對於較不偏激的人來說，是崔德善陣營本能的總結嘗試。

本應該由大學傳授的社會美德正在被交出去，沒有什麼更多可以給的了。新加坡、崔德善、遠東半導體公司、華基工業集團、俊立，西蒙和所有其他人，帶著他們的傳統和選擇性的吸收，繼續為他們的專注目標拼下去。所有這些都在某種意義上代表一個新朝代，另一個正在崛起的朝代。

與此同時，我們還徜徉我們的海洋中，約翰想，以一種最終聽其任其的模式，工業、科學，以及現在的這個，不知怎的我們正在對流失的遺產一無所知。

不能怪罪大學。新加坡的收購和大學的默許，只是隱晦表示更大規模的文化廢除，走向最後令人信服的一步。

結語 約翰的收場戲

約翰回到了工廠。這可能是他最後一次來到這個製造之家。隨著時間的推移，人情關係也逐漸淡薄，人們都在繼續前進，包括約翰。

「現在是廠長了，凱文。恭喜你！」

他的老朋友凱文‧趙（Kevin Zhao）穩定的爬上了領導階梯，現在他為華基集團管理整個工廠。

「非常感謝，約翰。很高興見到你。」

接著是一些敘舊和互相更新有關朋友的消息。討論期間，凱文顯得有些煩亂，約翰很快就明白了原因。

「你要和我們一起去嗎？約翰，我們打算去當地的寺廟。」

似乎工廠最近出現了幾次重大的故障，導致產品損失和設備受損，財務損失巨大，凱文和他的團隊認為去到當地的寺廟燒香祈福是明智之舉，這是為了防止進一步的損失的策略之一。

約翰對這種訴諸神靈的做法並不感到陌生，稍後，當他在回家的旅程時，他思考了自己的版本。

自從離開優科後，約翰試圖從各個方向重新與他的世界建立聯繫，尋找他對未來的理解。他嘗試了福音運動（evangelical movement），但它似乎更多是建牆和鞏固立場。大多的福音派人士就像是現代的靜修士或是隱士（Hesychasts）**51** 重演著拜占庭（Byzantium）**52** 的最後日子。

環保主義很受歡迎，尤其在某些情況下，約翰也嘗試了。但似乎環保主義被視為一種智慧的替代選擇，他知道它不可能是。對約翰來說，一個民有、民治、民享的政府應該優先於氣候變化。地球上的其他人，包括凱文在內，都不會為了解決全球暖化而放棄他們的傳統。

但約翰知道，他個人對未來意義的追求只是一個次要活動。他已過了大半個人生，年輕人才擁有未來，現在是梅根的世界了。於是，在他回程中恰巧碰到了三個年輕人版本來供他考慮：三位未來的管理者，也是從東方回家。

---

51 靜修（Hesychasts）：又譯為靜默主義，一種隱士祈禱者的傳統，流行於東方正教會與東儀天主教會之中。遵守這個傳統的基督教修士，保持靜默的修練，被稱為隱修士；祈禱者放棄外在感官的追求，在內心的平靜中，體驗到對上帝的知識。

52 拜占庭（Byzantium，希臘語）：是一個古希臘城市，也為現今土耳其伊斯坦堡（君士坦丁堡）的舊名，相傳是從墨伽拉來的殖民者於公元前 667 年建立的。

首先是開明青年，他與約翰一起排隊買票，然後去機場的火車上就坐在他後面。開明青年花了很多時間向他的鄰座宣揚起一位家鄉新當選的、年輕的、進步的領導人的美德。顯然，有一個因果關係，原因多到讓約翰無法同步跟進。

他剛從像梅根那樣的大學畢業。從他在購票隊伍中的語言困惑來看，大學並沒有真正使他準備好去與世界接觸。我想我的三語助手喬伊斯可以作為導遊來幫助他。

第二是嚴肅男孩，火車上他恰好坐在他的旁邊。嚴肅的男孩來自中部某處，經過八個月的留學旅程後正在回家的路上。他說話清晰、有禮貌、專注，並且確實很嚴肅。他的學業顯然進行得很順利，他得到了他想要的。

中部仍然很強大且會維持一段時間。

第三是愛笑女孩。現在飛機上有兩個坐在他前面的位置上。

「你能相信昨晚的告別派對艾莉絲（Alice）連一張照片都沒有發在她的貼文上嗎？我以為我們是朋友。」

「老天爺啊！我同意，她真的是無趣耶！我認為我們大家都玩得很開心，好像她根本不在那裡似的。」

她們笑著，開玩笑地說著，當話題轉向考試準備，然後轉到一些新的動畫時，她們從英語轉到了一種聽起來像是來自夏湖附近的方言。

這是一個混合的世界。誰知道他們來自哪裡？

稍後，隨著飛行時間延伸，機艙開始變得安靜，他決定清理他的公文包。在飛行七個小時後，任何工作都變得有趣。他的公文包裡裝有過去幾個月隨意塞入的各種文件。在清理的過程中，一疊文件掉到了地上，當他撿起時，一張引起了他的注意。

「這是一個快速的世界。」

這聽起來很熟悉。

「這是一個快速的世界，變化如此之快。堅持保留住唯一永恆的東西，堅持上帝。」

這與許久以前那位跑者的訊息不太一樣。

現在，他回憶起那是一個傳單，是一個男人在他和梅根離開國家檔案館大廳的臺階上遞給他的。

下面還有另一張紙，那是憲法的小複印本，供給那些參觀檔案館的人使用。他當時把這些塞進口袋，後來轉進了他的公文包。

當他坐在這架飛過太平洋的噴射機上，介於東西方之間時，他拿著兩張紙，一手一張，其中的諷刺意味在他心中久久不散。

理性思考遇到神祕，我們的遺產。

約翰願意承認，他手中所抱持的可能不是最終的答案，也不是對東西方人類問題解決的終極處方。但到目前為止，他們提供了一個相當好的模型。沒有人可以說管理東西方人之間的緊張關係會很容易。然而，數千年來對緊張關係焦慮的處理，使人類思想和能力得到了無可否認的增長，並且透過自由民主的美德來領導。

現在，似乎是由於方便或純粹的缺乏遠見，由來已久的緊張關係以及隨之而來的美德正被拋棄，偏好於鬆弛的緊張和無政府狀態的意見、想法。問題在於，如同約翰很清楚的知道，還有其他的傳統正在沒有失去焦點的踏過弱者大步前進。這個過程正在進行中，踩踏並不是在利用，只是自然而然地填補這種空缺。

我們如何能在即將到來的重擊中堅持站穩腳步？

確實，如何管理未來？

我用我的錢賭在那兩個愛笑女孩身上。還有梅根。

帶著這安慰的想法，約翰在飛行中的其餘時間睡去了。誰知道年輕人能做到什麼呢？

製造之家——東西文化角度下工業和科學成果的羅曼史

後記

從六年前我開始整理這篇手稿到現在，電腦晶片製造產業
發生了很大變化。晶片製造一直是人們關注的焦點，但在
疫情造成的供應鏈中斷以及人們對貧富差距的認識不斷提
高的推動下，晶片製造現在已被推到地緣政治的最前沿。
各國政府都認為晶片製造至關重要。在東方，政府加快了
生產。在西方，恢復製造業，各地都有新工廠的宣布，投
資資金也正在流入。

從目前的論述中，大家可能會認為我們在西方已經重見曙
光，並重新得回了我們的製造之家。我的手稿六年前或許
相當有話題性，但現在可能不再是了；鐘擺現在正朝另一
個方向擺動。

只有時間會顯示最後的結果。這本書的內容是取自三十年
的趨勢而得出。如果，正如我所提出的，製造和工業的
勝利在本質上存在文化的因素，那麼鐘擺會以一個長弧
擺動。

在科學領導力上，這個鐘擺擺動得更長。早在八十年
代末，小克萊德‧普雷斯托維茲（Clyde V. Prestowitz,
Jr.），就寫過晶片行業以及來自東方的競爭《交換位置》
（Trading Places,1988）。當時的挑戰來自日本。當西方
不停地高談闊論公平競爭環境時，日本堅決地談論文化。
日本媒體充斥著有關西方缺乏紀律的趣聞，並經常展示西

方人大鼻子露在口罩外面的照片。在晶片製造的無塵室中，鼻子裸露在外是不好的。

三十五年後，激烈爭辯在範疇上已經改變，但在內容上並沒有太大變化。符合當前的地緣政治，我們的擔憂已經從公平競爭環境發展到保護基於規則的秩序。但是，正如普雷斯托維茲在《交換位置》中所指出的，並不是每個人對規則都有相同的解釋。我們對智慧產權規則的非黑即白的看法與灰色陰影思維（shades-of-grey approach）⁵³就是一個很好的例子。與此同時，關於製造能力的評論並不難找到。當東方的晶片製造堡壘普遍認為他們在製造電腦晶片方面本質上優於西方時，這意味著什麼？這只是沙文主義嗎？它經常被反駁，我們是否應該感到安慰……但西方的創新能力更好？

正確的解釋是，我們正遇到在文化上有所不同的東西。東西方的思維方式在根本上並不相同。我們在西方欺騙自己，讓自己相信情況並非如此，因為我們不可避免地要在英語環境中熟悉東方的經濟、科學和政治。有多少西方科學家以韓語、中文或日文與同行進行交流？

也許當我們堅定的主導一切時，我們理所當然的可以忽略另一種世界觀。然而今天的世界看起來不同了。

---

53 灰色陰影思維（shades-of-grey approach）：是心理學中使用的一個隱喻術語，旨在證明我們的思維應該是靈活的、可塑的，而不是僵化的；但是，要想有思考的彈性，我們就不能從宏觀或集體思維的層面來看它。

回顧過去六年，我發現我在書中對學術界的評論似乎苛刻了些，也許不是完全公正的，但坦白說，令人失望的是學術界沒有更好地為我們的年輕人做好準備。其實也不是那麼複雜，去弄清楚他人是怎麼想的。相反的我們踏上了相反的旅程——不是向外，而是向內——透過拔除所有文化元素，朝向平等的極樂世界。最初的觀察不是我開始的，描述我們的學術旅程的形式主義來自艾倫·布魯姆（Allan Bloom）[54]，一路上還有許多其他人。如果不接受形式主義，只需看看外國學生的人數統計就可得知。相較之下，無論我們是否同意我們關注的實際方向，我們都不會向外看。

我們選擇的方向助長了我們目前的景況。製造是由堅強和有紀律的戰士贏得的戰鬥。問題是由經濟及其背後的力量和領導力來解決的；科學是由那些在啟示和神祕之間做出精細舞步的人來領導的。我不清楚我們的新定位是否具有西方思想在歷史上提供同樣的活力，更不用說它是否幫助我們理解今天崛起的東方。保守論者的反向定位（counter-positioning）[55]似乎也不完全是正確的答案。

---

[54] 《美國精神的封閉》一書中，批判二十世紀六〇年代以來美國社會盛行的虛無主義及文化相對主義，揭示出民主政治之下高等教育的危機。

[55] 反向定位（counter-positioning）：意味著新業務提供的產品不能輕易被財力雄厚的現有競爭對手複製，這需開創了一種較優的新事業模式，若市場在位者仿效跟進，將會為其帶來附帶損失，使得最後權衡後而不跟進。

對於強硬右派的當代政治家來說應該是清醒的了解，我們保留的技術和經濟實力大多是由「覺醒」的左派所管理的。

那麼，如果我們的經濟和技術的領先地位岌岌可危時，解決方案是什麼？在氣候變化、戰爭和大規模流行病之下，我們試圖解決的問題是什麼？或許，以上都是。無論如何，我會主張問題是透過領導力解決的，而領導力自實力演變而來。如果我們想躋身其中，我們必須強壯。如果要我具體提供一個解決方案來解決我在製造之家中提出的難題，那就是：對於這個時代的年輕人來說，放開視野看向遠方；嘗試理解我們的競爭對手；不要將我們自己基礎的完整性視為理所當然；文化很重要。思想模式變得僵化，無法跟上時代，在歷史上這將不是第一次也不是最後一次。可能正是我們的西方教學大綱、思維方式和教育方針看似現代，但實際上它們都已經積灰過時和阻礙發展了。走出去。不要被欺騙，嘗試一些不同的事情。專注於獲勝，這就是另一方正在做的事情。

Scott Meikle
2023.03

國家圖書館出版品預行編目 (CIP) 資料

製造之家：東西文化角度下工業和科學成果
的羅曼史/Scott Meikle作；周鈺家譯. -- 第
一版. -- 新北市 : 商鼎數位出版有限公司,
2024.08
　面 ;　公分
譯自 : The house of making things.
ISBN 978-986-144-278-5(平裝)

874.57　　　　　　　　　　　113010932

製造之家 東西文化角度下工業㈲科學成果的羅曼史

作　　者　Scott Meikle
譯　　者　周鈺家

發 行 人　王秋鴻
出 版 者　商鼎數位出版有限公司
　　　　　地址：235 新北市中和區中山路三段136巷10弄17號
　　　　　電話：(02)2228-9070　傳真：(02)2228-9076
　　　　　客服信箱：scbkservice@gmail.com

編 輯 經 理　甯開遠
執 行 編 輯　陳資穎
獨立出版總監　黃麗珍
美 術 設 計　黃鈺珊
編 排 設 計　蕭韻秀

商鼎官網

來出書吧！

2024年8月25日出版　第一版／第一刷